時空行者 2

TIME RIDERS

DAY OF THE PREDATOR

Alex Scarrow

艾利克斯・史卡羅 —— 著 陳岳辰 —— 譯

獻給諾里奇市基地的 Frances、Jacob、Max、Frodo。

以下加密訊息僅諸位親愛的讀者能夠理解：

ER YKU CPVO IPJPBOD TK DONKDO TCES TCOJ YKU UJDOQSTPJD TCO EILKQTPJNO KR KJO WKQD – LPJDKQP

譯註：解碼答案在書末。

1

二〇二六年，印度孟買

迴盪於樓梯間的轟隆聲彷彿火車頭朝下衝撞。一轉眼伸手不見五指、煙塵滿布，磚牆灰漿乾裂後顆粒四處飄浮。莎莎．維克蘭吸進一口還以為自己會當場嗆死，舌根與咽喉像被抹上厚粉。

度秒如年，但後來終於又能看見樓梯間懸掛的緊急避難燈。黯淡琥珀色光線照亮往下的階梯，滿地磚塊與扭曲鋼筋堵住唯一出路。頭頂上剛經過的那段路天花板已然坍塌，橫梁糾纏、煤渣磚傾倒，廢墟中垂出一條手臂，毫無血色、動也不動，探向女孩的模樣好像渴求誰過去握住那隻手。

「沒路了。」她母親輕聲道。

莎莎望向媽媽，再看看爸爸。父親猛力搖頭，稀疏頭髮甩下一團塵埃。「還沒！別放棄！大家一起挖！」他看著女兒，「挖開就能出去了，對吧，莎莉娜？」

她點點頭但沒講話。

父親又對其他逃難同伴喊話：「沒錯吧？大家趕快挖，別光指望救災隊……」他欲言又止，話只說了一半。所有人想著同件事──摩天大樓能垮到這一層，自然就能繼續向下倒。

莎莎左右張望，即使每張臉都蒙上灰燼失去血色她還是認得：隔著兩戶的鄰居庫瑪夫婦、邱瑞家的爸媽和三個兒子、喬希普拉先生與自己父親同樣經商，依舊單身，女友一個接一個……看來今天晚上碰巧獨處。

除此之外……有個男人站在隊伍後面燈光下，莎莎不認識。

「亂碰東西可能會塌更快！」庫瑪太太說。

莎莎的母親伸手搭著丈夫臂膀。「是啊，海利。」

海利・維克蘭轉身。「你們年紀大點的應該還有印象，記不記得當初美國紐約雙子星大廈那件事？」

歷史課堂上放映過影片，兩座宏偉巨塔崩潰之後沒入一片灰濛濛的翻湧塵雲，那畫面莎莎記憶猶新。

大家點點頭。有些歲數就不會不知道，但仍舊沒人邁步上前。高樓層一道鋼筋折斷滑落，礫石粉塵雪崩般灑落，彷彿要他們趕緊拿定主意。

「再等下去……就一起等死！」莎莎的父親大叫。

「會有人來的！」喬希普拉先生回答，「消防隊馬上就——」

「抱歉，消防隊不會來。」

女孩轉頭望向聲音來源，是那個不認識的老先生開口了。「他們不會過來救人，」對方重複一遍，這回語氣較溫和，聽腔調來自西方國家，英國或者美國。老人和他們不同，身上沒有沾滿塵土。「消防隊來不及趕到，我們腳底下的建築結構只能再支撐三分鐘，上面所有坍塌的樓層重量加總以後會壓垮整棟王宮大廈。」

老人四下張望，望進成年人瞪大的眼睛，也望進孩童瞪得更大的眼睛。「非常抱歉，可是你們逃不過這一劫。」

樓梯間溫度增高，火勢已經蔓延到下面那層。高熱燒軟鋼梁，刺耳軋軋聲一波波淹沒眾人。

海利．維克蘭打量陌生人一陣以後也留意到對方是在場唯一一個身上沒有沾染泥粉的人。

「等等！你衣服那麼乾淨，是怎麼到這兒的？有別條路嗎？」

老先生搖搖頭。「沒有。」

「可是……地板倒塌之前沒看到你呀！所以你一定——」

「我才剛到，」老人回答，「而且很快就得離開。時間不多了。」

莎莎的母親走近。「離開？怎麼離開？你……你能帶我們走嗎？」

「能帶走的只有一個，」他視線落在莎莎身上，「就是妳……莎莉娜．維克蘭。」女孩感覺得到：此刻樓梯間內每雙眼睛都注視自己。「牽住我的手。」老人吩咐。

「你是誰？」她父親問。

「是你女兒得救的唯一機會。只要她牽住我的手，就能活下去。反之，就得陪你們共赴黃泉。」

一個小男孩放聲哭鬧。莎莎去當過臨時保姆，所以也認識。才九歲的孩子，真的嚇壞了，兩手緊緊扣住最寶貝的絨毛娃娃，是隻剩下單邊眼睛的小熊。那樣子好像以為獨眼熊可以救他出去。

大樓結構又一處斷裂，發出低沉嘶吼充塞於狹窄樓梯間，乍聽之下會以為是鯨魚瀕死的哀嗚、抑或是船隻葬身海底前那股劇烈震動。空氣窒悶灼熱，燙得幾乎無法繼續呼吸。

「只剩下兩分多鐘了。」老人再度開口，「高溫導致建築物骨架變形，王宮大廈即將倒塌，先往下壓在自己身上，接著波及隔壁商場。再過一百二十秒會有五千多人死於非命，明天新聞會歸咎在恐怖分子身上。」

「你……你到底是什麼人？」莎莎的父親再問了一次。

對方看上去年紀很大，五十好幾或六十多了。他向前穿過人群，朝莎莉娜伸出手掌。「時間不多，趕快抓住。」

父親出面阻攔。「你是誰？到——到底怎麼過來的？」

老人看著他。「抱歉，沒時間解釋。你只需要知道我既然能來……就有辦法走。」

「怎麼走？」

「重點不在於怎麼走，在於我可以走，還有我能帶你女兒走……也只有她能被帶走。」老人低頭瞟了下腕錶。「真的要來不及了，剩下一分鐘半。」

莎莎看著父親緊繃的神情，心裡一定啟動了商人的精算模式：沒時間顧及怎麼和為什麼了。

火海從樓梯下面席捲而來，漫天塵埃中光影躍動。

海利．維克蘭讓出位置。「那帶她走！趕快帶她走！」

莎莎抬頭凝視老人陌生的面孔，嚇得不敢伸手。她並不特別相信超自然，無論印度教諸神或天使與魔鬼……可是老人的確不像這世界的人，更接近魅影、幽魂之類的東西。

父親急躁地拉起她的手。「莎莉娜！妳快點和他走！」

女孩望著雙親。「為──為什麼不能一起走？」

老人搖頭。「抱歉，莎莉娜，只能帶妳走。」

「為什麼？」她知道自己蒼白臉上掛著兩行污黑的淚。

「因為，」老人說，「妳是特別的。」

「拜託！帶我兒子一起走吧！」邱瑞太太大叫。

老人轉身。「不行。我也希望可以多救一些人……但就是不行。」

「求求你！他們還小，比這女孩還小啊！還沒長大就──」

「對不起，這不是我能作主的事情。可以帶走的就只有莎莉娜。」

父親的手搭在女孩肩上用力推向陌生人。「帶走她！現在就走！」

「爸！我不走！」

「你們快點離開！」

「不行！不──」

一陣轟隆聲，大家都察覺腳下地板搖晃不已。

「不到一分鐘了，」老人提醒，「快！」

「**莎莉娜**！」父親尖叫，「**妳快走**！」

「爸！」她哭喊以後又看看媽媽，「不行！我怎麼能走！」

老人上前抓住她的手拉到身邊。女孩本能蠕動掙扎想要逃脫。「不要！」她扯著嗓子。

轟隆聲越來越大，地面顫抖越發激烈，磚渣、粉塵如瀑布自頭頂沖刷眾人。

「時間到了！」老人說，「就是現在！莎莉娜……跟我走，我才能救妳！」

女孩盯著老人。對方說的話根本莫名其妙，但說也奇怪，莎莎相信他。「妳父母也希望妳活下去。」他的目光實在太蒼老太深邃。

「沒錯！」父親拉開嗓門對抗巨響，「拜託了！立刻帶她走吧！」

父親矮小的身軀旁，母親大叫著伸出雙臂想要擁抱女兒最後一次，然而卻被丈夫攬下拉回去。「親愛的，別過去了！快點讓莎莎走啊！」

邱瑞太太將兒子們推向老人。「求你了！也抓住他們的手，帶他們——」

足下一晃，地面傾斜。

莎莎驟然頭重腳輕如同自由落體。

垮了！

地板碎裂以後露出翻騰的火海，簡直像是地獄大門。女孩最後的記憶是獨眼小熊從階梯的裂口墜向烈焰。

2

二〇〇一年，紐約

莎莎上半身猛然彈起，坐在小床上喘息不止，淚水濕了雙頰。

又作惡夢了。

橋孔倉庫很安靜，她聽得見下鋪麥蒂打鼾，對面另一張床上廉姆翻來覆去，操著輕軟的愛爾蘭口音小聲說夢話，句子顛三倒四。

室內另一頭亮著。那盞燈不發出噪音，光線打在三人的木頭餐桌以及周圍幾張古董扶手椅。靠牆有一排電腦設備，LED燈號閃爍，硬碟運轉咻咻作響。只有一個螢幕保持開啟，莎莎看到系統正在實施例行的磁區重組和檔案清理程序。它不必睡覺。

不該再稱之為它……因為那不僅僅是一台電腦，而是鮑勃。

既然睡不著了，莎莎就悄悄下床。麥蒂四肢晃了晃，廉姆好像也睡得不算安穩。或許兩人也重溫了鬼門關前那時刻：廉姆來自沉沒的鐵達尼號，麥蒂則從空難倖存。三人都一樣，常常作惡夢。

她光著腳丫躡足走到另一端，混凝土地面十分冰涼。坐上旋轉椅之後，莎莎兩腿盤在身子下面保暖，抓著滑鼠開啟對話視窗，指甲輕輕敲打鍵盤。

＞嘿，鮑勃。

＞麥蒂嗎？

＞不是，是莎莎。

＞早上二時三十七分。莎莎，妳失眠嗎？

＞作惡夢。

＞徵募場景的記憶？

徵募。老人，也就是佛斯特，如此稱呼那段經歷。乍聽之下彷彿一切都是莎莎自願，事實卻是非生即死、不牽住他的手就只能化作摩天大樓底下的肉醬。她忍不住發抖，可還真是自由意志啊。

＞嗯，徵募的事情。

＞節哀順變。

「謝謝。」她懶得打字就直接朝桌上麥克風講話。想想敲鍵盤的喀嚓聲在倉庫迴盪或許比悄悄話更容易吵醒兩人。

「鮑勃，我好想他們。」

＞想家人？

「爸爸媽媽，」她嘆口氣，「感覺好像過了很多年。」

＞妳入隊至今過了四十四個時間迴圈，也就是八十八天。

時間迴圈——倉庫位在隔絕時空流動的氣泡內，每兩天重置一次。外界正常前進，但氣泡內始終是二〇〇一年九月十日和十一日。

所謂的外界就是紐約，更精確地說是布魯克林區。莎莎已經很熟悉這兒的街道、自己會遇上的人，縱使對方永遠無法記住自己。洗衣店的華裔太太、轉角雜貨店的伊朗大叔每次見到她都是初識，是新客人，要打起精神招呼。

只不過女孩早已認得他們，甚至知道兩人開口要說些什麼。華裔太太深深以兒子為傲，伊朗大叔對恐怖分子重創這座城市忿忿不平。

又到了時間迴圈的第二天，也就是九月十一日星期二。再過六小時飛機就會撞上雙子星，紐約和所有本地居民的人生來到轉捩點。

「鮑勃你在做什麼？」

>**資料排序。硬碟維護。讀書。**

「哦？厲害，讀什麼書啊？」

螢幕上浮現書頁圖檔，單詞一個接著一個反白，速度非常快。原來兩人聊天同時鮑勃還在「讀書」。

>《**哈利．波特**》。

莎莎有印象，二十一世紀頭十年裡這部小說改編成好幾部電影。她沒什麼感覺，但爸媽兒時很喜歡。

「你覺得好看嗎？」

鮑勃沒有立刻回應。莎莎察覺螢幕上書頁文字的反白忽然停頓，硬碟運轉的咻咻聲也一時中斷。構思意見……鮑勃的弱項。學習或至少模擬最簡單的人類情緒、偏好、喜愛或厭惡，都足以佔據全部系統資源。

好幾秒以後她才又聽見硬碟轉動。

＞我很喜歡魔法。

莎莎淺笑，明白如此簡單一句話需要電腦用上好幾兆位元組的運算。如果她稍微壞心點，問鮑勃覺得紫色搭配什麼顏色好、巧克力還是香草口味比較好吃，系統恐怕會受困在無窮盡的決策迴圈中，經過好幾小時才表示自己無法得出有效答案。

還是別欺負他了。鮑勃擅長搜尋、對比和整理資料，但不要叫他看菜單、選點心。

3

二〇〇一年，紐約

週一（四十五號時間迴圈）

上回時空污染之中據點受到的損壞都修補完畢，牆洞填好、後面密室換了更堅固的門，還添購全新緊急發電機。得讓工人進門安裝，我們藏好所有時空傳送設備，但他們還是看到那排電腦螢幕和桌椅。麥蒂和對方說我們是開發電腦遊戲的團隊，應該沒被懷疑才對。

新發電機強力多了，也比之前那台Shadd-yah❶的爛東西可靠，不過能別派上用場最好。

除此之外我們還買了二手電視機、DVD播放機和一台任天堂遊戲主機。廉姆好愛打電動，尤其那個傻乎乎角色互丟香蕉的碰碰車遊戲❷。

男孩子嘛。

麥蒂提起要重新培育支援生化人。說不定還會遇上時空變動的狀況，必須做好萬全準備，包括新的鮑勃。這次鮑勃不能算是全新了，雖然換了身體，但麥蒂可以載入人工智能，所以鮑勃的

❶未來世界表達情緒的語氣詞，類似英語口語的fucking。
❷《瑪利歐賽車》。

腦袋能接續之前的進度……不會像上次剛出培養槽那時候簡直是智障。太好了。鮑勃剛出生的時候真的太笨了。

培養槽已經修好了。怪物衝進來以後打壞了一些，現在全部正常運作，也灌滿那種超難聞蛋白質溶液，不然無法保存胎兒。為了這件事情我們跑去醫院血庫偷東西，拿了很多黏糊糊的假血、血漿，像女巫煮藥摻進一堆維生素和蛋白質調和。

我覺得看起來很像鼻涕。但更糟糕的是聞起來像嘔吐物。

目前缺的是胎兒本身。胎兒可就沒辦法隨隨便便找到了，需要未來世界以基因工程特別改造過的版本才適用……

麥蒂盯著廉姆。「準備好了嗎？」

「好了。」少年回答時顫抖著，他站在少女背後，身上只有一條四角短褲，手裡的防水袋塞滿衣物。

麥蒂低頭看看自己。她也只有一件T恤、抖個不停。「之後找一天拉管線看看能不能放溫水好了。」

「妳才知道。」

她爬上圓筒狀壓克力大水槽旁邊階梯望向裡頭，剛從地下供水管排出的水當然都很冷。坐在階梯頂端以後，麥蒂從槽緣伸腳，腳趾鑽進水中。

標準程序要求時空轉移時從水中出發。轉移者漂浮在水中可以確保地板、地毯、混凝土、管線一類物體不被捲入。那些東西不該出現在過去的時代。

「噢，天吶，也太冰了吧！」

廉姆蹲在她旁邊。「早告訴過妳。」

麥蒂打哆嗦以後抬頭望向坐在電腦工作站前面的莎莎。「距離出發還有多久？」

「一分鐘多。」

「所以，」廉姆慢慢滑進水裡，過程中呼了好幾口大氣。「妳確定要這樣做？」

「唔。」其實麥蒂什麼也無法確定。老人，也就是佛斯特，臨走前指定她繼任隊長。明明上次時空污染三人險些喪命，現在她就得負責這個團隊和據點了。麥蒂僅有的助力是電腦鮑勃，以及硬碟裡面一個名叫《你們大概會想問》的資料夾。

當務之急是修理培養槽、可以運作以後就要取得複製體胎兒。幾週前麥蒂開始研究資料夾內容，〈如何培育新的支援生化人〉是裡頭排序很前面的檔案。游標雙點擊以後，螢幕上浮現佛斯特對著鏡頭說話的面孔。麥蒂還記得那天早上佛斯特說她準備好了、祝她幸運之後瀟灑走出星巴克，保護世界的重擔落在新團隊肩上。相比之下，畫面裡的佛斯特容貌年輕十幾甚至二十歲。

影片裡的他看起來不會超過五十。「基本上，」他調整角度讓麥克風對準嘴巴，「會打開這個檔案，就代表你們不夠小心導致支援單位損毀，必須培養新的。」佛斯特細心說明培養槽如何維護和填充，也解釋運作原理，但麥蒂需要的資訊在影片最後一段。

「好……複製體從改造過的人類胎兒發展而成，我合理假設你們已經用盡據點裡的冷凍胎兒，得找新的來。」

其實並非用光，而是尚未成長完畢的複製體因為培養槽斷電無法循環，於是被自己排出的廢棄物毒死了。遺體顏色慘白、皮膚無毛，一點生氣也沒有，簡直像是果凍，自麥蒂手掌大到八、九歲男孩身形都有。全部都得處理掉，拖出去隨水沖進大海。她實在不願再經歷一次。

「好消息是有備用品。經過改造的可用胎兒顱腔內已經安裝矽晶片，隨時可以接受培育，且內建基本學習功能的人工智能。」螢幕上的佛斯特狡獪一笑，「假如你們夠聰明，應該會取出生化人的晶片，保留累積至今的學習成果……」

少女點點頭。是啊，多虧廉姆狠得下心。

「……那麼新的支援單位就不必從低能兒慢慢學，你們直接將人工智能上傳至系統內就可以了。剛才說過，好消息是有備品，但壞消息是備品沒辦法直接送到據點門口，畢竟不是類似……類似披薩之類的東西。得麻煩你們自己去取。」

莎莎出聲提醒，只剩三十秒。麥蒂心思回到轉移槽裡的冰水，慢慢滑進廉姆隔壁位置。水好冷，她忍不住喘氣。「啊！也太、太冷了吧！你怎麼受得了啊？」她問話時牙齒碰得格格響。

「要去什麼時間啊？」廉姆開口。

「不是說、說了嗎，一九〇六年的舊金山啊。」

廉姆蹙眉認真思考。「等等……那一年不就是？」

「嗯？」

「印象中我爸在《愛爾蘭時報》看到過。那一年——」

「十五秒！」

麥蒂鬆開扣住槽緣的手開始踢水，「廉姆，我們得、得鑽進水裡了。」

「我知道……知道啦！最討厭這邊！」

「下次我和莎莎教你游泳吧？」

「十秒！」

「噢，Jayzus❸、聖母在上，為什麼時空轉移非得這樣啊？瓦德斯坦那傢伙為什麼傻到要發明時光機！」

「要怪的話……可以怪、怪那個中國人，什、什麼名字來著……是他先想出理論的。」

廉姆點點頭，「啊，對，還有他！」

「五秒！」莎莎大叫。

「趕快下去！」麥蒂伸手到他腦袋瓜上，「要我按嗎？」

「不必！我自己、我……啊，好啦！」

他大大吸了一口氣之後捏住鼻子。

「那、那邊再見。」麥蒂說完就將少年壓進水中，自己也趕快吸氣下潛。

噢，天吶……原來是這樣。

這是少女的第一次。撇開從二〇一〇年被徵募那回，這是她初次返回過去。計畫開始以後麥蒂忙得焦頭爛額，反覆確認坐標和回程設定，注意莎莎從後面密室取來的衣物是否合適，陪女孩

❸廉姆的愛爾蘭式英語將耶穌（一般為Jesus）發音為Jayzus。

複習任務細節流程……就是因為太忙了，所以她壓根兒沒發覺內心嚇得要命：自己就這麼被推出正常時空流動、穿越混沌次元——天知道那究竟是什麼——重返人間時幾乎是一百年前。

麥蒂在水下睜開眼睛，模模糊糊看見廉姆甩手甩腳閉眼掙扎，口鼻噴出大量氣泡。工作站黯淡燈光穿透壓克力水槽打出莎莎的朦朧身影，然後……

兩人墜入一片黑暗。

4

二〇一五年，德州

「各位同學，我們即將抵達研究所，請大家保持良好言行。」惠莫爾校長一邊宣布一邊心不在焉搔搔嘴唇四周雜亂而花白的鬍碴。也只有他自己認為那樣就叫做有留鬍子了。「相信大家都會乖乖的才對。」

艾德華．陳嘆口氣，隔著巴士車窗望向公路旁的灌木叢。車廂裡面有空調，外頭依舊是德州炎夏，又熱又曬，他最討厭的兩種天候。可以的話還是躲在休士頓那間昏暗寢室，拉下窗簾、打開紫外線燈以後黑色牆壁上漫畫海報閃閃發亮宛如鹵素燈，很有時尚夜店風格。

很暗、很酷、很安靜，免除同齡男孩的吵鬧、女孩聚在一塊後那種尖銳笑聲。中學女生就愛搞小圈圈，在別人背後竊竊私語、指指點點。至於男生嘛……雖然不可思議，但比女生還煩。風雲人物，也就是那些又高又壯的體育健將總是大嗓門且沒禮貌，卻還一副高高在上的模樣，iPod耳機裡永遠只有匪幫說唱[4]，什麼雞毛蒜皮的事情都要擊掌歡呼。金髮碧眼、膚色健美的男孩無論中學大學甚至整個人生都能平步青雲……嘲弄訕笑從來就不是他們需要擔憂的事情。

[4] gangsta rap，屬於rap的分支，內容多與都市犯罪、暴力色情有關。

校園彷彿分成三個大部落：其中之一是聒噪的女孩子、孟漢娜[5]複製人軍團，之二是大搖大擺自以為混黑道的男性。最後才是艾德華．陳的階級，怪胎、娘娘腔、書呆子、邊緣人。中學系統就像巨大生產線，但如他這般的原料無法加工為市場上受喜愛的產品。

父親總勉勵他：在學校越渺小，出社會越偉大。怪胎會變成科技新貴、億萬富豪、傑出的發明家、電影導演、搖滾明星……甚至選總統。外表體面沒有用，長大了只能當房屋仲介或超市店長，孟漢娜生了小孩只能蹲在家裡等發福，度過枯燥寂寞的後半生。

巴士前方荒涼的褐色地平線上冒出一群白色建築。車速減緩，停在檢查站前，車上大約三十個學生都比艾德華大幾歲，他們在座位上騷動，引頸打量武裝衛兵以及一棟棟實驗室。

「大家先坐好，」惠莫爾校長透過廣播吩咐。艾德華靠在前座往前眺望，一個穿著淡色亞麻西裝、造型俐落的男人走進車內和校長握手。

「請安靜。為大家介紹：這位是在研究所工作的克里先生，今天就由他帶我們參觀。」

克里接過麥克風。「男孩們女孩們早安，研究所歡迎大家，很榮幸能接待各位。據我所知，今天能出席的人都是因為名列前茅所以才得到學校推薦？」

惠莫爾搖頭。「克里先生，不完全如此。他們是『最佳進步獎』，充分表現出學習意願。車上同學來自全美各地，成績有高有低，共同點是期末學測進步程度驚人，他們為了使自己更好付出極大努力。」

克里黝黑的臉上漾起燦爛笑容。「太棒了！我們最欣賞能夠超越自己、正向積極的人。說不定以後這輛車上也有一兩個會變成我同事呢？」

底下發出零零落落的客氣笑聲。

巴士沿著筆直馬路緩緩前進，左右草坪剛修剪過，灑水之後晶瑩閃耀。

「待會兒車子會停在訪客接待區，大家下車以後有些點心茶水，休息一下才開始參觀。今天我為大家導覽，過程中有任何問題請別害臊，儘管舉手發問……希望各位都能有收穫，瞭解研究所的工作內容，以及這些計畫對環境有多重要。」

艾德華看著窗外。巴士行經園藝花圃後慢慢轉彎，鮮黃色菊花叢間有個招牌：**德州前瞻能源研究所（前能所）歡迎您。**

❺ 迪士尼青少年情境喜劇《孟漢娜》女主角。

5

一九〇六年，舊金山

「喂！別回頭，我還沒換好！」麥蒂罵道。

廉姆只好站在原地面對一堵髒兮兮的紅磚牆。這條後巷瀰漫腐魚的氣味，他擔心待太久的話味道沾在身上接下來一整天擺脫不掉。

「好了沒？」他問。

麥蒂低聲回答：「蕾絲啦、鉤子啦、鈕釦啦，煩死人了。以前的女人到底怎麼穿上的？」

他微微側過臉觀察小巷子，外頭似乎是條熱鬧大街，幾輛馬車駛過，路上男性行人穿著與自己相仿：正式的灰色早禮服加上鈕釦式背心與高領襯衫，戴著大禮帽、扁帽或圓帽，與週日早晨愛爾蘭科克市的士紳們差不多。他們從據點後頭房間翻出這些衣服，好像是真貨，還有幾套別的服裝，聽莎莎說是用在不同時空的儲藏點上。

「唉，可惡……只能先這樣了。」麥蒂語氣懊惱。

「那我可以轉身了嗎？」

「是可以……不過我看起來好蠢。」

廉姆回頭以後瞪大眼睛。

「幹嘛？」她低聲狐疑地問，「怎麼了？我沒穿好？」

「不是！就……就……」

麥蒂皺起眉頭，寬簷帽上繫了白色鴕鳥羽，蕾絲自纖細頸部往下延伸到刺繡精緻的緊身上衣，裙子從細得不可思議的腰際蓬散到地面，正好將那雙腿完全遮掩起來。

裹著及肘手套的雙臂扠上腰，少女叫道：「廉姆？」

他搖頭。「妳看起來很……很……」

「快說！」

「呃……很淑女啊。真的。」

廉姆本以為麥蒂會一如往常衝上來往自己臂膀揍，但這次麥蒂卻是臉頰微微泛紅。「呃……這樣啊？」

「是啊。」他朝少女笑道，「我呢？看起來怎麼樣？」

麥蒂賊笑說：「唔，你看起來很呆。」

廉姆聽了摘下禮帽。「應該是這玩意兒的關係吧？耳朵太突出了，好像茶壺握把。」

她繼續笑。「別擔心，廉姆，這是這時代的流行，所以不會只有你戴。」

「我家那邊戴扁帽或軍帽比較多。禮帽或圓帽會被愛開玩笑的人拍飛。」

麥蒂正色不再閒聊，準備認真執行任務，指著廉姆改口問：「現在時間是？」

他從背心口袋掏出雕飾華麗的懷錶。「早上十一點零七分。」

「好，該開始行動了。這次回程傳送在四小時後。」

「瞭解。目的地多遠？」

「應該不遠，從梅里馬克街轉四號街再走宣教街……之後一小段路就到二號街。我猜……十分鐘左右？」

廉姆終於能遠離那堵磚牆、底下一箱箱垃圾與魚腥味。他堆滿笑容伸出手臂。「女士，有幸與您同行嗎？」

麥蒂神情軟化，白手套包覆的臂膀纏上去。「當然嘍，達西先生❻，也是我的榮幸。」

兩人從小巷走進梅里馬克街，然後麥蒂立刻忍不住抽了口涼氣。

天吶，她這才驚覺：我真的回到古代了。

梅里馬克街一大早就人聲鼎沸，許多馬車載貨從碼頭出發。麥蒂引頸遠眺，港口排滿蒸汽輪船，道道煤煙彷彿黑柱衝上晴空，貨櫃頻繁往來於陸地和船艙間。

「好厲害，」她雀躍地說，「好像電影，像《鐵達尼號》的序幕……」

廉姆朝她一瞥，神情不悅。「居然被拍成電影了？」

罪惡感湧出，麥蒂臉上喜笑變苦笑。

他嘖嘖兩聲以後嘆口氣。「死了那麼多好人……結果呢？一百年後給大家當消遣？」

麥蒂聳肩。「唔，或許吧……可是拍得很好啊，特效很逼——」被廉姆白了一眼以後她說不下去，「沒啦。」

兩人避開許多馬糞以後左轉進入四號街。這裡更熱鬧，卻仍舊比不上宣教街。路面很寬，有一百英尺，除了許多行人和馬車還蓋了軌道。列車滿載乘客、也有不少人攀在後頭看來驚險，車頭搖鈴叮噹作響提醒前方淨空。

「我的天，好壯觀！」她讚嘆不已。

廉姆勾了她手臂一下。「噓……妳這樣一看就是外地人。」

宣教街兩邊都是五、六層樓高的磚造建物，包括倉庫、辦公室、廠房、銀行和法律事務所等等。麥蒂注意到一幢高樓佔據天際線，估計有十五甚至二十層高度，好像縮小版的帝國大廈。

「原來那時候……呃，不對，是這時候就有摩天大樓了！」

廉姆點頭。「愛爾蘭可沒有，」他搖搖頭一臉哀戚，「妳說這裡很快就毀了？」

「嗯。明天早上，四月十八日，發生加州大地震。根據歷史資料庫記載，市中心大半建築物都會被震垮……剩下的地方，就是第四區和第五區，也因為隨後大火燒得精光。」

「老天……也太可惜了。真的。」廉姆眉頭緊蹙片刻，「等等！時空局挑這個時間地點存放備用資源未免太笨，這裡明天就面目全非了。」

「哎呀！」麥蒂板起臉翻白眼，「你重新想一遍，這樣安排才合理啊！」她的眼神好像廉姆鞋子穿反了，「我怎麼記得佛斯特說你很聰明？」

他嘟著嘴假裝很受傷。「那，大天才妳既然都想通了，不如直接告訴我。」

麥蒂嘆息。「這個時間地點很完美，因為基因改造過的備用胎兒放在銀行金庫裡，明天就會付之一炬。所有保管箱、連同裡面的財物與紀錄文件……什麼痕跡也不剩。」

❻《傲慢與偏見》男主角。

廉姆咧嘴一笑。「啊，真精明。」

「就說吧。」

本來就喧囂的宣教街又傳出引擎隆隆作響。聲音緩緩接近，逐漸掩蓋其他人車。原來是輛汽車開在大街中間，輪輻看來很脆弱，車子前面有個男的揮舞紅旗開路。

「哇！想不到這時候就有汽車！」麥蒂朝廉姆耳朵大喊。

他搖搖頭。「這下子誰傻啊！我們當然有汽車！」他目送車輛慢慢走遠，駕駛戴著便帽與防風鏡，身旁女子的帽上有一大團鴕鳥羽毛，手掌隔著手套捂住耳朵隔絕噪音。

「我還知道那是奧斯摩比❼的R款。」廉姆說完，車子從宣教街右轉，內燃機聲響遠離以後兩人總算能正常說話。「連科克也有不少時髦的汽車。沒錯，是說我老家那個科克。」

麥蒂搖搖頭。「我可不覺得時髦。」

接下來幾分鐘他們沒講話。麥蒂沉浸在自己演出的好萊塢古裝片，廉姆則有種遊子歸鄉的感觸。現在他跟路人聊天毫無壓力，不會被當成白痴，不需要知道數位相機是什麼、七喜不是一種球類運動、士力架也不真的是一種架子。

「到了，」麥蒂指著一條小岔路，「那邊……敏娜街。」兩人穿過大街，避過鑽進洶湧人潮中的列車以及幾大坨馬糞以後站在小路口。只有兩輛火車寬度，裡面很僻靜。

「我們要進去那棟。」她又指向一座建築物，磚頭與花崗石組合的正門設計很正式。「聯合商業儲蓄公司，」麥蒂補充，「佛斯特留下的說明書提到這間銀行只在這裡營業，被地震和火災毀掉裡面所有東西以後整個公司等於不存在、也可以說從未存在過。」她望向廉姆，「所以是不是很完美？」

「可是我們的小鮑勃都在地下室保管箱？」

「佛斯特是這麼說。」

廉姆皺眉。「我真的不聰明吧……那麼多胎兒放在箱子裡面，怎麼活下來的？不會夭折或變質之類的嗎？難道裝了冷凍櫃？」

「待會兒就明白了。」

❼通用汽車下的品牌，二〇〇四年已遭裁撤。

6

一九〇六年，舊金山

麥蒂大步進入敏娜街朝銀行走去。「來吧。」

廉姆趕緊追上。「誰把胎兒放在銀行？什麼時候放的？」

到了聯合商業儲蓄公司門口階梯，麥蒂停下腳步。「廉姆，你稍等……」少女從手提包掏出眼鏡和一張便條紙，上面有她的筆跡。

「我的天……妳帶了筆記過來？這違規了吧？不是會污染時空什麼的嗎？」

麥蒂在寂靜小路上瞻前顧後一臉羞愧。「我知道，我知道啦……但是太多要記，我怕忘掉啊。」

「要是佛斯特知道妳居然帶筆記回來一定會氣瘋。」

「反正他不會知道，對吧？」麥蒂不耐煩地說，「還不是他說走就走，留我們自己想辦法。」

廉姆聳聳肩。

麥蒂戴上眼鏡。「好，從現在開始我的名字是艾蜜莉．萊瑟特，你是我弟弟。」

「那我有名字嗎？」

她嘆口氣。「有……唔，在這邊，雷納德．萊瑟特。記住了嗎？」

他點點頭。

麥蒂再複習一下筆記內容才塞回包包摘下眼鏡。「嗯，準備好了，」她盯著廉姆，「你就別開口，知道嗎？順著我的台詞就好。」

「懂。」

她深呼吸以後將銀行的對開大門朝內推。兩人腳步在大廳地磚叩叩響，牆壁鑲了橡木板低調典雅。前面有六張精美的桃花心木辦公桌，桌上陶瓷燈釋放淺綠光輝。六位行員其中五位聲音細微客套，忙著接待客戶。

麥蒂帶頭走向唯一一個閒著的男性行員。對方很年輕，中分髮型、鬍鬚修剪整齊且上蠟。

「呃……你好。」她先出聲。

男子抬頭露出迷人微笑。「女士早，能否為您效勞？」

「我找……呃，『勒敦』先生。他在這裡工作。」

「的確，女士。」男子朝桌上名牌一指，「哈洛．勒敦就是我啊。您請坐。」

麥蒂微笑就座，但動作太隨便了，意識到以後趕緊回復淑女風範。「謝……謝謝。」她努力維持端莊形象。

「女士需要什麼協助？」

麥蒂吸一口氣，暗自希望別說錯話、語調不會透露內心的驚濤駭浪。「想取出我家在貴行保管箱內的東西。」

「好的女士，請問帳號名稱是？」

「約書亞．瓦德斯坦．萊瑟特。」

哈洛．勒敦眉毛一揚。

她心臟差點停下來。「唔……有問題嗎？」

「不算是問題……可是相關文件都還在桌上呢。」

麥蒂搖頭。「文件？」

「保管箱的申請業務。約書亞．瓦德斯坦．萊瑟特是您的……？」

「嗯？……我的……嗯，我父親。」

「您父親離開還不到一小時，而且是我親自接待的。他帶了很精美的珠寶盒來，我們一起下去存放在金庫……如我所說，還不到一小時。」

「喔。」半晌後麥蒂擠出一句，「嗯哼，是。」

「然後您現在就要將東西取出？」

她點頭。「對，沒錯。」

「唔……很不尋常。」

「我們萊瑟特家族歷史悠久，怪癖多了些，」椅子上的麥蒂回頭瞟了一眼，「你說是不是，廉姆？」

廉姆上前。「當然啦，親愛的姊姊。」他朝行員笑了笑，「她習慣叫我廉姆，不過我本名其實是『雷納德』。」說完順手在麥蒂背後戳一下。

麥蒂在心裡狠狠踹他一腳：真是死腦筋！

「兩位是姊弟？」哈洛．勒敦端詳一陣，「先生，您聽起來是愛爾蘭人？」

「嗯。」

「可是……」行員瞥向麥蒂，「女士您好像不是？」

「我……呃……」麥蒂嘴唇顫動欲言又止，「唔……」

「我在科克長大，」廉姆出來打圓場，「我姊姊住在加州。我爸在大西洋兩岸都有家，就這樣。」

行員還是挑起一側眉毛。「原來如此。」他嘆口氣，翻開面前文件。「令尊的確指定兒女共同管理帳戶。那麼……女士，您就是艾蜜莉．萊瑟特？」

「沒錯。」她回答。

「基於安全考量，我得請您提供令尊填在申請書上的暗號，以此確認您的身分。」

「當然。」她點頭，「暗號是……是……」麥蒂忽然腦袋一片空白，忍不住罵了髒話。

行員聽見那麼不淑女的發言嚇得下巴合不攏，「女士！」

廉姆一副羞赧模樣竊笑道：「她在海上過了一段日子，從水手那兒學了很多不體面的字句，就這樣。我父親可討厭她這麼講話了。」

「稍等，」麥蒂趕緊從包包掏出紙條，眼睛掃過自己的凌亂筆跡。「啊，找到了！」她向前探身，「勒敦先生，暗號是『毒菫』。」

勒敦瞪了她好一會兒，眼神充滿懷疑困惑，但最後擠出笑容。「沒錯，萊瑟特小姐，請您在這裡簽名，然後我帶兩位過去。」

行員轉動黃銅大輪，鑄鐵門緩緩開啟，後面有個小房間，三面牆壁都是經過編號的保管箱。

「您的箱子號碼是三九七。」勒敦帶兩人找到之後插進鑰匙轉了一回。

「女士、先生，按照公司政策，客戶確認內容時我必須留在房間，但就站在門口背對你們，不會侵犯二位隱私。」

麥蒂點點頭客氣笑著說：「好。」

勒敦先生回去鑄鐵門旁，一手提著鑰匙叮噹響，眼睛盯著另一手指甲。

麥蒂見狀輕聲道：「廉姆——」

「怎樣？」

「我覺得你過去和他聊天、分散他注意力比較好，以免被看到不該看的東西。」

他點頭。「嗯，說得對。」於是廉姆走過去試著與行員閒談，麥蒂繼續辦正事。

她打開保管箱，房間燈光偏暗，起初看不清楚裡頭裝了什麼。麥蒂伸手進去那片漆黑，立刻觸到一口木盒並扣住握把拉出。盒子挺重，她拖出來以後準備拿到房間中央凳子上檢查，年輕行員察覺後開口。

「女士，我幫妳拿吧。」

「不必……我可以。」她咕噥。

「我姊姊和牛一樣壯，真的。」廉姆也勸阻，「不用管她。」說完趕緊拉著勒敦繼續聊天，麥蒂依稀聽見話題圍繞蒸汽輪船。

她研究一下木盒，外觀確實像是用於珠寶配件，尺寸接近小型旅行箱，材質是深色木料、扣鎖為銀質，各邊有華麗紋飾。麥蒂轉了盒子，暗忖蓋子可以阻隔視線，接著輕輕開啟。「還是盒子，」她自言自語。第二個盒子表面平滑毫無特徵，以金屬打造，觸感冷得出奇。

冷凍。想必內藏小型供電裝置或電池。

隔著手套，麥蒂的指頭找出側面一個開關，輕輕向後撥動後盒子冒出微乎其微的嘶嘶聲，盒蓋慢慢彈起。氮氣如薄霧湧出，底下有八支玻璃試管，每支六吋長、約兩吋寬。她自固定架取出一個，躲在木盒蓋後面詳細檢視，試管內部裝填粉紅色培養液，漂浮其中的模糊輪廓是個蜷曲的人類胎兒。

「哈囉，小鮑勃你好！」麥蒂哄小孩似地朝冷凍胚胎擺擺手問候，「跟麥蒂阿姨回去吧。」

門口對話聲越來越活潑，看樣子勒敦正好對蒸汽船和汽車這類新發明都很有興趣，廉姆也進退得宜。

幹得好。

她收好試管，關上冷凍盒，從木盒端出收緊包包。正準備掩上木盒卻留意到底部有張紙，紙上的字跡叫人心頭一震。

是自己的名字。

給我的留言？

她拿出折好的便箋翻開，上頭僅有草草兩句話：「麥蒂，留意『潘朵拉』（Pandora），時間不多。小心安全，先別告訴其他人。」

「姊姊，妳看好了沒呀？」廉姆大聲問。

「好了。」她揉起便箋塞進手套，關上盒子塞回保管箱。這次輕多了。箱門合緊。「勒敦先生，麻煩您。」

「是！」行員提著鑰匙串過去重新上鎖，「內容沒問題才對？」

她看見廉姆在行員背後一臉傻笑。「嗯……嗯，沒問題，謝謝。」

片刻後兩人走出銀行返回敏娜街，廉姆幫她提包包。

「他人挺不錯。」

麥蒂轉身看著夥伴。「但是十幾小時以後就會死。」

「死？」

「對，他快死了，所以才吩咐我們特別指定他。」上樓途中麥蒂想通個中道理：假如那年輕人瞥見盒子裡裝了什麼、又或者聽出兩人話語的破綻……很可惜，沒時間告訴別人，不是嗎？時空局再一次巧妙設局，不留痕跡。

「我的天，感覺好糟糕。」廉姆說，「竟然沒有警告他。」

麥蒂也不喜歡這種感受。「沒辦法，廉姆。無可奈何。」

從小路回到大街時，廉姆試圖轉換氣氛。「妳拿到小寶貝了吧？」

她點頭。「小冰棒都在裡面。」

「妳說小什麼？」

7

二〇一五年，德州

艾德華．陳隨著學生隊伍坐在接待廳內。紙箱裡有甜甜圈、貝果、柳橙汁，他們吃吃喝喝的同時負責導覽的克里先生做了開場介紹。

「德州前瞻能源研究所，簡稱前能所，成立於二〇一二年，也就是三年前歐巴馬總統連任那時候。你們在學校上課應該也會提到當前地球概況，人類文明進入全新階段，面對很多困頓和挑戰。世界人口已經逼近八十億，碳排放量屢創新高，傳統能源如石油和天然氣耗竭非常快。如果我們不改變生活模式，下場就是……嗯，相信大家都看過電視新聞那些驚悚報導才對。」

他稍微暫停。接待廳裡很安靜，只有換腳或吸柳橙汁的窸窣聲。

「你們應該也聽說過，前能所創建目的是配合總統提出的前瞻能源研究計畫。過去三年內，數十億國家稅收投入各位眼前這所先進機構。

「我們請來最優秀的量子物理學家和數學家，研究項目大半與『零點能量』有關。應該有些人在新聞裡聽說過這個詞。」

艾德華左顧右盼，只有幾個人點頭，神情很遲疑。其中一個比自己大幾歲，矮矮胖胖、薑黃色捲髮，旁分頭梳得沒技巧，活像奶泡先生（Mr. Whippy）冰淇淋形狀。那人舉手了。

「嗯，請問你叫？」克里眉毛一揚。

「富蘭克林。」

「富蘭克林請說。」

「我爸說零點能量是痴人說夢，物理學上沒有無中生有這回事，要獲得能量一定有代價。」

克里笑了。「嗯，富蘭克林說得很好，不過這就是我們研究的關鍵——宇宙的確給了我們白吃的午餐。這個概念自古有之，大家想想愛因斯坦的相對論，他認為真空中依舊存在很多能量，看起來什麼都沒有的空間裡其實蘊含無限能量等我們運用。古希臘人也懷疑人類一直泡在能量內，並且將這種能量取名為『以太』。然而，各位同學……最重要一步在於如何提煉，如何觀測。這個能量無所不在，同質又等向……意思就是說在什麼地方、什麼方向都等量。」

學生根本聽不懂，盯著他默不作聲。

「測量零點能量就像在海底量一杯水。可以想像嗎？杯子內外的東西都一樣……因為兩邊沒有區別，觀察時理所當然會以為『杯子裡面是空的』，但你們應該已經知道這個概念不正確。觀測零點能量同樣困難，我們必須製造出真正的真空——不是單純抽走空氣就好，而是時空連續體上一個小小的空白。做得到這一點，才能掌握殘存下來的有什麼，」克里擺出典型公關笑容，「也就是我們需要的能量。前能所實驗室內就有這樣的裝置，能夠做出時空裂縫，真正一無所有的空間。」

又有人舉手。

「請教大名？」

「凱莎・傑克遜。」

「凱莎請說。」

「你們製造的空洞有多大？」女孩問，「人能穿過去嗎？」

「哎呀，不行，沒辦法的。裂縫很小，小得不能再小。因為也不需要它太大，針孔那樣就夠了。」

後面有個男孩子聽了咯咯笑。

「待會兒我們就先到主實驗室參觀，大家會看到實驗區周邊都經過隔離防護。半小時後研究團隊準備再打開一個小洞，」克里展開雙手，「想不想親眼瞧瞧呢？」

大廳內所有學生用力點頭，十分興奮。

8

一九〇六年，舊金山

兩人回到小巷子還有半小時餘裕。先前在碼頭溜達一圈，見識了蒸汽輪船如何上貨卸貨。麥蒂對面前的歷史場景充滿興趣，而且碼頭工人見她行經紛紛以指節點額頭[8]，甚至客氣地摘下帽子，令她開心不已。

「天吶！感覺自己變成女爵了！」轉進巷子時她從嘴角悄聲說，「這個時代的大家都……怎麼說呢，好有禮貌、好有風度啊。」

廉姆點頭。「碰上淑女……像妳這模樣的人，都會客客氣氣。」他朝麥蒂的衣服和鴕鳥羽毛帽撇了下頭，「看妳這身打扮就知道出身很好，對吧？很時髦的淑女，就這樣。要是妳換一套寒酸衣服，看上去平凡無奇，走再久那些工人也不會理妳。」

「唔，也對……謝謝你啊。」

廉姆臉一繃。「啊，口氣不大對，真的。不是妳以為的那個意思。」

「沒關係，你說得沒錯。」麥蒂沒好氣道，「我長得是不出色啊，裙子再多褶、頭上插再多滑稽羽毛也無法改變事實。」

兩人閃過巷子裡面好幾箱翻倒腐爛的甘藍菜，回到幾小時前返回當前年代的傳送點。

「不過感覺好殘酷。」廉姆若有所思。

「什麼？」

「就剛才遇上那個人。勒敦。妳確定他會死？」

麥蒂點頭。「嗯……這樣才安全。」話雖如此，她心裡不免有個疙瘩……太冷血了，時空局掌握每個人的命運走向，也毫不留情加以利用。方才見過面的年輕男子不到十八小時後就會化為銀行火窟底下扭曲焦黑的遺骸。

我得習慣，她心裡對自己說。

廉姆似乎察覺了她內心掙扎。「唔，小麥，這就是我們的工作，也沒有別的選擇，對吧？」

麥蒂看著少年，意識到淪為工具的並不只有那個行員，廉姆也是。時空轉移會造成細胞毀壞、快速老化，副作用此刻尚不明顯，但遲早會發作吧？廉姆回到過去次數越多，身體受創就越大，最後與佛斯特一樣生命被壓縮，提前經歷肌肉萎縮、骨質疏鬆、疲乏無力等等症狀，臟器承受不可逆的損害並且一個接著一個衰竭。

好想告訴他。好想警告他。

*還能撐幾次，廉姆？什麼時候我眼中的你會變成垂死老人？*但麥蒂知道還不是透露的時機，佛斯特也說過操之過急反而會傷他更深。「給他一點自由。讓他享受歷史，見證過去未來……至少等他好好活過，再告訴他大限將至。」

❽古時平民對地位較高者表示尊敬的手勢，意義類似鞠躬。

廉姆斜著嘴微笑。長大以後應該會是個瀟灑甚至英俊的男人，現在則是淘氣小夥子。「妳心飄到哪兒去啦，麥蒂？」

「沒事，」她點點頭，「沒什麼。」

廉姆放開她手臂，取出懷錶看時間。「傳送門隨時會打開。」

彷彿聽他號令一般，一股和風掃過小巷，垃圾塵土在卵石地上滾動。片刻後幾碼外的空氣閃爍搖曳像是蒸騰，化作直徑十二英尺、離地一英尺的球體。隔著傳送門可以看到扭曲晃動的影像，是據點內部的風景，莎莎等得有點心浮氣躁。

總有一天得說的，麥蒂。他必須知道時空旅行是慢性自殺。

佛斯特留這爛攤子給她真是糟糕透了。這個天大的祕密沒辦法和廉姆本人或者莎莎討論。

那張便箋也是？

揉起來的紙團還在手套內。寫下便箋的人要求她不能告訴夥伴。為什麼？潘朵拉是誰？感覺很差勁……好像受到操弄。

又如何？自己不也才操弄過那個年輕行員？

「走吧。」少年捧著盒子上前。

「廉姆？」

他停下腳步。「怎麼了？」

麥蒂可以在此時此地說出那張密函的事情，也可以告訴廉姆時空旅行會對身體造成多大損傷。每次穿越時空都造成全身細胞輕微劣化，最終導致急速蒼老。換作自己，她會想知道。知道每次踏進傳送門或許壽命就縮短五年十年。那麼她至少可以衡量要不要為其餘人類犧牲小我。

「怎麼回事，麥蒂？」

但也可能佛斯特的建議才對——她應該隱瞞真相，越久越好。

麥蒂從手提包拿出眼鏡戴上、扯下軟帽，長長鴕鳥羽毛看起來荒唐可笑。剎那間身上的緊身衣蕾絲裙都彷彿嘲弄她的虛偽，與廉姆四目相交的時候覺得自己滿口謊言。

少女臉上露出一抹疲憊笑意。「沒事，回家吧？」

9

二〇〇一年，紐約

「妳確定？」莎莎叫道。

「鮑勃是這麼說的。」麥蒂的聲音從倉庫外面穿過內門，後頭密室有了名字叫做孵化場。「他說要把蛋白質輸送管末端插進成長標的的肚臍。」

「怎麼插？」廉姆追問，「有沒有插座在上面？」又小又黏的胎兒在掌上熟睡著但仍輕輕蠕動，觸感令他皺起臉。胎兒皮膚像紙那麼薄，摸得到骨頭形狀。

此刻看來如同掉出鳥巢的脆弱雛鳥，不過廉姆明白手中這個扭來扭去的小白娃很快能變成七呎壯漢，經過基因改造的軀體肌肉發達，嗓音低沉雄渾十分嚇人，胸膛像啤酒桶那樣粗厚。

「鮑勃說把管子直接插進肚臍裡。」麥蒂說。

莎莎噘嘴以後又叫道：「意思是……就……像捅一刀那樣嗎？」

「哎呀當然不要用力捅啊！」麥蒂回答，「小力點兒！」

廉姆望著莎莎搖頭。「我不行，會嘔吐的。給妳……」他把胎兒遞給莎莎。

「好吧……我來。」

莎莎捧著胎兒，慢慢伸手進入壓克力培養槽拉出垂在裡面的營養管。碰到黏糊糊的培養液她臉都垮了，摸了半天才找到管口。濃稠液體汩汩流出，不過她能看到末端很尖銳。

「鮑勃說不需要太用力，肚臍皮膚很薄，所以……呃，好噁心……」麥蒂聲音越來越小。

「所以怎樣？」廉姆大叫，但是麥蒂沒立刻回應。

「麥蒂？」莎莎語氣銳利起來，「什麼噁心啊？」

「他說就像戳水泡那樣爆開。」

廉姆怯生生看著莎莎。「我真的沒辦法……盯著小傢伙看我一定會吐。」

「Shadd-yah（真是夠了），」莎莎咕噥，「有時候你很不可靠。」

她用指尖掐著管子，挪到胎兒那顆小肚子上空一吋。淺藍色靜脈在半透明皮膚上交錯彷彿蛛網，中間有個糾結微微內縮下陷。

女孩深呼吸。「好……我要動手了。」

莎莎將尖銳管口朝那團糾結刺下去。胎兒在掌上微微顫動，突然揮動只有她手指長度的手腳，核桃般的小腦袋瓜貼住掌心。

「呃……麥蒂！他好像不舒服，一直掙扎！」

「鮑勃說是正常反應，繼續往下插，直到皮膚爆開。」

廉姆嘰哩咕嚕了什麼耶穌之類的，然後腿一軟重重跌坐在地還向旁邊倒下。

「廉姆好像昏倒了！」莎莎大叫。

「不管他，」麥蒂說，「管子先接好，不然胎兒會餓死。」

「好、好。」

女孩繼續掐著管子往下扎，這回顧不得胎兒反應了。幾秒後確實傳來嫩皮破裂的觸感，胎兒腹部滲出一條暗沉血痕。

「進去了！」

「好。接下來拿膠帶把管口貼在他肚子固定。」

莎莎找到膠帶纏住掌裡那個小東西。「好了，再來呢？」

「放進培養槽就好了。」

女孩走到壓克力圓柱前面將胎兒高舉到打開的頂部。「好啦，小鮑勃，」她哄道，「之後見。」

她把胎兒輕輕放進槽內那團泥漿似的液體沉下去，好像粉紅色熔岩燈裡一顆蠟珠墜落。最後管子繃緊，胎兒停下來。

「到槽裡了！」

「蓋上蓋子，啟動幫浦！」

莎莎放上金屬蓋扣緊，蹲下來研究槽底面板。外觀並不複雜，只有製造商標籤寫著 W.G. 系統公司，再來是個小型觸控螢幕。她點了一下，畫面亮起來。

〔過濾系統啟動中〕

〔系統設定：成長／保存？〕

「機器問我要成長還是保存……應該選成長吧？」

一會兒以後麥蒂的回答才從外頭傳來：「先選成長。」

莎莎點了**成長**然後按確定，立刻就聽見培養槽底座傳出馬達運轉的嗡嗡聲。槽底射出燈光，隔著淺紅色蛋白質溶液可以看到胎兒的朦朧身影。本來小鮑勃還在扭動，後來平靜了，因為忍過不適之後管子開始輸送需要的養分。

「成功啦！」

「好。其他的胚胎也要如法炮製，不過都先選擇『保存』。」

莎莎低頭望向地板上打開的盒子，其餘胚胎還收在裡面。接著她看看廉姆，少年趴在冷冰冰的混凝土地板上，臉頰底下有一灘口水和嘔吐物。

「太棒了，真是幫了大忙啊，廉姆。」

「欠嗷嗷嗚！」廉姆鼓著嘴巴說。

兩個女孩兒瞪過去。「你說什麼？」

他用力嚼了嚼吞下去。「我說這好好吃！是什麼啊？」

「印度咖哩❾羊。」莎莎回答，「和我媽做的不大一樣，這邊甜很多。美國人是不是都喜歡吃很甜？」

麥蒂點頭。「越甜越好，我光吃巧克力也能活。」她伸手從桌上褐色紙袋掏了一盒芒果酸辣醬出來。

❾原文Korma，用大量優格及奶汁醃過食材並加上堅果及香料熬煮的料理方式。

廉姆餓得很，又叉一塊肉放進口裡。

據點另一頭，電腦傳出樂聲。麥蒂開著網際網路廣播，是她父母以前會聽的搖滾樂團：可兒家族、R.E.M.、數烏鴉合唱團。

「剩下我們三個總覺得怪怪的，」莎莎說，「有點想念佛斯特。」

「我也是。」麥蒂接口。

「見不到了吧？」

她聳肩。「或許吧，他也是不得已。」

「怎麼說？」廉姆問。

麥蒂遲疑了。「生病。」

「嗯，」莎莎附和，「後來他氣色很差。」

「什麼病？」

麥蒂翻揀著盤裡的米飯。「癌症。末期了。他跟我說的。」

「真可憐，」廉姆惋惜，「他人很好，我會想到自己的爺爺。」

三人默不作聲繼續用餐。

「有點奇怪，」莎莎打破沉默，「名義上我們是什麼……時空『局』團隊，但感覺上根本沒有組織，妳們懂我意思嗎。」

「我懂。」廉姆回答。「只有我們三個和這個倉庫，完全沒有別人聯絡。」他轉向麥蒂，「佛斯特有沒有提過其他類似的團隊？或者另外的據點在哪裡？」

少女點頭。「有。」

「可是從來沒有聯繫、毫無音訊，連時空局到底是什麼我們都不知道。對吧？」

「的確。」

莎莎放下手中的油炸麵包。「會不會真的就只有我們而已？」

廉姆和麥蒂盯著她。

「說不定我們就是整個時空局？」女孩解釋。

廉姆眉毛一挑、張大嘴巴。「假如是真的，我們得自求多福。」

麥蒂搖搖頭。「不會只有我們才對，總得有人把胎兒放在一九〇六年吧？」

「說不定也是佛斯特？」

「當然有可能。」麥蒂聳聳肩，「接下來的問題是誰對胎兒做了基因改造？總得有別人負責，還得有相關設施。」兩人無法回答，她便繼續說：「看起來時空局不可能只有我們三個，其他人不知道在什麼地方，或者什麼年代。」

「這樣怎麼溝通？」莎莎問，「有辦法見面嗎？」

「我想關鍵是根本不該互動。」麥蒂喝一口汽水，「時空局或許類似恐怖分子，為了維護彼此安全，團隊之間完全隔離、各自行動。所以就只有我們了，直到……」她沒說完，兩人也不搭腔，一起想像事情能夠如何發展。

「沒有年終團圓聚餐嗎？」廉姆喃喃道。

麥蒂嗆到了，汽水噴在桌面上。這麼凝重的氣氛都能破壞掉，她倒是覺得欣慰。「至少，」

莎莎說，「很快就有新的鮑勃可以保護大家。」

「嗯，挺想念大猩猩的。」

麥蒂指著工作站那排螢幕。「他在那裡啊！」

「不算啦，」廉姆鼻子一皺，「跟在旁邊感覺不一樣。」

「電腦螢幕不能抱。」莎莎跟著說。

廉姆咯咯笑。「對啊，少了那顆毛毛的椰子頭。」

「還有痴呆僵硬的表情。」莎莎補充。

「對。」

麥蒂吞了一口咖哩。「嗯，反正不用等太久。佛斯特留下的說明是生長週期只要一百小時左右。」她扶正眼鏡，「換算起來不滿五天。」

「得給他準備新衣服，」莎莎說，「明天去街上找找看。」

麥蒂點頭。「好主意。」

吃完印度咖哩、收好垃圾以後廉姆主動說要拿去丟，兩個女生就先更衣準備就寢。他穿過倉庫，各種管線在地上密密麻麻，稍微開了前門後壓低身子鑽出去。

後街瀰漫微弱、忽明忽暗的藍光。頭頂上鹵素燈照亮威廉斯堡大橋的金屬桁架，底下東河水面平緩寧靜。對岸壯闊的景象至今他仍未習慣：曼哈頓像是上下顛倒的巨大水晶燈，璀璨奪目之餘又生機蓬勃、人車絡繹不絕。

將垃圾放進桶子以後，廉姆深深吸了一口夜風。

今天的世界一切都好。明天飛機撞進大廈，烏煙蔽日。

他討厭星期二。

「紐約晚安。」廉姆低聲說。

城市回應了：頭頂上火車竄過大橋，遠處幾個路口外布魯克林區傳來警車鳴笛。準備鑽進據點、放下鐵門時，他忽然開始思考莎莎說的話。會不會只有三個人？會不會他們就是時空局的全部？

沒想到翌日早晨便有了答案。

10

二〇〇一年，紐約

麥蒂沉浸在美國版《名人老大哥》[10]，節目進展到妮可與哈迪躲在廚房串通陷害另外二人。其實是重播，上週福斯電視就有這一集，所以她很清楚誰出局。至少看過四遍了，而且知道結果，但麥蒂莫名其妙就是還想看。

鮑勃忽然打斷，她有點不悅，因為對話視窗會覆蓋電視畫面。

>麥蒂？

她懶得打字，身子前傾朝工作站麥克風說話：「幹嘛呀，鮑勃？我正在看《名人老大哥》呢。」

>收到迅子訊號。

她下巴合不攏，嘴裡的牛奶和穀片滴在T恤。「你尋我開心？」

>開心？

「開玩笑。」

>不是玩笑，麥蒂。下游時空送來指向性傳輸。

「你說下游……意思是未來？」

＞**無誤。**

麥蒂將湯匙丟進碗裡，坐正以後回頭眺望。

廉姆還在床上呼呼大睡，莎莎出去給鮑勃添購衣物。

天吶……來自未來的訊息？

她轉念意識到唯一可能就是來自時空局，換言之組織終於初次與三人接觸——在他們開始懷疑是否孤軍奮戰的時候。

「鮑勃，訊息內容是什麼？」

＞**請稍候……稍候，解碼中……**

後來莎莎決定不過橋去曼哈頓鬧區，因為那邊只有流行服飾連鎖店，恐怕找不到七吋高大肌肉猛男能穿的衣服。

她轉往布魯克林，還沒好好逛過那一區。當初在佛斯特指示下莎莎注意力集中在曼哈頓與時代廣場，記下所有細節、應該呈現的時空環境與註定發生的事件——但也因此沒能騰出時間探索東河另一側。

遠離大橋和南六街之後她找到許許多多安靜街道，其中之一林立不少小店販賣二手家具和書籍，商品堆在店面前亂七八糟導致路面更狹窄，莎莎卻因此緬懷起故鄉孟買的市集。

⑩真人秀節目。參加者在與外界隔離的房屋內一同生活，定期投票驅逐一人，留到最後的參賽者能獲得獎金。

她抹去臉頰上一滴淚，心裡責備自己竟為雙親難過……太傻了，他們還沒死呢，王宮大廈倒塌是二十五年以後的事情。此時此刻，父母和自己年紀相仿，還在上學，要十年以後才相遇。真好笑，現在找到媽媽的話，兩個人看起來會像姊妹吧。

一間店吸引了女孩目光，賣的也是舊貨，裡頭堆不下就擺到人行道上。有些古董木製家具、一架搖搖馬、像是被淘汰掉的戲服。摻雜其間的卻又包括擺飾、二手電視、烤麵包機、戴森（Dyson）吸塵器。還真的什麼都賣。

莎莎暗忖鮑勃衣服那麼難買，過去看看不吃虧，何況標價都便宜。她從店門口擠進去，兩邊放著鉻合金吧檯椅和幾具櫥窗人偶，身上掛著廉價皮革束身衣和羽毛披肩。

「小姐，找什麼？」

聲音不知從哪兒冒出來，莎莎吃了一驚，隨後才看見老婦人。對方身形比自己還矮小纖細，但頭髮還是全黑的。

「呃……嚇死我啦。」

婦人淺笑。「抱歉，孩子，我很容易融入背景。」

莎莎跟著笑了，想像得到會有顧客丟十元美鈔在櫃檯以後將「超逼真老婦人模型」夾在腋下要搬走。

「孩子，需要什麼呢？」

「有賣衣服嗎？」

婦人揮揮手臂。「在後面，有好幾架子的二手衣和派對裝，很多都是百老匯演員穿過的，也有些古董。」

「謝謝。」

莎莎朝深處走進去，鼻子有點癢，感覺這兒什麼東西都覆了一層灰，空氣中飄浮淡淡的樟腦丸與松香水味道。她在後面找到衣服，款式花樣琳瑯滿目，翻找途中忍不住被一些滑稽造型逗笑，有的則令她低聲讚賞。

最後找到了幾件能套在鮑勃身上的東西：極寬極長的條紋褲可能是小丑表演用的，特大號亮橘配粉紅夏威夷衫應該包得住壯漢的闊肩和發達肌肉。

「妳這朋友個頭可真大。」婦人收下莎莎的錢，為她折好衣服束緊塑膠袋。

「是我叔叔，」女孩回答，「鮑勃叔叔塊頭真的超大。」莎莎本來還想說他也超級呆，小孩子那種呆，不過視線掃過壁架上掛了一樣東西：白色上衣，釦子靠左側，胸口處徽章她認得——白星輪船公司。就是廉姆出現時身上那種餐勤人員的衣服。

她指著問：「這……這是鐵達尼號工作人員的制服嗎？」

婦人轉頭望去。「那個呀？對，白星公司餐勤員的制服，是真品。但我自己覺得未必來自鐵達尼號。」她微笑道，「看書上說白星公司在大西洋兩岸都會訂購制服，方便工作人員有需要的話靠岸就能立刻更換。妳要不要拿下來看看？」

莎莎搖頭。她可以解釋眼前的巧合：自己正好有個年輕室友真的在鐵達尼號上面工作過。問題是女老闆只會覺得她神經病或撒謊不打草稿。雖然半小時多之後飛機就要撞上雙子星，無論她說話多莫名其妙也沒人會記得了。

女孩又添購了一些日用品，連同給鮑勃的衣物一起帶回據點，路上已經看見曼哈頓的天空被黑煙蒙蔽。進了門，她想對廉姆提起方才的妙事，二手店居然有一模一樣的制服。可是麥蒂與廉姆的神情不對勁，顯然出了大事。

原本要說的全忘了。

11

二〇〇一年，紐約

「時空局傳訊息來了。」廉姆對走近工作站的莎莎解釋，「來自未來的消息。」

「那，」女孩望著兩個夥伴，「至少回答了一個問題，還有其他人在。」

「嗯！」麥蒂笑得很開心，受到很大鼓舞。「鮑勃正在解碼，估計對方位在二〇五六，和發明時光機的羅奧德．瓦德斯坦同年代。」

「會不會就是他？時空局局長就是瓦德斯坦？」廉姆問。

麥蒂拿起桌上的氣喘藥吸了一口。「嗯，」她回答，「可能時空局要追蹤？想知道我們工作順不順利之類。也該關心一下了。」

「但是……」廉姆皺眉頭，「我們沒辦法回應。迅子只能單方向朝過去移動對吧？佛斯特提過。」

「他是這麼說……不過那是簡化後的理論。其實可以將迅子送向未來，只是需要非常龐大的能量。更麻煩的是二〇五六年全世界都在監控迅子通訊，對吧，鮑勃？」

>**無誤。指向時空局的訊號會暴露其來源。二〇五六年世界各國已立法禁止時空旅行。**

「何況我不知道訊號要往哪裡發送，」麥蒂補充，「天曉得時空局總部設在什麼位置？」

「有對話的辦法嗎？」廉姆問。

麥蒂點頭。「有是有。佛斯特留下的說明檔案裡解釋了怎麼聯絡時空局，是看起來年輕十歲的他對著網路攝影機講話，所以應該很早就錄製好。」

「這個聯絡手段基本上廉姆你也成功了，」她繼續說，「博物館的訪客簿，還記得吧？只是這次換成紐約的報紙。我們可以利用《布魯克林雄鷹日報》的『寂寞芳心』版，開頭暗號是『迷失在時光的靈魂』。」

廉姆聽明白了手指一彈。「他們手上的報紙都變色發皺了吧？」

「沒錯，畢竟是二〇〇一年九月十二日的報紙了。」

莎莎視線在他們身上來來回回，瞪大眼睛。「意思是說廣告內容會變？印出來的文字每次都不一樣？」

麥蒂點頭。「等於一個小型時空波動，基本上不影響任何事情。因為……沒有人會認真讀明天報紙的寂寞芳心版啊？」

「全都是飛機撞大樓的報導吧？」廉姆說。

「沒錯。小廣告沒人注意，除了……二〇五六年會有一群人時時關注大約五十五年前的報紙。」麥蒂呵呵笑得興奮，「知道時空局還有別人在真是大大鬆了口氣啊！」

廉姆朝螢幕撇撇下巴。「看起來鮑勃處理完了。」

＞麥蒂，訊息解碼完畢。

「內容是？」

＞只有片段。訊號受到干擾。

「嗯？沒關係……先說收到的部分。」

對話視窗湧出文字。

＞發生污染，推測起源為二〇一五年八月十八日上午十點十七分，造成巨大波動與時空重整。時空傳送理論原作者艾德華．陳死亡導致二〇二九年相關論文消失，可能為蓄意謀殺，發生於參訪——

三人等候鮑勃提供更多資料。

＞只有這些，訊息中斷。

「就這樣？」

＞只有這些，麥蒂。

她回頭看著兩個夥伴。「呃……搞什麼鬼，這誰看得懂呀？」

三人在沉默中試圖理解訊息意義，後來廉姆聳聳肩開口：「他們碰上麻煩了嗎？」

「可想而知。」麥蒂回答。

「要我們支援？」莎莎說。

「問題是能幫嗎？」廉姆問，「我能前往未來嗎？」

「當然可以。」麥蒂縮起鼻子思考，「你想想，每次出任務結束以後不都得從過去往未來移動嗎？」

＞無誤。任務探員可以向前和向後移動，然而向前移動所需能量極高。

莎莎又盯著兩人。「難道沒有未來的其他團隊更適合？」

廉姆點頭。「她說得對，既然不是只有我們，應該會有時間更接近的人？」

麥蒂想了想。「那為什麼要針對我們發送訊息呢？就是……為什麼鎖定這個時間、這個地點？」她回頭對著工作站問：「鮑勃，這是沒有限制地區……也沒有限制時代，途中任何人都能接收的廣域訊號嗎？」

>否定。訊號射線集中且狹窄。

「也就是將我們當作目標？」

>推論合乎邏輯。

「可是未來不可能沒有別的團隊，」莎莎堅持，「一定有人的時代比較接近——」

「或許有。」麥蒂打斷，「不過差別是——」她瞥了螢幕一眼，「二〇一五年八月十八日以後才設立的據點都會受到這波時空變動影響，對不對？」她看著兩人，「有可能我們已經是最接近而又尚未遭受衝擊的團隊了？說不定這裡是事發日期之前最後一個據點？」

廉姆嘆息。「真是夠了，怎麼又輪到我們？才剛嘔心瀝血完，根本還沒整頓好。」

>你好，廉姆，想請教一個問題。

「鮑勃你早啊。」

>請問「嘔心瀝血」是指前次任務過程中，包含我的有機機體在內死傷人數過高嗎？還是用於表達情緒的詞彙，應當加入語言資料庫？

「廉姆脾氣上來了。」麥蒂解釋。

>表達氣憤？

「對。」

他們注視螢幕上未完的訊息，心裡莫不希望內容忽然改變，最後能變成歡迎加入時空局的通知函。

「所以指名我們的意思？」片刻後莎莎開口，「得靠我們導正歷史，就像上次那樣。」

麥蒂點頭。「應該吧。」

廉姆咬緊下顎：「唔，沒有鮑勃跟著的話我哪兒也不去。我認真的。」

「嗯，」麥蒂回答，「應該的。」她轉頭對著螢幕問：「鮑勃，有沒有辦法加快已經開始的胎兒成長週期？」

>肯定。提高營養溶液成分含量，並對懸浮液施加微弱電流促進細胞活動。

「能多快給你預備好身體？」

>有機生命體承受風險範圍內，成長速度可提高一倍。

「一半時間，」麥蒂說，「那麼是……多少？三十八小時？」

>無誤。

「複製人不能早點出來？」廉姆追問。他看著麥蒂拱了下肩膀。「我是說，非得要等到完全成人嗎？」

>有機機體最佳年齡約為二十五歲，肌肉組織和自癒系統效率最高。

「不過廉姆說得也沒錯，我們能不能提早將複製體取出？那麼做……會害死它嗎？」

>否定。接受培養目標約十四歲起可以運作，但效率下降。

「究竟什麼意思？」廉姆問。

「就是說鮑勃沒辦法像上次那麼孔武有力。」莎莎回答。

「那……如果我們控制在……例如十八歲呢，」麥蒂問，「效果怎麼樣？」

>十八歲複製體能力約為正常值的百分之五十。

「一半壯？」廉姆問。

麥蒂點頭。「培養時間可以省下多少？」

>十四小時。

她望向夥伴。「你們怎麼想？」

「提高成長速度，二十四小時以後倒出來？」廉姆說，「這樣會有個十八歲鮑勃，肌肉一半大？」

「差不多是這意思。」

「對一般人還是夠厲害？我是說……既然帶上他，那他就要——」

>肯定。無論是否攜帶武器我都能致死。

廉姆擠出苦笑。「那歡迎歸隊，鮑勃。」

>謝謝，很期待回復完整機能。

麥蒂拍桌子道：「那好，我想計畫就這麼訂了，沒時間可浪費。莎莎，麻煩妳到後面操作培養槽好嗎？先調高成長速度。」

「好。」

「我最好趕快調查那個艾德華．陳是什麼人。」她朝鍵盤伸手。

「那我呢？」廉姆問。

麥蒂在桌面敲敲手指。「呃……糟糕，我還真不知道。」

「看樣子，負責準備飲料？」

她笑了。「要去星巴克的話，順便幫我帶個巧克力豆馬芬回來？」

「我也要！」後頭傳來莎莎的叫聲。

12

二〇〇一年，紐約

「我能查到的有這些。」麥蒂拿出幾張列印資料。

今天晚上肯德基用餐區除了他們沒別人。布魯克林區街道荒涼靜默，日落之後幾乎所有市民都回家看電視。白天天空被雙子星冒出的厚重煙柱分成兩塊，從震驚錯愕大夢初醒的紐約人陷入哀悼和沉思中。

還有開店已經算是幸運。只有兩名店員，而且也不停抬頭盯著櫃檯上方小電視機的最新報導。

「你們應該還記得，佛斯特說過這個艾德華・陳是數學小天才，後來進入德州大學就讀，繼續念了碩博士。」

「什麼……『碩博士』是什麼？」

「就是繼續讀書啦，廉姆。和指導老師說明自己想專注的部分，老師定期檢查、盡量幫忙。」

「總之，」麥蒂低頭看資料繼續說，「上大學以後他開始研究零點能量。」

「那又是什麼？」

「哎喲，廉姆……你怎麼什麼都要問啦？」

他一副難過樣。「我總得學習現代詞彙吧？說穿了我還是上世紀科克市長大的小孩呀，對吧？」

麥蒂嘆口氣。「零點能量是次原子層級下才能觀測到的能量，在我的年代也還只是鬼……鬼畫符一樣看不懂的理論。」

「好像到我那個年代才在印度做了機器出來，」莎莎補充，「印象中是實驗用的反應爐吧，因應石油和其他能源都快用完的問題。」

麥蒂從紙盒撈了一把薯條。「好啦，我可以繼續說了嗎，廉姆？艾德華．陳一開始鑽研零點能量，後來卻改變主題，寫了論文探討時空旅行可能性。論文的重點還是放在前面說過的理論性能量，次原子級能量分布在正常時空間的每一處，但他認為實際上是來自其他次元的滲漏。這篇論文以後，艾德華．陳沒有其他重要著作，幾年以後罹患癌症過世，才二十七歲。」

「而且佛斯特還說過，」廉姆問，「發明時空旅行的其實是這個姓陳的，並不是瓦德斯坦？」

「唔，他提出理論，有了理論以後瓦德斯坦製造出機器。我覺得兩個人都能掛名吧。」

「時空局的訊息說艾德華．陳是被暗殺的。」莎莎說。

麥蒂點頭。「而這代表……什麼？」她望著兩人，「我猜有人想要阻止時空傳送技術問世？」

廉姆伸手抓了番茄醬包。「呃……等等哦，瓦德斯坦一開始不就那樣想嗎？他希望時光機根本沒出現啊。所以才有了時空局，然後我們三個沒有死，跑到這兒來？」

「那時空局為什麼要救艾德華．陳呢？」莎莎追問，「我是說……沒有他，就沒有時空傳送了，不是嗎？什麼問題都沒了。」

「對呀，」廉姆翹起一根手指，「而且那個訊息也沒有明說要我們救他。」

麥蒂身子前探。「訊息不完整，可能後面會提到？」

「我們無法確定，」莎莎回答，「也有可能未來的人要我們知道因為歷史改變了，所以時空局已經解散……不需要我們了？」

麥蒂搖搖頭，指著印出來的訊息內容。「你們看……開頭就說了『發生污染』，這句話就代表了是個不好的情況，發訊息的人很擔心。」

三人沉默一陣，視線停在列印紙上，想理解文字背後的真實含義。

「佛斯特特別、特別強調這點。」過了半晌麥蒂開口，「無論好壞，歷史有固定的樣貌。如果註定會有個姓陳的人研究出時空旅行理論……那這件事情就必須發生。被更動的話，時空局就得介入修正。」

片刻後廉姆也點頭。「我想妳說得沒錯……那我們知不知道他是什麼時間地點死亡的？」

「收到的訊號已經說了是八月十八，系統顯示當天還是中學生的艾德華．陳參加一次校外教學活動，參觀地點是德州前瞻能源研究所。這些紀錄依據二〇五六年的傳記，假如真的有人想暗殺他，手上大概會有一模一樣的資料。換言之，對方讀了他的自傳，知道某年某月某日他一定會在某個地方……」

「然後就回到那個時間地點，帶著槍等他自投羅網。」廉姆替她說完。

麥蒂點頭。「沒錯。」

「嗯……」廉姆緊張地咬著嘴唇，「這下子妳們懂了為什麼我說沒有大個子鮑勃在旁邊我才不要去吧。要是壞蛋有槍，要鮑勃才有辦法收拾他們啊，對吧？」

麥蒂瞄了下手錶。「也該回去據點了。時空迴圈再過幾小時就重置，我們也得睡會兒。明天早上鮑勃的新身體應該就能放出來，之後你們就去未來確認一下狀況。」

廉姆嘆氣。「又要進浴缸。」

13

二〇〇一年，紐約

莎莎瞪著培養槽裡蜷曲的身影嚇得整整一分鐘發不出聲音。後來她終於抽了口涼氣。「噢，糟糕。」

密室瀰漫紅光，槽底也亮著桃紅色的燈。他們這回把鮑勃的身體搞砸了……不對，過程都是她一個人處理的。

會被他們罵死。

麥蒂的聲音從門口傳進來。「狀況如何？」莎莎不知怎麼回答便沒搭腔。「還好嗎？」

遲早會看到。

「呃……其實不太好。」她開口。

「怎麼了？」麥蒂探頭進來，瞇著眼睛注視密室內一片昏暗。「什麼問題，莎莎？」

「就……鮑勃……」

「不會吧，出了什麼狀況？難道是畸形？沒時間再養一個出來了。」

受到佛斯特招募後不久莎莎便看過所謂畸胎在槽內漂浮，令人聯想到園遊會上帳篷裡的怪胎秀：變形的軀幹、如同鬼怪的面孔，四肢扭曲角度匪夷所思，模樣像是樹枝纏成一團。她心裡感謝上蒼，至少這次不是。

「沒有，發育良好……可是……」

麥蒂好奇走進去，眼睛還在適應黯淡紅光。「從我這角度看確實沒問題啊。兩隻手兩條腿……沒長出什麼奇怪的東西。」

莎莎盯著粉紅色濃稠液體裡那個成人形體喃喃道：「我應該是放錯胚胎了……」

麥蒂朝前走了幾步，小心翼翼免得被電線或其他連著培養槽的管線絆倒。

「說了半天到底是什麼——」麥蒂站到女孩隔壁時啞口無言。「唔，」她低聲說，「我懂了。」

莎莎咬著嘴唇。「一定……一定是我……對不起，我沒檢查！我……我沒看清楚。」

麥蒂瞪著她。「沒看清楚？」

「看起來長得都一樣嘛！」莎莎聲音尖銳起來，「真的對不起！」

「噢，太棒了，莎莎。真的太棒了。這下子我們怎麼辦！」

「我說了對不起嘛，對不起啦，我不知道啊，就——」

「對不起……就可以了？對不起沒用啊，沒時間再培養一個了！」

廉姆走進密室。「喂、喂，小姐們！究竟吵什麼啊？」

「你自己過來看看就知道了，」麥蒂沒好氣道。廉姆提心吊膽走到兩人中間。「這就是你的新夥伴。」她語氣刻薄。

廉姆望著槽內的模糊身影，眉毛忽然向上揚。「是……是……是個……」

「女的。」莎莎幫他說完。

「喔我的天父聖母啊……從來沒想過除了男孩也有女孩。」

麥蒂從地上拿了一根空玻璃試管起來，胎兒原本放在裡面。她湊近培養槽，利用裡面透出的微弱光線好好端詳。

「這邊。」幾秒以後她指著試管底部的小字。

莎莎靠過去眼睛用力想在微光下看清楚。「只有兩個字母……ＸＸ，這是什麼意思啊？

麥蒂咋舌搖頭。「妳不知道？」

「不知道。」

廉姆聳肩。「我也不知道。」他眼睛還是盯著槽內的女性軀體。

「女生的意思，如果是ＸＹ就代表男生。你們兩個也太傻了吧！沒有學過染色體嗎？」

廉姆好不容易挪開眼睛。「染色Ｔ？」

無可奈何的麥蒂朝壓克力槽體拍了一下。「算了，以後再解釋。現在問題是怎麼辦？」

「重新培養一個的話，至少得等三十六小時才能開始調查艾德華・陳的死因。」莎莎說。

「所以我說啊！」麥蒂摘下了眼鏡揉揉眼睛，「未來的訊息看起來應該很緊急才對？不知道這段期間已經遭受多大損害！」

「別無選擇，」莎莎回答，「只好……」

麥蒂點頭。「只好你自己過去一趟了，廉姆。」

廉姆瞪著兩人。「開玩笑的吧？」

兩人沒講話。

「嗯，」他說，「那答案是……門也沒有！想都別想！謝謝！我才不要一個人去什麼奇怪的未來。除非鮑勃——」廉姆瞥了槽內女性一眼，「還是芭比也好，有支援單位跟我去才行。我在二〇〇一年想搞清楚妳們那些『現代』玩意兒就已經昏頭轉向，到了二〇一五怎麼可能自己活下來，妳們想清楚。」

麥蒂嘆口氣。「也對，」她望向溶液內的身形，「生化人或許力氣沒有上次大，但還有鮑勃的人工智能和資料庫可用。」她又看著廉姆，「加上這次只是偵察任務。確認艾德華・陳的情況就可以了。」

廉姆板起臉。「上次佛斯特也這麼說……結果呢？我被困在戰場上六個月。」

麥蒂伸手搭著他臂膀。「這次我們會小心一點。」

他咬著嘴唇，良久之後點頭。「我的天……算了，只是迅速看一眼的話應該沒關係。」

麥蒂拍拍他肩膀。「好。莎莎？」

「嗯？」

「把生化人放出來吧。」

「好。」

莎莎蹲下來操作槽體基座的小型面板。

「呃……廉姆？」麥蒂又問。

「怎麼？」

「讓一下。」

「讓什麼？」

「給點空間。」

「啊？」

麥蒂再次嘆息。「就算現在還沒腦袋不會講話……生化人還是個女的啊。」

被硬生生趕出密室之後，廉姆還在生悶氣時金屬門就開了，沒上油的滑輪吱吱嘎嘎叫得尖銳。麥蒂和莎莎先探出頭來，表情彷彿兩位驕傲的助產士，她們護送白皙女子走進倉庫燈光，那人身上還裹著長浴巾。

廉姆仔細觀察：生化人比兩個真人高，與上次鮑勃剛離開培養槽一樣是光頭。即便如此，他還是得承認有一點點怦然心動的感受——生化人的相貌十分美麗。

「呃……妳好。」他有點不知所措。

複製體困惑地看著他，被兩個女孩帶到前面用餐的地方。白嫩肌膚才剛離開溶液所以帶著水光，但身上飄來如同肉湯酸臭的氣味，廉姆聞到覺得反胃。

「妳好。」生化人在他對面坐下以後廉姆又嘗試一次。

「嘎咯咕嚕呼呼噗……」對方發出怪聲同時還有暗褐色液體自嘴角滴落到下巴。

「嗯，」麥蒂對廉姆說，「你們先熟悉一下彼此，我來載入人工智能。」

他點點頭，視線鎖定在複製人身上。與上次的鮑勃是無法相比，肌肉少得多，但還是健美。

鮑勃？

鮑勃？廉姆，你果然是笨蛋。

他忽然意識到不應該將上回陪同自己出任務的大猩猩等同為鮑勃，那個軀體只是人工智能初次使用的有機載具。然而隨即他卻又轉了個方向思考：如果說鮑勃有「人格」可言，那的的確確是在壯漢的肉體中形成。高大、笨拙、一頭淺褐色亂髮，坦克般威武，說話就像火車自頭頂上威廉斯堡大橋經過那樣轟隆作響。要將那個形象與鮑勃脫鉤實在很困難。

出任務的半年內廉姆和大猩猩互相扶持。對他來說鮑勃不只是程式，還有僵硬死板的臉上那抹極度彆扭的微笑，簡直像是馬兒齜牙咧嘴。鮑勃被人亂槍打壞、無法修復，廉姆大哭一場，摟著生化人「死」在自己懷中，還執行血淋淋的手術取出晶片。他始終試著抹去那段記憶。

廉姆沒有對別人提過自己為了鮑勃痛哭流涕，因為聽起來好像很蠢。最後鮑勃活下來了，靠的是自己手裡染了血的矽晶片。累積六個月的記憶、學習、適應、成長都儲藏在裡面。留在一九四一年血紅色雪地上那具傷痕累累中彈無數的遺體不是鮑勃，電腦裡的人工智能才是他。

他再看看面前這個年輕……女子。苗條健美，面孔皎白無瑕。

所以是「她」？不對，廉姆，是「它」……懂嗎？別以為是「她」。這只是有機載具，肉做的機器人。彷彿看穿他心思一般，複製體嘴角噴出更多噁心液體，喉嚨咕嚕出支離破碎的話語。

莎莎吃吃笑。「和鮑勃真的好像喔，可以當他雙胞胎妹妹了。」

麥蒂從工作站走過來坐在複製人隔壁。「好了，鮑勃開始載入程式，正在和支援機體內建的作業系統連線，之後就將人工智能傳輸進來。」

「嗯？……鮑勃怎麼連接到她的……腦袋？」廉姆問，「不用插線？」

「有藍牙，」她語調帶著疲乏。「嗯，我知道這個詞對你毫無意義。」麥蒂嘆氣後開始解釋，「那是設計給短距離低延遲情況下的寬頻無限資料傳輸模式。」

廉姆盯著她瞠目結舌無言以對。麥蒂再次嘆息。「資料會從電腦直接飛進生化人的腦子裡。」

「喔……這樣啊，」廉姆笑道，「妳一開始這麼說不就懂了嗎。」

工作站電腦嗶嗶叫。「開始上傳。」麥蒂說。

坐在廉姆對面的複製人忽然挺直身體，像狗兒聽到哨子那樣仰起頭，眼瞼極其快速眨動，看得廉姆目瞪口呆。數據湧入機體顱內的電腦系統——二〇五〇年代的尖端技術，遠勝他們以串連方式組合出來的工作站。

傳輸大約花了十分鐘，最後女性複製人閉上眼睛。「正在安裝，」麥蒂告訴他們，「待會兒就會啟動。」

片刻後複製人抬起頭，望向三人的目光中閃著智能。

「鮑勃？」麥蒂問，「還好嗎？」

複製人彆扭點頭。「肯定。」嗓音還是又低又啞，和之前的鮑勃很接近。

「Jayzus（耶穌保佑）！」廉姆身子一震，「好……好奇怪。」

莎莎也板著臉。「呃……jahulla⓫！這嗓子太不對勁了！」

「調整發聲模式，」鮑勃沉聲之後抬高下巴再開口：「這樣可以嗎？」嗓音柔細，終於像個十八歲女性。

麥蒂點頭。「好多了，外人不會發現妳其實沒性別……會當妳是女的看。」

廉姆不停搖頭暗忖到底是它、他、她，還是鮑勃？「好奇怪，」少年忍不住感慨，「真的好奇怪。」

⓫ 表達驚嘆或不滿的語氣詞，類似粗話 fuck 或 hell。

14

二〇〇一年，紐約

「她下載了關於艾德華．陳所有的傳記資料和德州前瞻能源研究所的結構圖。沒問題吧？」

支援生化人點點頭以後下水來到廉姆身旁，她穿的內衣由麥蒂自動自發從床單底下翻出來捐贈。

「肯定。本次任務所需資料已經全部儲存完畢。」她語調甜美。

廉姆搖搖頭。「還是覺得好怪喔。我是說……能再見面很開心啦，鮑勃，可是你……妳……」他忍不住瞟了複製體的胸部然後緊閉雙眼，「天吶……妳現在是女的，真的！」

「建議：請賦予本人工智能版本專屬代號。」

坐在階梯頂端的麥蒂俯瞰兩人點頭說：「沒錯，你不能再叫她鮑勃了。」

「補充：機體裝載的人工智能為複製版本，但進行運算的有機腦不同，本次有機機體壽命期間將接收不同資訊輸入並產生全新版本的人工智能。」

廉姆抬頭望向麥蒂。「她……它……鮑勃剛才說什麼呀？」

「建議你當她是個不同的人、新的團隊成員……因為發展出來的人格會不一樣。應該是這意思吧？」

生化人點頭。「肯定。因此此版本人工智能需要獨特代號。」

「她希望有個名字，不要和鮑勃混淆。」麥蒂一邊點頭一邊朝工作站撇下巴，「別忘了，鮑勃還在那裡面。」她笑道，「你就把這個生化人當作……怎麼說呢……鮑勃的妹妹吧。」

廉姆看了看水槽內的複製人，對方學著鮑勃露出善意笑容——確實和她那個哥哥一樣僵硬，好像馬臉。太不合適了。不過不知為什麼，放在女生化人臉上好看些。「廉姆，」她輕聲道，「請為我命名。」

「想一個吧，」麥蒂說，「這次你自己來。」

他搖搖頭。「呃……一下子想不到。」

「嗯，那再想想吧。」她轉頭朝倉庫對面大叫：「莎莎，剩多久？」

「五十秒！」

麥蒂遞了幾個防水包過去。「在那邊穿的衣服，還有她的假髮。你們到達研究所的時候會有三十個學生在裡面參觀，依據平面圖我挑了設備儲藏室，距離主實驗室很近。你們可以躲在裡面先擦乾、更衣，然後跟著學生隊伍走。」

廉姆點頭示意。

「這次先看清楚艾德華·陳是怎麼死的就好，知道嗎?別出手干預……觀察為主。回來以後告訴我們，大家一起制訂對策，懂嗎？」

「嗯。回程是？」

「設定在艾德華·陳死亡後十分鐘。保險措施照舊，第一次沒趕上的話一小時以後還有機會……再來你都記得才對。」

「一小時、一天、一週。」

「沒錯。」

「三十秒！」莎莎提醒。

「沒問題了吧，廉姆？」麥蒂輕聲問。

他點頭，但冷得牙齒打顫。

「一路小心。」她語氣溫柔，拍了拍廉姆搭在槽口的手，接著起身走下槽邊的梯子。

廉姆回頭看著在身旁踢水的生化人。「唔，我想到名字了。」

「廉姆，時間所剩不多，」她回答，「請先進入水中。」

他雖不甘願也只能點頭，吸飽空氣之後放手捏鼻。生化人先輕輕按著他頭頂，再來出其不意大力向下壓，自己也竄進水底。

15

二〇一五年，德州

他看著前面，艾德華．陳就在學生群內，與其餘中學生相比個頭特別小，感覺身上的帆布包和黃色T恤格外大。

是、是，他就是這麼瘦小的人……但千萬別忘了他釀成什麼大禍。

豪沃．古達咬緊牙關堅定信念。前方幾碼外就是傳奇人物艾德華．陳，後世尊稱為時空穿梭技術的始祖。他反覆默唸此行目的。

艾德華．陳必須死。艾德華．陳必須死。

許多同伴遭到逮捕，為的就是將他送回這個能夠接近艾德華．陳並將之誅殺的時間地點。豪沃背上很沉重——紅色帆布包上以粉紅色字樣印有《歌舞青春第四集》的電影字樣，但之所以沉重是因為肩頭的重責大任；微型碳纖維射擊武器，藏在大賣場隨處可見的廉價野營水壺內。

研究所派來的導覽擠過前頭的學生，停下腳步轉過身，高舉雙手要大家注意聽他說話。

「好，大家休息得差不多了，也對零點能量有了基礎認識，現在我們就過去研究所裡面最最重要的地方：實驗反應爐。但是呢，進去之前要請大家配合安檢——」

三十個學生齊聲哀號。

「抱歉，孩子們，」他笑道，「得按照規定來。請大家打開背包或書包讓保全看一下，最後一次了，檢查完就可以進去。」

第三次。乍看之下豪沃與其他學子無異，臉上掛著一抹無奈厭煩。他拉開拉鍊準備讓保全進行例行盤查。要是對方忽然想到打開水壺看看，就會發現形狀大小都類似白板筆的武器。

豪沃觀察保全和學生隊伍。

他不會打開的……因為，豪沃，你看起來和其他學生沒兩樣，覺得很煩、一心只想快點進去。你不緊張，也不害怕。

選擇豪沃執行任務有其考量：即使二十三歲了，他外表仍然稚嫩，偽裝成中學生並不困難。嘴上鬍碴讓人以為是個想留鬍子又留不出的小夥子，深褐色捲髮在後腦繫成亂亂的小馬尾、套著鞭擊金屬樂團Arch-NME的巡迴紀念T恤，整個造型足以使人低估他六、七歲之多。任誰也沒法想像他是二〇五九年的數學研究生豪沃．古達。他是雷納德．包嘉納，名不見經傳的中學小夥子，上次考試終於考出好成績。

真正的小雷還在自家地下室和媽媽一起被捆著還塞住嘴。豪沃考慮過索性殺掉他們，免得兩人掙脫了後患無窮，不過計算之後認為自己一定能在東窗事發之前就得手。

他搶了小雷的學生證，上面照片有點模糊，不是熟人看不出問題。今天早上參加活動的學生在奧斯丁市集合，小雷那所學校就只派了一個人，所以大家都認得他，完全想不到面前這人並非真的雷納德。

事實上到場學生彼此素未謀面，來自德州各地不同學校，多半由家長送到集合地點上車之後就交給惠莫爾校長照顧。

豪沃觀察四周。

會不會還有別人混進來？

他馬上將這念頭斥為無稽之談，提醒自己保持冷靜、輕鬆自在，就像身邊其他人。此外還得透露一點煩躁，為了校外教學活動大清早起床，要是沒什麼新鮮刺激的東西真是白來了。

終於輪到他接受安檢。「早安，」對方沙啞地說，「我看一下你的包包。」

豪沃若無其事遞上帆布包。

「沒什麼違禁品吧？」

「違禁品？喔……裡面有個炸彈啊。」他擠出無精打采的笑容。

「不好笑哦。」保全板著臉翻查，裡面有一盒三明治、水壺、幾本捲得變形的漫畫。他闔上包包揮手要豪沃過去。

豪沃也煞有介事揮揮手。「祝你順心。」

「快點過去吧。」保全忙著檢查下個人。他朝前望去，艾德華．陳和其他人已經聚在克里和惠莫爾旁邊，隊伍集合完才繼續行程。

他深呼吸平復心情和心跳，隨之跟上。進入零點能量實驗室才出手，因為實驗室對外密封，保全那些閒雜人等不會跟進去。在裡頭最容易瞄準目標，發射之後外頭好一陣子才能反應過來、開門介入。

我逃不掉。

豪沃苦笑，暗忖為了人類未來自己付出的代價算不上什麼。

16

二〇一五年，德州

他們隨水落在堅硬地磚上。

「噢！」廉姆嗚咽。

水嘩啦啦散開，浸濕四周裝有清潔用品的紙箱。

「Jayzus（耶穌保佑），就不能挑個軟一點的地方嗎……枕頭之類的？」他皺著眉頭放開鼻子，呼出來自二〇〇一年的空氣。

「資料不足，無法鎖定──」

廉姆舉起手。「別說了……我不是要妳回答啦。」他撥開垂下的頭髮然後睜開眼睛，當場後悔。

「啊，聖母在上！」他用力閉緊雙眼轉身面壁。

「怎麼了？」

「妳脫衣服前先講一聲啊！」

「為什麼？」

「因為……因為……」廉姆咬嘴唇，怎麼會這樣。「因為妳……鮑勃妳現在是女的了！」

儲藏室角落架上有幾條大毛巾，他看到就先過去拿來擦身體。

「你應該為這個人工智慧版本重新命名。目前我還是『鮑勃』，」生化人說，「但人工智能即將發展新支線與新特徵，需要以新代號加以識別。」

廉姆點頭。「嗯。」他本能地將大毛巾圍在自己腰上才脫下四角內褲，然後從袋子取出衣物換上。

「傳送前四秒時你表示已經想到新代號。」

「啊……對啊，我想好了。」

她轉頭望向少年。「我的新名字是？」

廉姆聽到背後有穿衣的沙沙聲。很好。他不想再看到那玩意兒了。

防水袋內有螢光綠寬鬆七分褲和海軍藍運動衣，衣服上寫了NIKE，不知為什麼還畫一個勾。儘管看起來滑稽，穿上衣服他覺得自在許多。

「我有個表妹叫做蕾貝卡，」他回答，「通常叫她小名，『貝兒』。」

「貝兒？」生化人句尾上揚為疑問語調。

「對啊，貝兒。」

「稍候……登記代號……」

「那，妳現在體面了沒啊？我可以轉過去嗎？」

「體面？」

「就，衣服穿好沒？」

「肯定。」

廉姆轉身以後剎那間喘不過氣。「哎呀——」

貝兒仰頭一看。「衣服穿得不正確？」

他滿面困窘，視線掃過黑色的軍靴、緊身褲、蕾絲迷你裙和露臍短上衣，最後是那張……完美的臉蛋被火一樣的紅髮圈起來。顯然莎莎有意要支援生化人化身為哥德風女戰神。

「呃，沒有。妳……妳這樣穿……沒錯吧……我猜。」

廉姆驟然口乾舌燥頭暈目眩渾身不對勁。Jayzus（耶穌保佑）……鎮定呀，廉姆。面前的是……是女裝的鮑勃，是吧？

「建議：今後請稱呼我『貝兒』，」生化人強調：「以避免人工智能非必要的誤判。」

他點點頭。「好……嗯，以後妳就叫做貝兒，我明白了。」

「正確。」她笑起來倒還是和鮑勃一樣古怪笨拙，不過卻又意外地很適合那雙新嘴唇。

廉姆趕緊轉移注意力。「先出去找到那個姓陳的吧。」

貝兒點頭眨眼自硬碟讀取資料。「目前位置為研究所的實驗反應爐大樓，與反應爐相當接近。」

廉姆走到儲藏室門口打開一條縫，看到外頭有道狹窄走廊、前面的對開門上註明「未獲授權人員及訪客均不得進入」。隨即他聽見走廊一頭傳來人聲，玻璃門朝內開啟，穿著亞麻西裝的男人帶領一群腳步遲緩的青少年入內。

「嗯，位置沒錯，」廉姆悄悄說。那群人走近了，男子轉身對年輕人講了些話、手勢很多。

他輕輕關門直到聽見門鎖喀嚓一聲才耳語道：「學生進來了，我們跟上就行。」

隔牆聆聽西裝男說話、運動鞋在油氈地板上摩擦出的窸窣聲經過儲藏室後他又開門偷窺，學生隊伍的尾巴就在外面。三個金髮女生小聲聊天聊得熱烈，壓根兒沒注意前面領隊講些什麼。

「走！」廉姆以唇語下令立刻竄出去，貝兒迅速追上。

到了學生後方，一個女孩恰好回頭。他趕緊仿效前面男生那種吊兒郎當的姿態步伐。

「嗯？」女孩說，「還以為，就，我們排最後呢。」

廉姆聳肩笑道：「沒有啦，就，我們走比較慢。」他盡力隱藏自己的愛爾蘭口音。

女孩盯著他一會兒後露出笑容，轉頭回去和另外兩人繼續竊竊私語。

他暗自鬆口氣。過了第一關，順利混入隊伍末端，並且成功假扮成普通學生——滿臉無奈、不想待在死氣沉沉的實驗室，換成迪士尼樂園或環球影城該有多好。廉姆朝貝兒笑了下卻立刻懊惱不已，因為貝兒也笑了，這一笑勾得他心頭小鹿亂撞。

廉姆你這傻瓜……搞清楚，那是穿著女裝的鮑勃！

都怪莎莎給生化人準備這什麼衣服，如果樸素些寬鬆些別這麼性感不就沒事了嗎。還有那頂假髮怎麼回事？為什麼是這種顏色？豔紅髮色在他眼中最具魅力，上學期他初次暗戀的女生瑪莉・歐登奈就有一頭火紅的秀髮。

懇求上帝保佑……她是肉做的機器啊。真的是。

17

二〇一五年，德州

「到了！」克里先生向大家說，「接下來就要進入中央反應爐封鎖區，實驗室周邊設有電磁場遮蔽所有電子儀器可能造成的干擾。換句話說，我們要走進一個超巨大電磁鐵裡面，各位身上如果有iPod、筆記型電腦、智慧型手機、記憶卡又擔心資料損毀的話，建議先放到旁邊再進去，好嗎？」他指著兩片式厚重金屬門外一張桌子。

幾乎所有學生都哀怨地從包包裡掏出一堆閃亮小玩意兒，有金屬也有塑膠，廉姆看著覺得好笑。

都拿出來以後，克里先生朝金屬門輸入密碼，微笑著等門板朝內打開。

在場的青少年原本無精打采，直至此時才抖擻起來、異口同聲讚嘆眼前所見的球形空間，看似完全由橄欖球大小的滾珠軸承組成。

「大家應該都發現了，整個實驗室內部裝滿通電磁鐵，形成一道無法穿透的障壁，阻擋所有FM廣播和WiFi訊號，還有電流、大氣靜電等等可能影響測試讀數的因素。」

他帶隊走進球形實驗室，步道向上爬升，連接直徑三十呎的平台。克里指著相較之下不很起眼的金屬物體，外觀如同打磨過的女巫大鍋和鍋蓋。鍋子有六呎寬，蓋子伸出各種管線與金屬圓筒刺進內部翻騰的魔藥。

「同學們……我們所在位置是研究所的核心，國家投資了好幾百億打造這裡的設備，未來世界的能源很可能就從這裡誕生。」

「這就是反應爐嗎？」惠莫爾問。

「沒錯，我們面前就是零點能量測試反應爐。」克里笑著微微搖頭，「直到現在我個人還是很訝異。這個體積……差不多只是一輛小車而已，根據理論卻能夠提供足夠地球上所有人使用的電力。」

廉姆和其他人一樣，聽得嘴都合不攏了。

「前幾次測試已經成功開啟時空孔道並取出豐富能量，下一個階段關鍵是如何維持並控制空洞……當然，那麼龐大的能量如何儲存也需要好好考慮。」

「聽起來怎麼……感覺有點危險？」方才瞟了廉姆的金髮女孩開口說。

克里先生聽見了。「妳的名字是？」

「蘿拉．懷利。」

「好的，蘿拉……我明白這聽起來似乎有一定危險性。資深研究成員布隆博士甚至比喻為開啟窺孔偷看上帝的面容。」克里擠出笑容，「他的形容誇張了些，但大家也因此想像到這股能量究竟有多大……」

豪沃．古達後背滑過第一滴汗。他悄悄將帆布包放在地板，稍微拉開拉鍊探手進去，指尖很快摸到保溫壺蓋輕輕轉開。

艾德華．陳就在前面學生群裡，一樣望著平台上閃閃發亮的金屬容器說不出話。

就豪沃的立場只覺得在場眾人都蠢得無藥可救。人性如此，尚未徹底理解一項技術就貿然押注。大學恩師曾經談到二次世界大戰時美國執行曼哈頓計畫，製造出世界上第一顆原子彈。試爆地點是新墨西哥州，當時科學家無法預估爆炸威力會毀掉的是數平方哩沙漠抑或是整個地球。那些愚不可及的傻子竟就那麼動手了，以全人類未來作為籌碼豪賭一把。

時空旅行也一樣，人類還沒準備好，不該擁有這種技術。他逐步靠近艾德華．陳，視線先飄向反應爐室大門又慢慢挪回來。

碳纖維武器已經握在手中。體積極小，內藏六發淬毒子彈。打傷目標就夠了，只要艾德華．陳肌膚有傷口就註定幾分鐘內死於神經毒素。

然後，豪沃心中對自己說，時空傳送不復存在。

18

二〇〇一年，紐約

「啊？嫉妒？」麥蒂用力搖頭，「嫉妒鮑勃二號？」

莎莎一臉淘氣。「問問而已嘛。」

「擺脫，怎麼可能！又不是人……是複製人，而且不是完整的活人，沒有正常的人腦啊！」

「可是看起來沒差別。」

「櫥窗人體模型、《大英雄》⓬真人玩具或者芭比娃娃還不是一樣。」

莎莎聳肩竊笑。「廉姆好像覺得她很漂亮。」

麥蒂心裡清楚。他眼珠子都快掉出來。「男孩子不都那德行……腦袋裡就只有那種事。」

莎莎吃吃笑。「是沒錯啦，」她的工作站辦公椅轉過來，「不過，妳真的……一點都不吃醋嗎？」

麥蒂取下眼鏡在T恤上擦拭。鮑勃搖身一變成了健美動感女戰士是挺奇怪，而且……那姿色確實叫每個女性都自嘆不如、相形失色。但話說回來，麥蒂早就習慣外表被人比下去。

假如莎莎是拐個彎問自己對廉姆有沒有感覺……嗯，答案是沒有，不是那種感覺。他長相不錯、性格紳士，然而麥蒂卻只有惋惜、以至於哽咽的情緒。

每次送他穿越時空，都是削減他的生命……

她看著莎莎：「沒有。不會吃醋。怎麼說呢……我對他沒有──」

>麥蒂，準備開啟回程傳送門。

「好。」她轉身操作電腦，輸入回程坐標。

「他人很好啊。」莎莎說。

「是不差，」麥蒂回答，「我想他在愛爾蘭的時候也有女朋友吧。但是呢……我比他大兩歲，所以……把他當弟弟、表弟之類了吧。就……妳懂的，沒覺得能當男朋友。」

她確認坐標。「再來呢，莎莎……我說啊──」麥蒂面色一沉，「妳也太八卦了吧。」

「抱歉啦。」莎莎撥開眼睛前面一綹黑髮，「啊，我想起來了！妳一定猜不到我在二手店看見什麼──」

「等會兒再說，我得專心……」

⓬ 即電影《特種部隊：眼鏡蛇的崛起》前身動畫（*GI Joe*）。

19

二〇一五年，德州

廉姆找到艾德華．陳。本來以為會更明顯一點，沒想到在場有七、八個東方面孔，還都看起來特別稚嫩。所幸他早就知道艾德華最年幼，所以很快鎖定前排的瘦小男孩。艾德華．陳盯著零點能量反應爐猛瞧，對周圍渾然不察。

貝兒輕拍廉姆臂膀，湊到耳邊開口：「資訊提示：任務資料顯示艾德華．陳四分鐘又七秒後死亡。」

他點點頭然後東張西望想找出威脅何在。既然只剩四分鐘，行兇者此時此刻應該在現場，而且準備動手。廉姆目光射向滔滔不絕講解機器結構與作用的克里先生、邊沉思邊捻那嘴稀疏鬍鬚的惠莫爾校長，以及駐守於兩台終端機前方的技術人員。

是這四個其一？

他再觀察周圍，學生還在驚嘆實驗室內部的高科技以及克里口中難以置信的數據，例如「等同於過去一百五十年煤炭、石油和天然氣產生的能量總和……」

難道埋伏在學生中？

有何不可？偽裝成學生反而最簡單，畢竟廉姆自己也混進來了，他和在場最大的學生同年紀。換言之，與其假扮為研究人員，偽裝成學生對刺客而言更簡單。他和貝兒做得到，其他人沒理由不行。廉姆趕緊觀察身旁每張臉，看看誰特別緊張、眼珠子一直轉、嘴唇靜靜禱告之類。出手之前應該會有些內心掙扎才對。

貝兒再次輕碰他臂膀。

「又怎麼啦？」他發氣音問。

「偵測到前導迅子。」

廉姆盯著她。「啊？」回程傳動時間還沒到，應該是艾德華．陳死後十分鐘才對。「妳確定？」

貝兒朝反應爐點頭。「那裡。判斷為……」她睜大眼，嘴唇顫動猛眨一陣以後放聲大叫：

「**危險！**」

豪沃和艾德華．陳很靠近了。他手探進帆布包，指尖抵著武器，隨時可以發射。但是他想要站到目標背後，確保絕對不失手。太重要了，一切繫於自己能否命中。兩人相距不過兩碼時，猝然隊伍後側一個豔紅頭髮的高挑女孩扯著嗓子吼叫。

克里先生被打斷。「怎麼回事？」

「**危險！**」女孩又叫道，高聲且緊急。

「同學，」惠莫爾出面，「這不是可以開玩笑的場合！」

豪沃轉頭望去。

狀況不對。被發現了！

「**危險！**」女孩仍舊沒住口，但一伸手指的不是他，而是反應爐。「迅子與反應爐交互作用！即將爆炸！」

豪沃可聽不懂她鬼扯什麼。或許是意外，正巧碰上怪裡怪氣的哥德系女學生想抗議零點能量實驗。論立場的話他也支持，但這時機太不妙。別分心。豪沃向前推擠，其他學生聽了女孩大叫則是緩緩後退。

終於到了艾德華後面。他低頭瞪著小矮子，手指勾著扳機，準備發出致命一擊。

艾德華．陳抬起頭。「後面那女生說什麼啊？」

豪沃聳聳肩。「我……呃……我猜她腦袋有毛病吧。」

「夠了！」惠莫爾校長破口大罵，穿過看戲的學生朝女孩走去。「哪來的爆炸！」

艾德華朝豪沃一笑。「神經病一個？」

豪沃不由自主報以微笑，內心驟然動搖……他沒準備好，無法在貼身距離開槍。扣扳機前看見這張天真善良的面孔不在他的計畫內。

毫無預警，貝兒扣住廉姆肩膀硬生生將他拖向門口、遠離反應爐。

「貝兒！妳幹嘛？怎麼回事？」

「即將爆炸。」她回答得乾淨俐落，而且音量夠大。周圍學生聽見了一陣恐慌，跟著朝走廊邁步。

「大家請鎮定！」克里叫道，「反應爐一切正常！」

廉姆仰頭望著她。「妳確定會——？」

貝兒忽然停下腳步。「來不及了！」她將廉姆手臂往地面拽，廉姆順勢跪倒在地。

「噢！妳幹嘛呀？」

生化人跪在廉姆前面伸手圈住他肩膀，以身體擋在少年和反應爐之間。廉姆從她肩頭凝望反應爐，厚重金屬外殼竟然有如果凍般起伏，接著朝內塌陷。

「搞什麼——？」

貝兒的手揪住他鼻子吩咐：「低頭！」然後使勁一壓，廉姆幾乎蜷成球，臉趴在生化人大腿。驀地一陣拉扯觸感，怪異至極，彷彿自己、貝兒，甚至整個世界被超巨大熨平機⓭碾成薄到不能再薄的麵皮之後……伴隨金屬機殼凹縮進超越人智、無限小的一點。

「喔喔喔喔天吶吶吶吶吶！」

⓭洗衣房設備，以二到三個手搖軋輥或電力轉動去除衣物水分並將之軋平的機器。十八世紀發明，十九世紀出現工業用蒸汽引擎熨平機，二十世紀四〇年代則改為電力熨平機。

20

二〇〇一年，紐約

麥蒂和莎莎盯著橋孔倉庫中心處那道傳送門。隔著漣漪起伏、微光閃爍的空氣，兩人模模糊糊看見儲存室內部模樣，廉姆和生化人就從這兒進去。

「狀況很明顯不對。」莎莎低聲道。

麥蒂點頭。「已經錯過第三次回程傳送。」

五分鐘前，她們滿懷期盼準備好傳動程序，以為簡簡單單的偵察任務不可能出差錯，廉姆與支援生化人馬上就會回來報告艾德華．陳的死因。

然而已經第三次了。兩個女孩呆望那間儲藏室，卻找不到兩個夥伴的身影。「唉，這下怎麼辦？」麥蒂喃喃自語，「有什麼辦法嗎，回程備案全都用完了。」

＞**麥蒂？**

她湊近工作站麥克風。「怎麼了？」

＞**可以嘗試六個月的回程備案。**

「唔……說得對。」

鮑勃這話沒錯，值得一試。她按下螢幕上的「清除」選項，倉庫中央微微閃動的傳送門啪地消失，只留下一陣輕風。麥蒂輸入新坐標，時間訂在去程傳送門的五個月三十天二十三小時又五十五分鐘後，也就是支援生化人的自毀機制時限前。這是目前唯一合理的手段，也是他們最後能夠趕上傳送的機會。倘若生化人死亡，廉姆自己無法接收迅子訊號得知新的傳送坐標。但換句話說，六個月後的儲藏室仍舊找不到兩人的話，麥蒂就真的無計可施。

新坐標確認無誤，她啟動時光機。十二呎寬範圍的球狀範圍內空氣再度旋轉波動，然後顯露彼端的儲藏室。兩個女孩繼續瞇起眼睛搜找那片昏暗，櫃子沒變、有些東西換了位置，看得出經過整理，可是終究沒看到廉姆與生化人。

「噢，」莎莎開口，「真的失聯了。」

麥蒂托著自己下巴。「不……我想想。」據點還有一個與生化人聯繫的手段，也就是迅子訊號射線。上回她們推估廉姆和鮑勃的大致位置便發送廣範圍訊號穿越時空，而且生化人成功接收了。

「鮑勃，」麥蒂朝著麥克風說，「可以朝未來發送訊號嗎？」

>**肯定。能量足夠。**

「好……那我們設定在……艾德華．陳出事的五分鐘前吧。」

「要怎麼說？」莎莎問。

「我也不知道。可能就——狀況有異，任務取消之類。」

莎莎點頭。「嗯，就這麼辦。」

麥蒂坐回辦公椅，先關掉傳送門。又一股氣流飄來。

接著她打開訊息介面，飛快鍵入一串話：立刻回儲藏室，會開傳送門。任務出狀況，你們有麻煩。

鮑勃的對話視窗跳出來。

>**妳要傳送訊息？**

「嗯，馬上。」

>**建議：縮小射線範圍。**

為了集中射線，麥蒂要更精準掌握發送目標，問題在於兩人有可能到了研究所的別處，而她毫無頭緒。也許是被逼著繞路，比方說發生火災？實驗室設備故障也可能強迫所有人撤離。

「鮑勃，射線範圍涵蓋整個研究所吧，只要生化人可以收到訊號就好。」

>**注意：該區域設備與迅子交互作用會產生無法預期的反應。**

「我才不管他們的實驗成不成、寶貝設備會不會壞……只要廉姆收到訊息就好！」她罵道，「懂嗎！」

>**瞭解。射線擴大至全區。**

莎莎抬頭。「妳確定嗎？」她腦袋朝電腦一點，「鮑勃剛才是警告我們吧？」

麥蒂在椅子上一轉。「有更好的主意？」

莎莎搖頭。

「那就對啦。」她沒好氣道，「總得試著聯絡。」

麥蒂，保持冷靜，妳是隊長，一定要冷靜。

她面色緩和並拿起氣喘噴劑吸一口。「抱歉，莎莎……我壓力有點太大。」

「沒關係，我懂。」

「不知道還能怎麼辦。」

＞確定傳輸訊息？

「鮑勃，你剛才特別提醒……是為什麼？我們傳送迅子射線過去反而會對廉姆有危險嗎？」

＞補充資訊：迅子可能與研究所當時進行之零點能量實驗產生交互作用。

「但是會不會危害到廉姆？」

＞無法判斷。紀錄顯示零點能量研究因潛在危險而終止，德州前瞻能源研究所及其研究成果鮮少出現於公開文獻。

「那？現在該怎麼辦？」

＞建議：待命。

「什麼也別做嗎？」

＞無誤。待命等候，對方可能主動聯繫。發送迅子訊號可能危害廉姆與生化人，且對時空局造成風險。

麥蒂無言注視螢幕。「他們可能遇上麻煩，需要我們幫忙，但你要我視若無睹、什麼也別做？」

＞肯定。研究所內高敏感度儀器可能偵測迅子訊號並攔截訊息內容，導致時空傳送技術與時空局資料洩露。

「這麼一來，艾德華．陳發表論文之前十四年就證實時空穿梭的可行性，」莎莎幫腔，「我們發送訊息給廉姆也會改變歷史，和艾德華．陳死掉沒兩樣。」

＞**莎莎所言無誤**。

「意思是我們不管了，讓他們自己想辦法解決？」

＞**此為建議方案。兩人具備應對能力**。

麥蒂咬唇思索一陣。「但做決定的還是我？」

＞**妳是隊長，我僅提供資料和策略參考**。

「那我認為別管什麼潛在的時空污染、會不會搞砸人家的零點能量實驗，更不用顧慮什麼時空局安全問題。反正截至目前為止還不是無人聞問……我才不可能為了討上面歡心就犧牲廉姆。傳訊息警告他和生化人，叫他們放棄偵察趕快回來，之後……我們之後再處理歷史變動問題吧！怎麼樣？」

莎莎聽了點頭。「也是個辦法。」

麥蒂轉頭看著螢幕。「可以吧？」

交談視窗上那個＞符號像是正在思考般閃個不停，兩人也聽見硬碟轉動發出微弱嗡嗡聲。好幾秒以後游標終於移動。

＞**肯定**。

「好，」麥蒂說，「鮑勃，傳送訊息到艾德華．陳死亡的五分鐘之前。」

＞**瞭解**。

鮑勃啟動傳輸程序，麥蒂則準備在研究所儲藏室的同樣時間點重新開啟傳送門，而且這次想維持至少十分鐘。她暗忖無論兩人多深入研究所，十分鐘時間總該夠他們接收訊息並回到原地。準備打開傳送門的時候，鮑勃的對話視窗又彈到螢幕中央。

>**資訊：迅子訊號射線受到強烈能量回饋擾動。**

「什麼意思？」

>**百分之八十七機率為爆炸事件。**

她倒抽一口氣。「爆炸？」

>**無誤。**

「我的天吶，」麥蒂面無血色，「多嚴重？」

>**無法預估。讀數極大。**

她望向莎莎。「不會吧。妳覺得是不是……」

莎莎緊張地吞了口口水沒講話，眼神卻洩露心事。

「鮑勃，不是我們造成爆炸的吧……是迅子射線的緣故？」

系統沉默幾秒鐘，游標閃爍。

>**迅子射線為可能性最高原因。前導粒子可能引發此反應。**

「天吶，我幹了什麼好事？」

21

亮灼灼的白。純粹無邊的白色虛空。廉姆飄浮其間，動彈不得，彷彿掉進一杯牛奶。他瞪著那片空無，覺得已經過了好幾小時。

但只是感覺而已。說不定只有幾分鐘、幾秒鐘。

他不免懷疑自己是不是已經死了，處於此岸與彼岸間的交會處。

卻看到濃稠牛奶白的世界裡有微乎其微的波動。

是天使前來迎接嗎？如同一團稍微黯淡的雲霧在周圍舞動，彷彿幽靈。它繞著圈子降低接近，模樣異常熟悉。

我看過這玩意兒。

想起來了。佛斯特帶自己離開鐵達尼號那天，在橋孔倉庫裡，他們才剛清醒……

尋者。

不止一個。遠處還能看到它們的朦朧身影。尋者彷彿鯊魚嗅到血腥味般察覺他的存在並群聚接近，也或許第一個找到他的尋者無聲中呼喚同伴過來分享。

噢，聖母在上……我會被它們五馬分屍！

最靠近的尋者一陣俯衝縮短距離，灰濛濛霧氣逐漸看得出形狀。廉姆依稀認出頭顱、肩膀，乍看是人形，甚至好像有張臉。

美麗的女性面孔。

於是他幾乎以為剛才猜對了，自己即將進入天堂，成群天使下來護送。可惜神似女性的臉忽然拉伸展開、露出一排利牙，眼睛變成兩個漆黑凹洞，渾身散發的除了死亡還是死亡。

尋者朝廉姆撲過去……

睜開眼睛看到另一張面孔，頭髮往自己臉上垂過來搔得鼻子很癢，那雙灰色瞳孔目光銳利而且緊迫盯人。「廉姆．歐康納，你沒事吧？」

「貝兒？」

「肯定。你沒事吧？」她語氣平板，「看來並未因爆炸受傷。」生化人有力的手掌在他四肢與軀幹拍打，「無明顯骨折。」

「應該沒事，只是……頭有點昏，就這樣。」廉姆抬起上半身，貝兒出手攙扶。

「暫時性暈眩。」她說。

頭頂上有晴空烈日。廉姆被曬得眨了幾下眼，察覺陽光帶著古怪的淡紫色，下意識伸手遮住眼睛。「Jayzus（耶穌保佑），這什麼地方？另一個世界？」

「否定。」貝兒看了他以後又糾正自己，「我們的空間坐標沒有改變。」

但是時間呢？反應爐室、研究所大樓都不見了，庭園草坪變成叢林。假如地點一樣，想必是遙遠的過去或未來，絕對不會是二〇一五年。

「迅子干擾造成爆炸反應，」貝兒說，「我們被吸入零點能量孔道，又稱為混沌空間。」

「混沌空間？」

「無法給予混沌空間明確定義，目前沒有詳細資料。」

「然後？我們又被拋回正常空間了嗎？」

「無誤。」

一大叢蕨葉中突然竄出顆腦袋瓜。還有人迷迷糊糊醒了起來不知身在何處，是參觀研究所的學生之一：一個黑人女孩，綁了整齊的玉米辮，陽光照得金色耳圈閃閃發亮。

「這到底——？」她話沒說完，眼睛緩緩掃過周圍高聳樹木與垂掛其間的藤蔓。

視線最後落在廉姆與貝兒身上。

「哈囉，妳好。」廉姆揮手傻笑。

女孩瞪著他不講話，從眼神判斷應該正絞盡腦汁想理解自己面對什麼情況。廉姆察覺幾十碼外又有人，稀疏的頭髮和鬍子洩露了身分，是帶隊參觀研究所的那個教師。

人影如雨後春筍從直徑約莫百碼的林間空地冒出來，個個滿臉困惑、飽受震撼。廉姆找到衣著光鮮的研究所導覽員、反應爐前面的一名技師以及其餘學生。

「怎……怎麼回事？」教師開口。

導覽員本來精心打理的銀髮此刻散亂不堪，帥氣西裝皺巴巴又沾了泥土。「我……我不知道……剛才……」

廉姆望向貝兒。「看來得由我們出面，是不是？」

她面無表情。「任務環境已變更。」

廉姆嘆息。「真不是開玩笑的。」

他正要詢問貝兒知不知道所在時代，眾人同時聽見樹林中迴盪一陣尖嘯。

「那是什麼？」

又來了，非常尖銳的叫聲，聽起來還很恐懼。他和幾個人一同起身朝著聲源方向走過去，蕨類植物高及膝蓋。貝兒見狀搶當先鋒，毫無猶豫走在前面。廉姆意識到儘管生化人體格沒鮑勃那麼魁梧高大，苗條玲瓏曲線下隱藏的實力依舊強悍，有她在身旁心裡踏實許多。

貝兒在前方一碼停下腳步。廉姆繞到她隔壁望向地面。

先前和自己說過話的金髮女孩——名字應該叫做蘿拉吧？——就是她在尖叫，眼睛直盯著旁邊草叢，像是有什麼東西伏在那兒。

廉姆花了半晌仔細打量才會意過來……看明白以後肚子裡一陣翻攪，集中全副意志力才忍住彎腰嘔吐的衝動。

教師跨過長草到了廉姆旁邊，也順著蘿拉驚恐的視線看過去，倒抽一大口涼氣以後叫道：「噢，天吶！……不是……不是我以為的那樣吧。」他連聲音都快發不出，轉頭盯著廉姆問：「不是吧？」

蔓草之中倒了一團夾帶骨骼的肉塊，形狀歪七扭八。廉姆注意到外緣有金色髮辮，上頭血跡乾硬結塊，殘骸中間一隻粉紅色愛迪達（Adidas）運動鞋半掛在完好無缺的腳掌上，顯然是學生隊伍最後三名女孩之一。他不難想像蘿拉的精神受到多大衝擊才會發出那麼淒厲的慘叫：才不過十分鐘前兩人還有說有笑，交換了電話號碼。

廉姆想起佛斯特說過穿梭時空的風險。雖然機率不高，但傳送門的能量有可能使人器官錯位。Jayzus（耶穌保佑），太慘了。

半小時以後經歷爆炸但安然無恙的人集合起來嘗試思考對策。林間空地周邊還有其他遺體，死狀類似，彷彿分筋錯骨不成人形。總計十六人喪命，而爆炸——精確地說是內爆⓮之前反應爐室裡有三十五人，倖存者僅十六位。大家聚在空地中央，不願靠近令人望而生畏的密林邊緣。最快從驚愕中回神的似乎是惠莫爾，他提起袖子抹去額頭汗珠，瞇起眼睛注視貝兒。

「妳！」他說，「就是妳！我想起來了……那時候妳嚷嚷會爆炸，然後……真的爆炸了。」

貝兒臉上平靜無波。「沒錯。」

「不對！」惠莫爾表情猙獰，一副恍然大悟模樣。「妳……妳根本不是我帶去的學生。妳不是——」

廉姆心裡有數，再偽裝下去也是徒勞無功。

「剛剛那個，不管到底是什麼，」惠莫爾咆哮道，「妳早就知道會出事了吧。」他音量漸漸提高，「妳到底是誰？這是恐怖行動嗎？」

貝兒緩緩搖了頭一臉漠然。「否定。我們並非恐怖分子。」

惠莫爾悶不吭聲，抖動嘴唇欲言又止。他想追問，卻不確定該怎麼問、從什麼角度切入。

「可以聽我說句話嗎？」

眾人轉頭。出聲的男孩薑黃色頭髮毛燥乾硬、旁分變成小波浪，圓框眼鏡鏡片特厚，眼珠乍看突出得像隻受驚青蛙。他指了名牌。「我叫法蘭克林……就那麼叫吧，或者法蘭克也可以。」

男孩笑得有點心虛，「呃……我想說的是……我知道聽起來非常非常奇怪，但還是趕快告訴大家比較好。」

「你到底想說什麼？」惠莫爾不耐煩了。

「嗯——」男孩指著天空，「有沒有看到？」

所有眼睛凝視大約二十碼外的樹梢。一根樹枝向下探出，像柳樹般的綠葉垂至地面，但形狀前所未見。樹葉間能看到兩隻蜻蜓沿著鋸齒狀路徑飛行，從他們的位置就能聽到翅膀拍打嗡嗡作響。

「好大，」克里開口，「真厲害！……看起來翼幅有兩呎、甚至三呎寬？」

「嗯哼，」法蘭克林回答，「真的很大，而且我很確定我知道是什麼品種。」

視線又集中了。

「應該是叫做『古蜓科』……嗯，我想沒錯。」

「好，」蘿拉接口，「那就叫古蜓啊。」

「等等，重點不在名字。」法蘭克林望向她，「牠們應該滅絕了。」

「嗯？明明就在眼前啊。」女孩回答。

「不可能，這種體積的昆蟲只剩下化石。」

惠莫爾站起來。「啊，天吶！他說得沒錯。」兩隻巨型蜻蜓正好從樹枝鑽進空地，振翅聲大

⑭ 爆炸為能量借助氣體向外膨脹而對周圍介質造成機械功。內爆則相反，物質與能量向內集中塌陷。

得像是同體積的吹風機。「只有很久以前的昆蟲才可能是這種大小……」他吞了口口水，看著大家。「我是說……幾百萬、幾千萬年前。」

「古蜓科，」法蘭克林低聲說，「我確定屬於白堊紀晚期。」

克里走到他身旁。「那是什麼意思？」

男孩抹去凝結在眼鏡上的濕氣，被大太陽刺得不停眨動小眼睛。「克里先生，意思就是說這種生物早就滅絕了，牠們生存的年代……唔，根據我的印象是六千五百萬年前。」

22

二〇〇一年，紐約

「麥蒂！妳去哪兒？」

麥蒂沒搭理莎莎哀求似的呼喚逕自往外衝，掀開鐵門竄進後街。

我做不到……我做不到。

沿著遍地垃圾朝著南六街口前進，她感覺得到淚珠滾落臉頰。擔任隊長初次指揮就一敗塗地，衝動愚昧、不肯遵從鮑勃合理的建議，於是害死廉姆、生化人以及在場數十條無辜性命。當然，任務目標艾德華·陳也沒能救回。

「我做不到，」她自言自語，「我沒準備好。」

走出後街來到轉角，麥蒂看著洶湧車流向右擠上大橋或往左靠近河堤，行人們朝曼哈頓移動準備上工……誰也沒發現天上的客機即將重創這座都市。

她好希望佛斯特回來。佛斯特究竟憑著哪一點以為她有能耐指揮時空局據點？預錄在電腦上的說明檔案根本不夠，她需要能對話的人，能完整解釋所有技術的人，瞭解時空局架構和團隊定位的人。麥蒂無法將目前的知識和線索串連起來，連該提出什麼問題都沒頭緒，做起事來有如瞎子摸象。

「佛斯特你真混蛋！」她忍不住低聲痛罵，然後抹乾臉頰。

就算老人決定留在紐約，此時此刻也不知道去了什麼地方。星期一早晨他交代完了揹著包包離開，留下麥蒂自己在星巴克喝咖啡。假如他想抓緊時間看看世界，現在可能搭乘灰狗巴士進入別州了，也可能上了飛機前往遠方國度。

面對現實。找不到他了。

「她站起來就跑掉了！」莎莎說。

>從她語調偵測到強烈情緒壓力。

「哎呀，她當然很難過啊！畢竟她……她可能害死廉姆了。」

莎莎說完才意識到自己聲音很大很尖。「噢，Jahulla（天吶）！他死了嗎？是麥蒂害的？」

>資訊不足。殘留訊號顯示次元孔道瞬間劇烈擴張並釋放強大能量。

「像炸彈？」

>無誤。近似炸彈。

她倒在工作椅上。「那，死定了，」莎莎嘆道，低頭看著自己大腿時椎心之痛湧了出來。以日數來看，從佛斯特帶她脫離崩塌大樓後過了大約三個月，這段時間發生太多事情：納粹幾乎征服世界，但一轉眼地球又化為核戰廢墟，三人前往自然歷史博物館尋找線索的旅途驚險到極點……所幸廉姆真的在訪客簿留下訊息。好不容易自惡夢醒來，後續的整頓清理也夠麻煩的了。

回想起來，孟買、起火的大樓和失去父母親都好像是上輩子的記憶。

地上爬滿管線、一片狼藉的橋孔倉庫感覺是第二個家。廉姆、麥蒂……加上鮑勃，雖然古怪，但成了一個新家庭。然而僅僅走錯一步，得來不易的寧靜又毀了。女孩雙手擱在大腿互擰，勉強抬起頭看見鮑勃的回應視窗無聲閃爍。

>未必。

「啊？你說『未必』是什麼意思？是指他未必已經死了？」

>無誤。有可能遭到傳送。

「就像我們開的傳送門？」

>無誤。汲取零點能量的次元孔道忽然擴張，其效果與時空傳送門相仿。

「會傳送到哪裡呢？你知道嗎？有沒有辦法接回來？」

>否定。無有效手段確知亂數傳送標的。

「可是……可是應該還活著？在某個地方活得好好的？」

>肯定。且地理坐標不變。

「能試著找找看嗎？」

>否定。與發送迅子訊號前同狀態。若隊員未因爆炸殉職，則前往時間軸的過去或未來。

剛才莎莎還懷抱一線希望，覺得或許能夠將廉姆和生化人找回來，看完鮑勃的回覆信心動搖了。

>新版人工智能和廉姆或許會嘗試在時空污染最小的情況下與據點聯絡。

「就像上次廉姆用訪客簿在歷史留下訊息給我們？」

＞無誤。若傳送的時間距離不遠，或許能以污染程度不致造成威脅的手段進行聯繫。

「所以……怎麼辦呢？只能等嗎？祈禱他們捎來音訊？」

＞肯定。等待，並觀察。尚無更佳方案。

23

公元前六千五百萬年，叢林

「什麼？」蘿拉問，「你剛才說多久以前？」

法蘭克林擦好眼鏡重新戴上。他沉默一陣，感受空地上眾人全神貫注在自己身上。「我說，六千五百萬年前。」

大家一時語塞、面面相覷，眼睛瞪得又圓又大。這句話太沉重了，他們得花很多時間慢慢消化。

打破沉默的是惠莫爾。「六千五百萬年前……那就是白堊紀快結束的時候。」他望向男孩，法蘭克林的鏡片又因為濕氣而起霧。「應該是白堊紀，沒錯吧？」

法蘭克林點頭。「對，白堊紀末期。」

「我們穿越時空？」克里叫道，「怎……怎麼可能！」

「哇！」其他學生也驚呼。

惠莫爾與法蘭克林相視時眼神中的焦慮沒有逃過廉姆觀察。「怎麼了？兩位要不要和我們好好解釋一下『白堊紀末期』到底是什麼意思啊？」他狐疑打量兩人，「你們表情從剛剛開始就一直很怪，應該還有事情沒說出來？」

惠莫爾嘰嘴蹙眉，好像很難相信自己會說出接下來這段話。「假如法蘭克林沒說錯，」他盯著兩三呎長的蜻蜓盤旋以後降落在附近一叢蕨類上，「那麼這是恐龍的年代。我們回到恐龍的年代了。」

蘿拉慘叫：「噢，天吶。」她深呼吸兩三下，聲音像蒸汽火車鑽過隧道、也像女性分娩。「老天！昨天晚上我還在看《侏羅紀公園》！被暴龍吃掉太可怕了！還有——」

有男有女，好幾名學生嚇得哇哇大叫，其餘人也忍不住討論起來。廉姆望向惠莫爾，明白教師拚命搖頭又緊緊握拳的模樣代表正經歷天人交戰。克里抬頭望著藍天與顏色有點古怪的太陽，彷彿以為上頭會浮現解答。

得有人主持大局，廉姆暗忖，否則這些人全都得死。

但要他主動出面幫忙這群人？門兒也沒有。與貝兒獨自行動的優勢大很多，而且在場有三個成年男子可以擔此重任。只不過就在廉姆思索如何拐走艾德華・陳並與貝兒一同抽身時，選擇權從他手中被人奪走。

「妳！」惠莫爾神情驟變，忽然想起還有個天大問題沒解決，聲音蓋過大家談話。「對，就是妳，哥德裝的女孩子！」他指著貝兒，又轉頭望向廉姆。「還有你也一樣。你們兩個知道這究竟怎麼回事吧？你們本來就不是參觀的學生，還提早預知會發生爆炸。你們究竟什麼身分？快從實招來！」

所有人不說話了，眼睛鎖定他和貝兒。

廉姆苦笑。「呃，我們……我和貝兒……的確不是學生。算是從另一個時代過來的特工人員。」

十四雙眼睛凝視他，但好像沒人能理解。

「怎麼說呢，我們穿越時空，回到那天，為的是保護他。」廉姆指著坐在草地上、雙臂環住膝蓋的艾德華．陳。

艾德華瞪大眼睛。「啊？我怎麼了？」

「你，艾德華。我們穿越時空為的是阻止你遭到刺殺。」

其餘人先呆望這亞洲小個子，再繼續盯著廉姆。

「這事情還是妳說吧，貝兒。」廉姆吩咐，「資料全在妳腦袋裡。」

貝兒點頭。「請仔細聽，」她開始解釋，「時空旅行在公元二〇四四年正式實現，羅奧德．瓦德斯坦教授製造世界第一台時光機，並成功將自己傳送到過去並返回原處。二〇四四年瓦德斯坦開發的技術大半奠基於二〇三一年德州大學物理系研究並發表在《科學人》雜誌的理論，文章名為〈零點能量：來自時空真空，還是來自次元縫隙？〉」

憔悴的克里面色一亮。「沒開玩笑？」

惠莫爾注視在前面地上抱著自己兩腿的男孩。「和他的關係是？」

貝兒那雙灰眸冷冷掃過艾德華。「文章由他的指導教授投稿《科學人》，但內容剽竊自艾德華．亞倫．陳的數學論文。」

艾德華抬頭望著她。「我？真的嗎？」

「無誤。二〇二九年，你二十六歲時將論文送交物理系審查，但系主任麥爾斯．傑克遜教授在七個月後論文通過審查時意圖據為己有，然而文章公開後不久即被認定為剽竊。」

「你們剛剛說是要保護他不被謀殺……為什麼有人想殺他呢？」惠莫爾問。

「時空旅行的起源是艾德華．陳。」貝兒回答，「二〇五一年基於時空旅行可能對全人類造成的危害，國際間立法禁止相關技術的使用和研發。該法案由時光機發明人羅奧德．瓦德斯坦親自推動。」

「瓦德——什麼的人做出來第一台時光機？」外表兇悍的拉丁裔少年開口問。廉姆瞟了眼，對方胸前還掛著名牌：胡安．赫南德斯。

貝兒視線射向他，靜靜等少年說完。

「為什麼？」胡安問，「為什麼自己做了那種東西，然後又推動國際來抵制？這不合邏輯……」

廉姆代為回答：「瓦德斯坦沒有告訴大家他第一次時空旅行究竟看到什麼，也從來不與人討論這件事，完完全全保密。他唯一一次透露口風，形容自己目睹了地獄。」廉姆很想補充：方才自己說不定也體驗了地獄幾秒鐘。

貝兒繼續：「瓦德斯坦發起的運動獲得廣泛支持，因此合理推論是順應他號召、但行事極端的支持者決定穿梭時空回來找到艾德華．陳並將之殺害，逆向避免他撰寫論文並促成時空傳送技術問世。」

又陷入沉默，只有樹葉沙沙聲和遠方叢林動物尖銳啼叫。好一會兒以後還是惠莫爾開口：「好吧，好吧……妳說得很精采，可是我們究竟遇上什麼情況？這是哪兒？我們怎麼回去？」

貝兒眼瞼眨動後說：「地理坐標不變，我們沒有移動。」

「是、是！」胡安嚷嚷，「但原本那裡怎麼會有叢林，德州沒有這種地形！」

「我們的位置沒有改變，」廉姆說，「只是時代不一樣了，對不對？」

「肯定。」貝兒說完被廉姆用手肘輕輕撞一下才改口，「沒錯。」

「然後如果法蘭克林說中了，我們回到六千五百萬年前。」惠莫爾解開領帶和天藍色襯衫最上方幾個鈕子，腋下已經汗濕一片。

廉姆抿嘴笑：「唔，大概就是這樣。」

大難不死的技師低頭搖了搖說：「那我們真的、真的慘了。」

廉姆本來想說：自己以前就遇上這種狀況過，說不定可以回去，最少也還有經過基因改造、戰鬥力強大且安裝超級電腦的生化人在旁邊幫忙，只不過她偽裝成放大版哥德風芭比娃娃。但稍微衡量之後又算了，一下子丟出太多資訊這群人未必反應得過來。

克里脫下亞麻西裝。叢林裡空氣濕熱，衣服再也不光鮮亮麗，與惠莫爾一樣沾滿一塊塊汗漬。「這下子我們怎麼辦？」

忽然間所有人都瞪著廉姆。

噢，Jayzus（耶穌保佑）……怎麼，我真的成了領隊？

看來他和貝兒溜不走了，得暫時照顧這群人。「生存，」良久之後他回答，「我想大家最好開始專注在生存上。你們明白的吧？飲水、食物、武器，最好能有個營地。其他……要是還有力氣顧到其他的事情，之後一樣一樣來。」

24

公元前六千五百萬年，叢林

豪沃稍事休息。他原本辛苦砍伐藤蔓與竹子，工具是臨時湊合出來的短斧：鋸齒狀金屬刃取自反應爐機殼碎片，以粗厚樹葉包裹末端綁上鞋帶充作握柄就能用了。效果出乎意料之好，而且找到的合金材料足夠製成九把。

拉丁裔小夥子胡安和他都在空地邊緣。中午陽光熾烈，他朝空地那邊張望，看得到其他人拿砍下來的粗竹子削成簡易長矛。

「白費力氣，」胡安順著他的視線望去，「不是有個尖端就能戳死那些東西。」

豪沃無奈點頭悶哼兩句，目光始終停留在艾德華身上。目標站在詭異紅髮女身邊，拿著三呎長的削尖竹竿。那女人，還有同樣詭異的愛爾蘭男孩……自稱貝兒和廉姆，但若真的是從二〇〇一年過來的特工說不定會用假名。

背後是什麼單位？誰派來的？

就豪沃所知，沒有任何國家政府繼續使用時空轉移技術。話說回來，最強大的幾個勢力如中華聯邦、歐洲集團以及美國很可能都還在祕密進行研究。兩人或許就隸屬其一，所以出面保護艾德華．陳。

指揮權落在愛爾蘭人手中，惠莫爾、克里，還有技師拉穆都樂得輕鬆。豪沃也索性順勢而為，繼續扮演每科都拿A、每學期全勤但性情內向的中學生小雷簡單得多。當前最重要的問題確實是如何生存下去，必須鞏固基礎：食物、飲水和居住空間。

不過無論如何對他而言最重要的還是完成任務：消滅年輕的艾德華．陳，確保他沒辦法活到二十六歲發揮過人才智提出那套數學理論。不得不承認艾德華的腦袋確實驚人，具備一個世代甚至一個世紀都難得一見的天才和直覺。

艾德華像愛因斯坦一樣徹底改變人類文明。事實上，影響程度可能更勝相對論。沒有他的論文，瓦德斯坦無法達到那個高度，只是個在車庫裡做實驗的業餘發明家。二〇五五年是新的黑暗時代，水電食物匱乏、全球過度暖化，人口激增瀕臨崩潰，但至少歷史沒有被破壞，人類不會自作聰明碰觸根本無法瞭解的次元。那個次元裡存在什麼都有可能。

門可以被打開……並不代表就應該打開。

還好艾德華也困在這裡，活不到二〇二九了。現在他與人類最大的錯誤相距六千五百萬年之久，豪沃暗忖這樣也算是達成任務才對。還需要下殺手嗎？或許因為那兩個特工做了什麼，也或許就是時空旅行能量場的副作用，反應爐爆炸將大家在時間軸上吹出這麼遙遠的距離，既存的傳送技術恐怕都無法到達。更何況別人如何得知他們所在時代？從六千五百萬年裡鎖定這一點堪比大海撈針、難如登天。

亂槍打鳥挑一年試試……看你們運氣有沒有那麼好。

他冷笑。

結束了。世界安全了。大功告成。

知道這點就夠了。接下來他要專注求生，叢林裡除了大蜻蜓不知道還潛伏著什麼恐怖的白堊紀巨型爬蟲類，再來就是一群驚慌失措的小孩和三個沒骨氣的成年男子。

豪沃已經為人類盡了全力……可見的未來裡得為自己打算。他還沒準備變成恐龍的點心。抬頭望向濃密叢林，蒼鬱的樹葉、高聳的林冠包圍這片空地。

天知道裡頭藏著什麼飢腸轆轆的猛獸。

「嗯，太棒了，真是他媽的太棒了。」廉姆眼前水流湍急，捲起白浪打在飽經沖刷的石床上。

「這條河完全包圍我們，」克里開口。他身上帥氣的亞麻西裝沾滿泥巴汗垢，很不適合在叢林內活動，外套脫下來繫在腰間、白襯衫袖子也捲起來了，可是廉姆注意到他的領帶還沒取下。看來克里還沒放棄，巴望著救援隨時出現，所以盡量保持體面。

「這樣我們是在島上吧。」他繼續說。

一行人花了整個早上探勘空地之外，無論往什麼方向走最後都聽見嘩啦啦水聲，急流擋在叢林邊緣。

說是個島應該沒錯。連同中央空地，叢林面積大約三到四英畝，形狀神似淚滴。他們此刻站在尖端俯瞰滾滾洪流，大河再次一分為二、左右包夾，右邊支流較寬較慢。慢只是相對的，那流速還是看得廉姆不會輕易嘗試涉水過河，畢竟他不會游泳……應該說恐水。而且這種時機不大適合讓大家知道自己心裡有什麼恐懼。

左邊支流較窄，縮小到三十呎寬，河道上很多岩石，因此波濤洶湧、浪花噴濺。想游過右邊支流已經夠傻，挑戰左邊支流根本是瘋子。

「被困住了，」蘿拉看看同伴，「對吧？」

「往好處想，」廉姆聳肩擠出笑容，「至少不缺飲水。」

貝兒踩著鵝卵石朝激流多走幾步，仔細觀察周邊環境之後轉身。「這座島適合防禦。」

「防禦？」一個學生聽了嚷嚷。廉姆回頭看到是個高大男孩，兩頰冒汗閃爍，頂著深色蓬鬆捲髮，名牌也尚未取下：喬納・米德頓。「防禦什麼？」

「恐龍啊。」蘿拉聲音微微顫抖。

惠莫爾點頭。「嗯，恐龍，」他望向法蘭克林，「你對白堊紀晚期瞭解充分嗎？」

「還不錯吧。」男孩回答，「是不是想問我會遇上什麼動物？」

「拜託，千萬別告訴我有霸王龍[15]，」蘿拉脫口而出，「千萬不要。」

「有是有啦，」法蘭克林手扠腰，「但牠們生活在開闊平地，應該不會進叢林。」

「我比較擔心迅猛龍，」拉穆出聲了。他講話時搖頭晃腦，黑色馬尾如狗尾巴甩動，眼睛掃過一個又一個同伴。「迅猛龍才可怕，」他凝重地點點頭，「《侏羅紀公園》三部電影我都看過……牠們雖然小但是很聰明，一定要注意。」

---

⑮ 暴龍科內最大的物種。

「沒有迅猛龍了，」法蘭克林搖頭，「牠們生活在亞洲，而且八千五百萬年前就已滅絕。可能碰上的有……我想想喔……甲龍，身上有裝甲、尾巴長了釘子的那種。還有厚頭龍，兩腳站立、像是戴了單車選手安全帽。三角龍……你們都知道才對？」

很多人點頭。

「副櫛龍……屬於鴨嘴龍科，頭冠往後突出就像貓王的髮型。」

「你說的都是草食性恐龍吧？」惠莫爾問，「肉食性的有哪些？」

法蘭克林嘟嘴。「有暴龍，沒有迅猛龍。這算好消息。」

「呵，好極了，」蘿拉嘆息，「意思就是還有壞消息。」

「唔……恐怕會有好幾種獸腳亞目小型恐龍。」他只是這麼說。

廉姆聳肩。「那是什麼？」

「和迅猛龍同屬，」法蘭克林解釋，「小型肉食動物，三到六吋高，後腳站立、前肢不發達，成群行動。」

「三到六呎？」廉姆說，「聽起來還好。」

「老兄，」喬納問，「你難道都沒看過《侏羅紀公園》嗎？」

廉姆搖頭。「沒有。你說的是那種有聲音、會動的影片？」

不少學生交換眼神。

「『有聲音、會動的』影片？你不是說你們從未來來的嗎？」克里忍不住問。

「呃，也不完全。不是直接啦。其實我呢——」

「注意！」貝兒踏著鵝卵石回到大家面前，「機密情報不可外洩。」大家竊竊私語，她冷眼相向。「非必要資訊，你們無須調查廉姆．歐康納探員。」

「我反倒也想多瞭解妳一點，」惠莫爾反駁，「妳到底——」

「停！」貝兒吼道，「對話結束！」

蘿拉見狀板著臉走到貝兒面前，雙姝身高相等、怒目對峙。「哦？是誰說了讓妳當家作主？」

貝兒靜靜打量之後說：「污染源，且不利任務進行。」

「嗯？那又是什麼意思？」

生化人注視女學生，目光依舊冰冷。霎時間廉姆擔心她會不會猛然出手將蘿拉的脖子像枝幹那樣折斷。鮑勃可是當著自己的面用更兇狠的手法收拾過很多士兵。

「貝兒！」他叫喚，「別碰她！」

生化人片刻後才回應：「作主的是……廉姆．歐康納。我僅是支援單位。」

「支援單位？」蘿拉臉皺了起來，覺得這個詞特別古怪。她轉頭盯著廉姆。「我說你這姊姊有什麼毛病？精神官能症之類嗎？」

「她講話好像機器人。」凱莎接口。

「唉，既然妳們——」廉姆正要說明，卻再度遭貝兒打斷。「資訊與任務不相關。」她從蘿拉面前退開，完全不搭理女學生挑釁。「廉姆，有建議事項。」

他點點頭。「說吧。」

「可以建造橋接裝置，」貝兒轉頭看著左側奔流，「最窄處為三十二呎七吋（約十公尺）。」

她視線射向河岸邊又高又直的闊葉樹，「此地樹木長度足夠。」

「但我們怎麼砍樹啊？」拉穆問道，「手上只有克里先生的小刀、幾柄竹子做的矛，和幾把起不了多大作用的小斧頭。」

廉姆暗忖自己最好表現得果斷點才有領袖風範。「先別急，貝兒和我會想到辦法，真的。對吧，貝兒？……姊姊？」

她回望。「有疑問。」

「什麼？」

「我們需要繼續假扮姊弟嗎？」

大家瞪著他們。

廉姆嘆口氣。「是沒必要了。」

25

二〇〇一年，紐約

一聽見鐵捲門打開的聲音，莎莎立刻將椅子轉過去。「麥蒂？」

麥蒂蹲著鑽進來。「嗯，是我。」回答的語調彷彿行屍走肉。

「我還以為妳走了，再也不回來了。」

麥蒂朝裡走，臉上擠出一抹疲憊苦笑。「是有這麼想過。」

「別急著怪自己，因為——」

「拜託，別說了。」麥蒂舉起手掌示意女孩別講下去，身子往莎莎隔壁的座位一屁股坐下。「我搞砸了。欲速則不達，害死了廉姆，這個陰影我得自己調適，妳就別和我說什麼不要怪自己之類的了。」說完她臉埋進手掌，頂起眼鏡揉了揉泛紅雙目。

「不是，妳聽我說。」莎莎身子前傾，「鮑勃說廉姆可能沒死。」

麥蒂隔著指縫偷瞄。

「妳跑出去以後鮑勃一直分析傳送門周邊得到的迅子徑跡，他說幾乎可以肯定最後那是個傳送門，不是大爆炸。」

螢幕亮了起來。

>**莎莎所言無誤。形成亂數傳送門的可能性高達百分之八十七。**

「能查出被傳送到哪裡去嗎？」

>**地點無意義。地理坐標據分析應維持不變。**

「那時間呢？什麼時代？」

>**否定。無資料。**

麥蒂臉上剛揚起的希望立刻粉碎。「我們把廉姆炸進時間洪流裡，然後不知道他被沖到哪兒？」

>**肯定。**

她望向莎莎。「所以？現在我心裡該舒坦些了嗎？這算是好消息？」

「他還活著呀，麥蒂。至少他還活著。」

「但是回不來，永遠回不來，和死了有什麼兩樣。甚至應該說比死了還要糟糕。假如他和新的支援單位、加上身邊那麼多人都被丟到某個無法鎖定的時代，我們真的闖了大禍，製造出超大量的時空污染。」

「有什麼關係？上次也是這樣，最後同樣成功修正了歷史。其實呢……我跟妳說，他們造成的污染越多越好。我說得沒錯吧，鮑勃？污染多的話，我們就有機會——」

>**否定。應盡力避免時空污染。**

「但是如果他們改變歷史，時空波動影響到二〇〇一年，我們不就能查出來他們究竟在哪裡了嗎？」

＞肯定。

「對吧？我們可以找到廉姆，辦得到的。比方說如果廉姆回到上世紀，那他或許會設法過來紐約，再寫一次訪客簿。」

麥蒂搖頭。「只是有可能。但是……他們可能被沖到任何一個時間點。任何一個喔，莎莎。不一定是一年、一百年，可能是一千年、一萬年……或者一百萬年。老天，就算只是五百年，他能在什麼地方留言給我們？美洲原住民那時候還沒有書寫文字，是住在荒野的印第安人。」

莎莎聳肩。

「要是他回去幾千年前……」麥蒂瞪著螢幕，「有這種可能，對不對？」

＞肯定。若傳送門能量充足，可倒退的時間無上限。

「如果倒退了幾千年，莎莎，他能採取的聯絡方式基本上都會徹底改變歷史。到時候真的會出大麻煩。妳看一九四一年的新納粹就知道了，居然把現代變成核子廢墟！」

「我只是……」

「只是什麼呢？比預期的還慘！我的天吶……說不定時空波動已經開始蔓延，然後呢！會不會紐約不見了？又有殭屍跑出來？」

莎莎又抓住她的手。「麥蒂，別這樣！妳冷靜點！不冷靜不行啊！妳是團隊軍師，一定能想出辦法。我相信妳。」

她搖頭低語：「唉，佛斯特想得出辦法，我哪行呢？」

換作是他一定知道這時候該怎麼辦。應該說如果佛斯特留下來的話根本不會鬧出這天大的狀況。

可惜他就是走了啊？不知道在紐約的什麼地方。星巴克嗎？他是星期一早上大約九點鐘離開的，要是我明天過去……

麥蒂立刻意識到事情沒那麼簡單。佛斯特沒有回到據點接受時空迴圈重置，因此不存在於她們的四十八小時內。

星期一、星期二找不到他，麥蒂轉念之後下巴合不攏，但是星期三呢？

莎莎盯著她。「麥蒂，妳還好嗎？」

九月十二日星期三，佛斯特在哪裡？她努力回想兩人在咖啡店最後的對談，自己曾經問了老人想要如何度過餘生、去什麼地方。當時他說過要參觀紐約，到大景點走走，就像觀光客一樣。麥蒂「死前」來過紐約太多次，思考起來不像遊客，一時說不出所謂景點有什麼。

「莎莎，要是妳來紐約度假，會去的地方有哪些？」

「啊？」

「如果妳是來玩的？最想去的地方是？」

「為什麼——？」

「說就對啦！」

女孩皺眉想了想。「嗯，應該是帝國大廈、自由女神像、自然歷史博物館吧。為什麼這麼問啊，麥蒂？有什麼辦法了嗎？」

麥蒂點頭。沒錯，帝國大廈、自由女神像，先試試這兩個。

「麥蒂？」

她抬頭看著莎莎。「我試試看去找佛斯特，能的話把他帶回來。他應該會有辦法吧，我真的不知道該怎麼辦。」

「妳不是說他不會回來嗎？時空氣泡重置的時候人不在就脫離迴圈了。」

「嗯，他不存在這兩天裡，可是星期三就未必了吧……還有星期四和之後的每一天。」

「妳打算傳送到未來？」

麥蒂思考了一下，答案是無論前進後退，時空傳送次數越少越好。佛斯特私下解釋過：傳送像抽菸，很難判斷一根菸對壽命的影響有多大，但結論仍舊是能不抽就不抽最保險。

「不了，我留在氣泡外就好。」麥蒂回答，「等到星期三，我去那些地方找找看，碰碰運氣。」

「不行！妳會和佛斯特一樣回不來！」

「不至於……先安排回程傳送門就好。」麥蒂抿嘴計劃，「沒錯，比方說安排在星期三晚上八點之類。」她回頭指著鐵捲門，「地點就在倉庫外面馬路上，這樣我很容易就能從週一回到時空氣泡內。」

「要是妳出去的時候起了時空波動怎麼辦？」

麥蒂聳肩嘆息。「反正妳應對起來也不可能比我麥蒂．『砸鍋錘』．卡特要來得差呀？」

「噢，shadd-yah（真是夠了）！現在不是應該想想看怎麼接廉姆回來嗎，怎麼還有空去什麼景點啊。」

「是嗎？妳仔細想想，我們在這兒究竟還能幹什麼？不就是空等嗎……等待時空波動出現，巴望有線索可以找到他？就這樣，留在倉庫裡面也只是等待。既然閒著也是閒著，還不如利用這時間去找找佛斯特，看他會給什麼建議。」

莎莎咬緊嘴唇。

「我說得沒錯吧？」

女孩緩緩點頭。「嗯，」她回答時轉轉自己戴著的兩個塑膠手環，「那我一起去好了？多個人幫忙找？」

螢幕閃了一下。

＞建議：莎莎留在據點繼續觀測任務。

麥蒂無奈點頭。「鮑勃說得對，要是真的遇上時空波動、引發漣漪，還需要妳找出蛛絲馬跡才有用。妳就留在這兒吧，如往常早上去時代廣場確認情況。更何況，要是真的又出什麼差錯，星期三我沒能回得來，還有最後一線守著據點也安全些，對吧？」

莎莎強自振作點點頭。「嗯……嗯。」

「好……那就這麼辦吧。」麥蒂看看手錶，已經過了下午五點，外頭太陽即將西下，沉入曼哈頓慘遭染黑的天空。今天大部分紐約人都早早放下工作，圍著餐桌緊盯電視新聞快報。

這一夜紐約淪為鬼城。每次時空迴圈在週二到達尾聲，據點外面都是一片死寂。

26

公元前六千五百萬年，叢林

廉姆用手背抹去額頭汗水。「Jayzus（耶穌保佑），怎麼熱得和鍋爐室一樣啊，真的。」

「鍋爐室？」惠莫爾問。

廉姆以為他走在後面，距離應該聽不見自己嘟噥才對，聳聳肩回答：「呃……我以前在船上工作。」

少年停下腳步換口氣。空氣濕熱，感覺淤積在肺部。兩人休息片刻，除了斷斷續續喘息之外叢林間還隱隱約約傳來各種聲音：水珠滴落泛著蠟光的樹葉、離地甚遠的林冠隨風搖擺微微作響、枝葉高處有些生物一邊飛一邊吱吱呱呱聊天似的叫著。

先前他拿著臨時湊合的短柄斧開了路，聽得到其他人從後面跟上：恐龍專家法蘭克林在史前叢林不停傻笑，像是進了糖果店的小朋友；技師拉穆抬頭張望時瞇起眼睛，粗枝厚葉形成大教堂般的拱頂，陽光像長矛戳了進來；喬納．米德頓口裡哼著聽不出旋律的曲子，走在最後步伐遲鈍。其餘人留在「島」中央，在貝兒指揮下建造木橋升降所需的衡重結構以及居住營地。

一行人受困已經兩日兩夜。夜裡像是設了鬧鐘固定落下暴雨，渾身濕透難以入睡。貝兒獨自設計監工、晝夜不休，進度順利的話今晚終於能有屋頂遮蔽。

「你以前跑船？」惠莫爾喘得講話都無法連貫，「是在那之前嗎？就是變成什麼……什麼穿梭時空的特工？」

「惠莫爾先生，我沒有那麼說吧，有嗎？」對方搔搔鬍子。「你知道嗎，其實我到現在還沒辦法相信這一切。實在太——」

廉姆咧嘴一笑。「嗯，無法接受也是理所當然啦。」

「你們真的來自未來？」

「唔，嚴格來說不是你以為的那種未來。」

惠莫爾聽了更是一頭霧水。

廉姆考量是否該詳細交代。貝兒的顧慮沒錯，透露太多資訊給這些無關的人會破壞時空局的隱密性，但另一方面他又懷疑還有多大分別……時空局遠在六千五百萬年外。

還是快刀斬亂麻吧。

「你這麼想知道就告訴你吧。我自己是出生在一八九六年愛爾蘭科克市，原本一九一二年就該死掉了。」他的笑容越來越大：「那條船你一定聽說過……就是鐵達尼號。」

惠莫爾瞠目結舌。拉穆、法蘭克林和喬納總算趕上，五人在叢林裡氣喘吁吁。

「怎麼了？」拉穆注意到惠莫爾的眼神不對勁。

「那……那絕對不可能的吧！」校長脫口叫道。

「是嗎，」廉姆看看身處的白堊紀樹林，「那你覺得這些東西就有可能嘍？比方說……我們回到恐龍時代？」

惠莫爾伸手順了順稀疏又花白的頭髮。「但是你說鐵達尼……你真的上了鐵達尼號？」

「我是E層甲板的餐勤小弟，真的。」

喬納撥開快要遮住整張臉的捲曲頭髮。「怎、麼、可、能！」

拉穆也擦擦額頭汗珠。「越來越誇張了。」

「我是被帶走的。船體斷成兩截，而且都會掉進海底，時空局的人搶在最後一刻救了我。你們想想看，這樣不就不會影響歷史了嗎？我的遺體有沒有和船上其他人一起沉入海底根本沒人能分辨。時空局找人就是這麼找……像我這種沒人會記得的可憐蟲。」

「我的天，」惠莫爾低語，「真是不可思議。」

「另一個呢？」法蘭克林問。

喬納會意點頭附和：「對啊，你那個紅頭髮哥德系女朋友。」

廉姆知道他們應該是指生化人。「貝兒？不……她，呃……她可不是我的女朋友。」

「是不是無所謂，」法蘭克林追問，「她是哪裡人？」

拉穆搖頭。「或許應該問，她是哪時候的人？」

法蘭克林被糾正了臉一沉。「對……什麼時代？」

廉姆心想，這時候的善意謊言無傷大雅。讓大家知道貝兒其實是殺人機器似乎不大妙，他們這時候不信任貝兒很麻煩。互信互助很重要，而且她才是最有用的成員。

「唔，貝兒是從未來來的，大概二〇五〇左右。所以講話偶爾有點古怪。」

「她是真的有點怪，」法蘭克林說，「有點像……史巴克[16]之類的。」

「廉姆，看樣子你是唯一瞭解現在情況的人。」惠莫爾說，「得靠你帶大家回去了。我想你應該有計畫？應該……不會只是探查周邊環境而已吧？」

計畫？除了練習怎麼用手裡的破爛斧頭砍死灌木林裡突然衝出的恐龍之外，還真談不上有計畫。

「計畫？」

「對啊。」惠莫爾說，「我是說……應該有辦法可以離開才對？」

廉姆感覺得到其他人也一臉期盼。「呃，唔……現在可以肯定的是，我們得繼續留在那座島上。」

「為什麼？」

「因為和我們被傳送過來之前是同個位置。」

約瑟夫．拉穆點頭。「和研究所一樣的地理坐標？」

「沒錯。就空間來說我們一吋也沒動……只是時間被改變了。所以如果我們跑去別的地方紮營，人家很難找得到。最好留在原地別動。」

惠莫爾用襯衫袖口擦拭汗濕臉頰。「你工作的時空局……是政府單位？像CIA、FBI那種嗎？」

廉姆根本沒聽過他說的機構，只好使出自己的絕活配合演出。「嗯，差不多啦，惠莫爾先生。但……你知道的，就……更大、更好，而且是未來世界成立的。」

「應該會來援救我們吧？會把我們都接回去？」

廉姆用力點點頭。「當然會，所以我們要守好。他們搜索也要花點時間……但遲早會找到的。我保證。」

四人面面相覷、欲言又止。最後還是惠莫爾那張生了圓鼻子和淺淺鬍碴的臉上擠出笑容。

「嗯，我想大家通力合作，支撐幾天應該還不成問題。」

另外三人跟著笑了。

「至少想看一眼恐龍吶，」法蘭克林說，「都來了，沒看到也太可惜。」

「對啊。」喬納從口袋掏出手機，「而且你們想想看哦，拍下來可以放上YouTube啊！不對不對……」他又撥了撥頭髮，「有更好的辦法——做成付費下載！輕輕鬆鬆就能賺進好幾百萬……」

惠莫爾搖頭。「現在的年輕人是怎麼回事？」

「機不可失。」喬納回答，「絕對要把握……一夕致富就看這次了。」

惠莫爾嘆了口氣。

⑯《星艦迷航記》（Star Trek）角色。

27

公元前六千五百萬年，叢林

貝兒一臉漠然站在旁邊觀察大家削木頭。他們先前砍下幾棵細直小樹，除去樹枝以後就能組成橋體活動所需的結構。

她將成員分為兩組，一組削木頭，另一組採集藤蔓捆綁木頭做成棚架。大樹樹葉表面覆有蠟質，收集起來在架子上鋪幾層就幾乎滴水不漏。

建造遮蔽是廉姆的指示。但貝兒那雙灰色冷眼掃視空地極不自在。叢林多處遭到砍伐，一部分小樹被連根拔起。有些大樹樹幹留著斧痕，因為劈了兩下以後才發現太難劈斷。此外地上到處是鞋印，一個個橢圓形清楚記錄了人類在此生存出沒。

>評估結果：時空污染程度逐步上升。

包含走路、砍柴在內，人類在此的一舉一動都是潛在的污染源。然而廉姆．歐康納的指示覆寫了她的任務優先順序。身為現場特工，他的命令對生化人內建的程式而言不可違抗。

廉姆說得很清楚。他要貝兒完成造橋設營，最好還能豎起圍牆讓所有人躲在裡面，以免外頭真的有猛獸能衝進這座島。

她都照做了。一如上次任務，人工智能代號仍是「鮑勃」那時候，她忠實執行廉姆的每個指令。有了可用的新身體、而且再度與廉姆．歐康納組隊，生化人腦袋裡有種無以名之的安穩。上次兩人搭配起來很有效率，情勢極端不利卻仍成功清除時空污染源。

不過她察覺人工智能的學習曲線中有一處……矛盾。還是鮑勃的時候，人工智能竟然改寫最優先最嚴格的任務項目。換言之，在極端情境下軟體處理程序確實能夠「決策」。

對生化人而言，這反而是莫大困擾。名為鮑勃的人工智能發現核心程式碼會受到外界力量潛移默化，源頭是與晶片連結的有機大腦。經過基因工程改造的胚胎大腦不會完整發育，可是人工智能鮑勃依舊得到了對人類理所當然的經驗：情緒。它得到非常非常奇怪的結論……自己「喜歡」廉姆．歐康納這個人。

前一個複製體在阿道夫．希特勒的冬季行館受到無法修補的嚴重損壞，事後人工智能上傳至據點電腦主機——由無機物組成，連肉體也沒有——而且它有很多時間可以分析那六個月的學習成果。

結論：

1. **人工智能已經發展出獨立人格……也就是「我」的概念。**
2. **「我」有能力在一定範圍內進行決策。**
3. **處於有機硬體內，「我」能在一定範圍內模擬人類情感。**

最重要的是……

4. **「我」喜歡廉姆．歐康納。**

貝兒繼續觀察勞動人群，意識到內建程式持續不斷發出警告。必須做出決定，而且要快。叢林空地上的人類急速製造時空污染，程度嚴重超標。他們每次移動、每次砍樹的痕跡都可能變成化石，留下人類存在於六千五百萬年前的證據。

不能放任。

廉姆．歐康納的指令與內建程式的基本規範無法相容，根據規定回到過去必須盡力縮小污染程度。這群人留在這裡的每分每秒都可能引發巨大時空波動，遠比艾德華．陳死於二〇一五年更危險。

建議：

1. 消滅所有人類，包括特工廉姆．歐康納。

2. 消除所有人造物與居住證據。

3. 自我消滅。

完全合乎邏輯且可行。但頭顱裡小小的原始有機體發出提醒：廉姆是朋友。朋友不會自相殘殺。

貝兒眨眨眼。思考糾結不是好事。

決策選項：

1. 立刻執行上述建議。

2. 等候特工廉姆．歐康納並進行討論。

做決策很不容易。貝兒顱骨內的矽晶片高速運轉，數十億位元組資料來來去去，灰色眸子死氣沉沉且不停眨動。她努力試圖得出答案，手指自然使勁握緊斧頭，沒察覺名叫蘿拉的金髮女性走到面前。

「喂！」女學生大叫，「妳到底要不要幫忙啊？淨站著看大家做事？喂，貝兒？」

貝兒眼珠子轉了轉以後凝在女學生臉上。她沒回話，腦袋很忙，非常忙。

28

公元前六千五百萬年，叢林

最先看到的是廉姆。叢林本來是無盡的綠色和土黃色，也因此那抹鮮豔的紅任誰都會注意到。他舉起手掌、轉身用指頭抵住嘴巴示意拉穆和喬納別講話。兩人前五分鐘都在聊漫畫書。大家不敢出聲。

惠莫爾悄悄上前到他身旁。「怎麼了？」

廉姆指著一層樹葉對面。「血……看起來很大一灘。」

惠莫爾吞了口口水，眼睛又瞪得很圓。「喔，慘了，」他連連道，「慘了慘了慘了……」

法蘭克林跟過來，反應和校長相反，眼睛馬上發亮。「太棒了！」他低呼，「有獵物被殺死了。」

惠莫爾繼續吞口水。「那才令人擔心吧，」他望向廉姆，「我覺得還是安靜退回去——」校長還沒說完，法蘭克林徑自推擠過那叢蕨類闖進前方小空地。

「啊，太精采了！快來看！」男學生嚷嚷，「捕食者大概被我們嚇跑了吧！」

廉姆回望校長聳肩說：「唔，既然恐龍被我們嚇走了，現在最好就別示弱，裝模作樣也好。」看對方表情顯然還是比較想要安靜退回去，廉姆只好自己過去，讓他留在原地繼續猶豫。

地上有一具大型野獸遺體，胸腔裂開，器官被掏出來散落各處。法蘭克林蹲在旁邊，忍不住皺起鼻子。

廉姆肚子空著還是翻攪起來。「Jayzus（耶穌保佑），我想吐。」

「應該死了沒很久。」法蘭克林手指戳了戳野獸，屍體輕輕搖晃，有些撕碎的肌肉組織還會晃動。拉穆、喬納、惠莫爾跟在廉姆後頭。

「哎呀，好噁心！」喬納聞到腥臭味捏住鼻孔。

「我真的覺得別逗留比較好，」惠莫爾提醒，「獵食者可能還在附近。」

法蘭克林點頭微笑。「就是！我們總算有機會親眼看到了！」

廉姆查看四周，草木濃密，或許有尖牙利爪的巨大猛獸正虎視眈眈。「嗯，這次我贊同惠莫爾先生的意見，還是盡早撤退比較妥當。」

「你們看皮上的痕跡，」法蘭克林把他們的話當耳邊風，「很多細小的撕裂傷，不是暴龍。」他又檢查地面，「還有這個。」

廉姆注視法蘭克林手指的地方，幾個凹印橫過泥土，前端有三個分岔。接著他在地上找到長而彎曲、貌似魚鉤的東西，便彎腰拾起。

「是什麼？」法蘭克林問。

廉姆聳聳肩。「好像是爪子。」

他沒有抓緊，法蘭克林忍不住一把搶過去。「我的天！是……真的是爪子！你看，內側呈現鋸齒狀。」他將東西翻來覆去，「不過形狀很怪呢，惠莫爾先生你說是嗎？」

惠莫爾顯然對如何脫身更有興趣，但還是傾身過去研究了一下。「的確不像是迅猛龍或其他獸腳類恐龍，牠們的爪子是月牙形。」

法蘭克林笑得很興奮。「也許是尚未發現的新物種？」

「不無可能。」拉穆說，「印象中，學者估計我們找到的化石只是地球所有物種的百分之一左右嗎？」

「我真的覺得該走了。」惠莫爾提醒。

廉姆點頭然後伸手。「可以給我嗎？」

法蘭克林好像不大情願，苦著臉還回去說：「大發現呢。」

廉姆笑道：「之後應該還有。」

「也對……看起來這生物體型不會太大，狩獵的時候應該是成群結隊。」

「成群？」喬納一聽身子僵硬，「那我覺得惠莫爾先生真沒說錯，還是溜之大吉。」

「嗯哼。」惠莫爾很不自在地苦笑，在空地上左顧右盼。「法蘭克林，雖然是個新發現，但回去路上再討論吧。」

「成群的話，」拉穆接著問：「不就和迅猛龍一樣嗎？你之前還說沒有迅猛龍！」

「這不是迅猛龍。你看腳印……迅猛龍的腳趾弧度會很大。這邊這是完全不一樣的物種，可能根本不是獸腳類。」他起身說，「真是太酷了！」

「唔……」廉姆望向其他人，「好，總之我們可以確定這林子裡面確實有恐龍。」他視線射向美洲野牛大小的屍體，「也有大型動物可以作為食物來源。現在按照惠莫爾先生的建議，趕快啟程回營地吧。」

他們四個用力點頭。

法蘭克林嘆口氣。「好吧。」

「嗯，」廉姆朝來時路回首，「你們走前面吧。」

四人快步從他面前經過。惠莫爾邊走路邊勉強轉頭再看了眼，擺出苦瓜臉悄悄說：「我寧願沒吃的也不想看到那種場面。」

廉姆明白他意思。地上屍體看不出原本模樣，那種死狀恐怕並不只是被當作食物。內臟鋪滿叢林土地，腸子掛在藤蔓上……彷彿殺死那動物的獵食者玩弄過可憐的遺骸、開過慶功宴。問題是，猛獸怎麼懂得慶祝這種概念？那是儀式行為，進行儀式的前提是智能。

也許只是吃相特別差？

周圍越來越安靜。廉姆覺得自己隱約聽見一聲喀嚓，好像什麼動物躲在暗處時改變了重心，壓斷地上小樹枝。他立刻回頭掃視血跡斑斑的林間空地，擔心茂密草木之間是不是有雙嗜血的眼睛監視自己。

黃色眼睛眨也不眨，密切注意那群怪異生物離去的背影。只有十幾碼遠——對伏在這兒的生物來說就三、四步而已。五個前所未見的白皮膚生物發出奇怪的聲音，但與自己震動頭蓋骨呼喚同伴聽起來差距也沒那麼大。類似的還有一點：對方同樣能夠直立身軀，靠兩條發達的後腿行走，即便動作緩慢笨拙。

他躲在大蕨葉後面稍微換個姿勢，想從下面縫隙間看得更清楚。那些白色、直立、新出現的動物……不知道只有這五隻，還是也有同伴躲在其他地方。

乍看之下不很厲害，牙齒不長、爪甲不利，似乎毫無威脅性，而且好像不打算爭奪獵物。但是……但是……他看得出來：那些白色動物很聰明，懂得分工合作，和自己這族一樣。他一動不動靜靜觀察，橄欖色皮膚與叢林深深淺淺的綠色層次合而為一渾然天成，眼珠都朝著前方——雙眼視覺才具備優良的立體感，可以分辨遠近。

對獵食者而言是優勢。

那些奇怪的訪客、新種生物的眼睛也長在正面。又一個得留意的理由。或許牠們一樣是獵食者，畢竟吃植物、不會反抗的肉獸通常眼睛分別在左右，警覺來自不同方向的危險。

嗯……牠們也有獵食者的眼睛，但外表不兇狠，甚至不具自保能力，在空地上行動緩慢遲鈍。

他好奇仰頭，左掌魚鉤般的利爪下意識收攏，敲出微弱聲響。

新種生物最後面那個猛然轉頭瞪過來，一定是聽見爪甲輕輕相碰的聲音。不可思議的是，明明眼睛直直望向這裡，焦距鎖定在自己身上，但對方一點反應也沒有。後來慢慢左看右看，回頭跟著同伴離去。

伏在暗處的他低頭看看爪子。長而有力的四肢末端都有利爪，一爪三甲、甲尖鋒利，但另一手……廢了。好幾季前族裡有個愚蠢的年輕雄性想奪取領袖地位，當然死在他爪下，被碎屍萬段以儆效尤。但戰鬥中他一邊手掌被截下。

如果是爪甲斷掉通常會再生。例如今天也有個年輕雌性狩獵時折斷爪甲，等到新月升起差不多便能長好。他則不同，手掌缺了就是缺了，那截殘肢是個警訊：地位朝不保夕，不夠強悍隨時會被取而代之。

殘爪從蕨叢後退，動作極慢極輕，遠離空地光照潛入幽深叢林。他雙腿敏捷強健、速度飛快，還能無聲無息移動。

一個單純念頭閃過殘爪腦海。他們的思考沒有文字，只是意象。

必須監視這些新種。

殘爪本能覺察到新種造成的威脅。他要調查清楚，未確認對方能耐和弱點、是否隱藏實力之前得繼續觀察研究。等到有把握……趁新種最鬆懈一刻率領同胞進攻、殺光牠們。之後，大家把拿到的內臟掛上樹、血液當作顏料，再次慶祝自己暗中支配著這個世界。

他輕輕咬緊滿口利牙，明白一時的按捺能帶來更多收穫。

29 公元前六千五百萬年，叢林

細長樹幹橫跨激流，從岩石連接到彼岸。廉姆看見木橋安心鬆口氣，也注意到貝兒的改造工程告一段落，橋體可以升降了。原理是將原木捆起來作為衡重，再以十數條粗韌樹藤組合為繩索繞過大樹伸到河面上的樹枝，繩索兩端分別綁在活動橋和衡重物上。活動橋本身是三十呎長、由細直如同標槍的樹幹製成，每次可以支撐一個人通過，重量也不至於因為升起而折斷。

出島探險的五人輪流穿越活動橋，行走時特別小心免得掉進幾呎底下的奔流。廉姆最後一個過去，等待的時候很焦躁，回頭望向深邃叢林時暗忖該不會落單了就淪為野獸的大餐。

總算輪到他，片刻後在島上與四人會合。「好，把橋拉起來。」

五人合作挪動原木堆，隨著藤索與樹枝荷重摩擦嘎嘎作響，橋體向上傾斜大約四十五度。

「可以了。」廉姆抬頭看看天色，太陽朝著地平線落下，河水已經蒙上陰影。空地就在樹林的中央，那頭傳來劈砍聲，大家還在辛勤打造營地。他們的家……暫時的而已。廉姆不禁這麼祈禱。無論如何聽見其他人還在就是安心。

「希望有給我們留個位置。」廉姆說。

一分鐘後他們走進空地，正打算看看自己不在期間進展如何，卻聽見對面傳來尖叫聲。

「嗯？」拉穆問。

廉姆察覺那一頭不大對勁，有人拔腿狂奔。是蘿拉，跌跌撞撞、幾度膝蓋撞地又爬起來繼續跑。邁大步追在後面的人渾身黑衣、一頭火焰般的髮絲，當然是貝兒。

「哇……女子摔角。」喬納一臉呆樣賊笑著。

「喂！」廉姆大叫，「妳們幹嘛？」

蘿拉朝他一瞥，立刻狂奔過去。貝兒迅速拉近距離，手裡提著一柄竹矛，矛尖染紅。

搞什麼——

他上前。「貝兒，這是做什麼？」

靠得夠近時，廉姆才看見蘿拉亮粉紅色上衣有血跡，左手臂開了很長一道傷口。

「天吶！天吶！她想殺我！」蘿拉尖叫，其他人躲在空地另一邊剛搭好的木架旁，個個驚魂未定、不明白眼前怎麼回事。

女孩倒在廉姆腳邊，按著手臂傷口回頭望向步步進逼的貝兒。「她拿長矛刺我！」蘿拉聲嘶力竭，「不分青紅皂白就刺下去！」

貝兒停在幾碼外，一臉淡漠朝著廉姆，接著竟然露出那張馬兒咧嘴似的微笑，緩緩伸展的嘴唇後面兩列牙齒潔白無瑕。「廉姆你好。」她出聲。

「Jayzus（耶穌保佑），貝兒！妳幹嘛傷人！」

「任務優先事項。必須清除此人。」

「什麼？」

貝兒往廉姆身後其他人點頭。「全都一樣，還包括你，廉姆。」他覺得自己聽出生化人語調帶著一抹遺憾。「之後我會清除人類出沒的痕跡，然後自我毀滅。」

「什麼跟什麼？太誇張了！」拉穆說。

「貝兒，聽我說，」廉姆緩緩張開手，「沒必要那樣做，懂嗎？」

她兩大步竄上去伸手揪住蘿拉咽喉，毫不費力將女孩舉得離地。蘿拉雙腿在半空亂踢，朝貝兒臉上又摳又抓，扯了一球紅髮出來。

「貝兒！住手！」

聽見廉姆命令，生化人遲疑一下，轉頭表達困惑。「這是任務優先事項，我們造成的時空污染程度已經超標。」

「把人放下！」

貝兒瞪著他卻紋風不動。蘿拉還是腳離地不斷掙扎，再這樣下去會窒息，而且鋸齒狀矛尖和女孩頸部只剩下幾吋。

「這是命令！」

貝兒視線慢慢在廉姆和蘿拉之間來回幾次，眼瞼顫動一陣之後說：「肯定。」她鬆開手，女學生砰一聲落地，握緊的手順勢摘下生化人的假髮，指尖血水滲透。

「把長矛也放下！」廉姆厲聲道。

貝兒照做了，竹矛掉在泥土上咔咔響。

蘿拉喘了喘氣息逐漸平復，其他人盯著貝兒和她頭頂啞然無言。生化人頭皮上只有大概四分之一吋長度的黑色細毛。

「我的天！她根本是瘋狂殺人魔吧！」拉穆叫道。

後面喬納也低聲說：「老天……老兄你說得沒錯。」

貝兒注視他，冰冷灰眸裡有種情緒，似乎是後悔、罪惡感，甚至可能是哀傷，就像小孩遭到責罵即將五官一皺淚流滿面的瞬間——那個孩子如何成長就看這一刻。

「不，」廉姆開口，「她不是。」

「她沒發瘋？」拉穆問，「你確定？」

廉姆點頭，察覺貝兒面部肌肉抽動。那代表迷惘、失落……她內心掙扎，不知如何調解廉姆直接給予的命令和硬體內建的任務規範。

「她只是做自己認為正確的事情，那是程式的一部分。」

法蘭克林抬起頭。「程式？」

篝火劈啪作響，照亮周圍所有人的臉，乍看像是墓園裡聚集一群琥珀色的幽魂。光線外深暗的叢林迴盪遠處不知名的生物啼叫。

「我們怎麼確定那個……東西不會又莫名其妙要捅死我們？」克里朝貝兒瞥一眼。生化人獨自站在數十碼外陰暗處動也不動，她負責守夜，觀察是否有夜行動物接近。

「她不會的。」廉姆回答。

「就算你這麼說我也無法安心。」克里拾起小樹枝一扔，點點星火向上竄。「畢竟之前你也沒料到她會對蘿拉出手。」

廉姆望向女學生，手臂已經用袖子撕下充作綁帶包紮好，黑人女孩凱莎動作熟練。傷口不深，但沒截斷動脈才是重點。其實蘿拉幸運至極，是因為貝兒出矛時地面不平、而且沒能抓住她才會失手。廉姆見識過鮑勃的狠勁，明白生化人在近身搏鬥招招致命，無關乎肉體性別。

「她不會。」廉姆再說了一次，「我已經和她討論過現在的狀況。」

「討論？」喬納悶哼，「你怎麼不乾脆關機就好？她……不是機器人嗎？」

「不是。」廉姆搖頭，「不是那種靠電線、馬達、金屬打造出來的機器。貝兒是有機體，時空局稱為『基因工程改造體』。」他眼睛掃過一張張蒼白面孔，「感覺你們都聽過才對？」

「那還用說，」凱莎嘆氣，「小時候有看卡通頻道的話一定知道吧。」廉姆可沒看過，無奈聳肩道：「我自己都說她是『肉做的機器人』，甚至還有血液，只不過頭骨裡面有電腦。」

「那又如何？你自己說過是程式叫她拿長矛戳蘿拉的啊。」胡安問。

「沒錯，她在意的是我們在這裡造成時空污染。當時我不在場，她沒人可以討論，必須自己做決定。」

「在意？」喬納嚷嚷，「你說那只是在意而已？老兄，我無法想像她真的生氣了怎麼辦吶！」

廉姆沒理他。

「廉姆，你提到污染，」克里問，「是不是指我們在這裡生活的痕跡？像是營地和活動橋？」

「是的。砍樹、生火、到處留下腳印——事實上無論我們做什麼，出現在這裡就有可能干預歷史，大大改變未來。」廉姆望向孤伶伶站在空地中間一動不動的支援單，「對她而言那是最基本的命令……有點類似十誡之於我們吧。」

「汝不可亂搞時間，」名叫蘭吉特的黝黑男孩咯咯笑道，「當作第十一誡挺酷的。」

「是啊。」喬納接口，「汝不可殺祖先，否則——」

「你們覺得很好笑？」豪沃暴喝，所有人嚇了一大跳。截至目前為止他一直安安靜靜不講話。「亂動時間有這麼兒戲？這是人類幹過最荒唐的事！」他愣了一下，深呼吸以後壓低聲音。「我是說……能夠穿越時空實在很誇張。」

廉姆神色凝重點點頭。「說得對，非常誇張。雖然第一個進行時空旅行的人是瓦德斯坦……」他目光掃向篝火邊最小的一張臉，也就是艾德華。「但起點其實是你。時光機源於你以後完成的研究。」

「那麼理論上……」克里問，「只是舉例。要是艾德華死於反應爐爆炸，沒能進行研究，瓦德斯坦就不會發明時光機？」

「我們也就不會被丟到恐龍還活著的時代？」蘿拉附和。

還有幾道視線朝著小男孩集中。他們沒講話，但眼神底下有盤算。廉姆猜想得到這些人萌生什麼念頭。

「只有一種正確的歷史、一條正確的時間線。就算我們不情願，正確的未來包括艾德華・陳發揮數學天才以及瓦德斯坦造出時光機，就這樣。那是應該發生的事情。」廉姆凝視每個人，一個一個望進他們眼底。「所以你們要信任我……也要信任貝兒。我們最主要的任務就是確保這孩子平安回到二〇一五年循著歷史軌跡前進，當然同時也會帶各位離開。」

「既然有主要任務……那是不是就有次要任務呢？」這次說話的是個女孩，皮膚黝黑、長髮也黑，上唇穿了幾個金屬釘。廉姆第一次注意到她，那種沉鬱氣質與莎莎相仿。女孩尚未取下名牌，她叫賈絲敏。

「沒有別的任務了，賈絲敏。別多心。」廉姆回答，「我和貝兒會帶你們回去，真的。」

這番話不完整吧，廉姆？

他和貝兒私下聊了，成功說服支援生化人放棄擅自將優先目標設定為殺光所有人之後自滅。然而她的妥協有前提，基於合乎邏輯的前提才化解了人腦和電腦的衝突。

「六個月，」他這麼答應貝兒，「假如到時候還沒得救，妳的活動期限即將結束，啟動自毀程序……那，我同意……所有人都得死。我還可以幫妳。」廉姆朝她笑道，「但希望不必走到那一步，是吧？」

篝火冒出啪嚓聲。

「那，就這麼決定了。大家要相親相愛，是不是？機器女也算一份。」喬納笑了起來，「這時候是不是該大合唱？《肯巴亞》[17]如何？」他語帶諷刺，「我起頭好了。肯巴亞，我的主！……肯巴——」

篝火對面有人拿了結塊的恐龍糞朝他丟。

⓱ 原意「到我身旁」（祈求上帝的幫助），本為聖歌，後來成為童子軍或螢火晚會常見的民謠。來源眾說紛紜，有可能起於美國黑奴（也就是非洲語言）。

30

二〇〇一年，紐約，週三

星期三。麥蒂想起自己很久沒有度過星期三。從搭飛機要回波士頓見家人以來就沒有。從變成時空行者以來就沒有。

自由女神像下方星形大廳入口插著美國國旗，此刻除她外只有五、六人。以前校外教學參觀自然歷史博物館那次也來了自由女神像，一整天人潮洶湧、什麼都要等：買票要排隊、自由島的渡船要排隊、女神像腳下大廳看展覽要排隊，最後進去女神像裡面也要排隊。其實大部分時間都站著沒事或推來擠去，只為了看一眼她並不很有興趣的東西。

今天就不同。完全不必排隊。

自由島如無人之境。整天下來只有五、六班船抵達，每一班下來的遊客就五個左右，他們竊竊私語、目光三不五時轉向曼哈頓那頭直衝雲霄的煙柱，注意力無法集中在面前銅綠色巨像上。

麥蒂拿著塑膠杯又喝一口已經涼了的咖啡。真慘。她算不出自己從碼頭對面的攤子買了幾杯，都和櫃檯那大惑不解的店員可以稱兄道弟了，對方早就記住她的咖啡要加奶和三顆糖。

真是的，佛斯特……你鬼混到哪兒去了？

早上每次渡船靠岸她就滿懷期望，到了下午四點鐘已經欲振乏力，再一小時左右自由女神像的小展覽館即將關門，最後一班回程船準備啟航。

她知道今天等於白費了，在門口盼了整天也沒盼到老人身影。不過無所謂，麥蒂對自己說：至少確定了佛斯特的「退休生涯」中並不包括星期三來參觀自由女神像。該回據點了，由於是星期三，所以橋孔倉庫裡面空空如也，鐵捲門上貼著「招租」牌子。只要等到晚上八點就會出現散發微光的傳送門帶她回到週一。

然後重來一次，再等到週三，不過目的地換成帝國大廈。

麥蒂看著行經旁邊的遊客。他們要進大廳，可是停下腳步轉頭眺望天空中的黑煙。

她還記得今天，也記得之後的事情。那時候多大？八歲還是九歲？爸爸媽媽整天在家守著電視機，畫面上滿身灰燼的救災人員努力挖開冒出濃煙的廢墟、搬動扭曲且帶著餘溫的鋼筋想找到生還者。小麥蒂在客廳地板玩組合模型，想做個自己版本的變形金剛，不過一半注意力放在父母那邊，所以知道媽媽啜泣、爸爸氣得痛罵。

想不到自己能回到這天，雖然地點不同了。

心裡浮現怪異的念頭：要是她設法穿越封鎖線靠近雙子星廢墟，找到現場轉播的記者與攝影師，故意過去接受訪問呢？可以對八歲的自己和正在看新聞的父母揮手問候，可以告訴他們九年以後自己並不會與另外一百三十七人死於九十五號班機空難。她過得還可以。

但麥蒂搖搖頭。很有趣，不過她當然不能那麼做。

思緒回到當務之急，也就是如何找到廉姆和支援單位。鮑勃認為女性複製體內新版本人工智能與他邏輯一樣，會對廉姆提出相同建議：尋求低調方式進行聯繫。必須低調，因為任何相較於背景雜訊過分突出的訊息都可能徹底改變歷史。問題來了：無論他們被扔到什麼時代，通訊要隱密不起眼的話怎麼鎖定自己和莎莎呢？

我們上什麼鬼地方才能發現他的留言？

假如距離不到一百五十年，或許又能在自然歷史博物館訪客簿找到線索。莎莎說過她會過去看看。但如果他們被傳送得更遠了呢？

五百年？一千年？不知道一千年前德州中間是什麼環境，她猜應該有很多野牛和印第安人，重點是不會有什麼訪客簿能夠隱藏訊息。支援單位不會建議廉姆在納瓦霍族[18]的古董毯子上寫字，除非打算讓後世美洲原住民史學家拿去研討會上當眾探究。

重點是隱密。一定得隱密。

麥蒂心裡嘆息。太隱密的話她和莎莎怎麼察覺？

總不能要訊息自己找上門。

她猛然抬頭。

找上門？

「天吶。」麥蒂自言自語，意識到這才是廉姆唯一的出路。只要訊息包含目標就可以了，或許搭配獎勵，請人送信到特定的日期和地點。可以承諾花不完的金銀財寶，甚至不可思議的時空穿梭技術？仔細一想，這樣的訊息太重要太震撼了，發現的人不會公開吧？反而會嚴密保護？一代傳一代，如同故事裡面黑暗的家族祕密，可怕的超自然詛咒。總有一天某個人會在二〇〇一年九月十日前往布魯克林區的偏僻小路輕輕敲門，想知道是不是真的有人在裡頭。

天吶……聽起來其實辦得到？

如果發生在自己空等的期間？像無頭蒼蠅尋找佛斯特，但他很可能根本不在這些地方。電腦鮑勃又說對了，他的建議不就是等待嗎？

「唉，麥蒂妳還真是有夠白痴。」她暗罵自己以後將塑膠杯丟進一旁垃圾桶，連忙朝碼頭走去。

⑱ 美國西南部原住民族。

31

公元前六千五百萬年，叢林

「妳說可以什麼？」廉姆問。

貝兒結實雙臂將原木捧穩，廉姆拿手工編織藤索纏緊。空地周邊幾乎每棵樹上都掛著藤莖，還分成不少品種。

「可以計算身處年代，我認為精準度很高。」

捆好原木、用力拉直，一根根排列起來成了圍牆，目前才十幾呎長、約二十根木樁。樁寬在八吋以下，高度都是九吋左右。全部蓋好的話能夠形成直徑四碼的圓形區塊，足夠十六人擠在裡面，要是真有什麼猛獸想侵犯小島的話大家就躲進去。

「怎麼算？」廉姆問。

「我記錄了爆炸時所有變數。」

「『變數』是什麼？」

「資料。特別針對我們抵達後的期間。粒子衰變速率。」

廉姆挑眉。「貝兒，我完全聽不懂。」

她走向存量逐漸減少的原木堆再捧起一根，看來十分輕鬆。原料不夠了，空地另一頭惠莫爾和幾個學生又抬著木頭走過來，叢林地面很不平坦。貝兒用力將原木末端插進鬆軟泥土中與上一根木樁比鄰，廉姆也再次動手捆綁。

「我有爆炸詳細資料。包括二〇一五年接觸的迅子數量和密度，以及來到此時間點後周圍迅子數量和密度。」

廉姆瞟她一眼聳聳肩。「貝兒，妳得把我當成什麼都沒學過的三歲小孩來解釋。」

貝兒望了過來。廉姆注意到她竟然翻白眼嫌自己笨。想必是人工智能在電腦主機時期透過攝像鏡頭學會了莎莎的表情。

「迅子以固定速率衰變，因此訊號發射距離越遠所需能量越大。」

廉姆拉扯藤繩確定繩結穩固。「這部分我懂，可是粒子每隔一段時間就會死掉代表……？」

「可以計算粒子衰變速度並據此判斷傳送了多少單位的時間。」

他咧嘴一笑。「真的嗎？做得到？」

貝兒抬頭試著模仿廉姆斜嘴笑。「我具備足夠運算能力。」

「所以就能確定這是什麼年代了？」

「誤差低於十萬分之一。」

廉姆讚嘆搖頭。「Jayzus（耶穌保佑），妳的金屬腦袋好厲害，真的！」

她似乎很得意。「廉姆．歐康納，請問這是讚美嗎？」

他與貝兒握拳互擊。「當然啦！沒妳的話該怎麼辦才好！」

貝兒視線飄向空地，片刻後轉回他身上。「謝謝。」

綁好木樁之後，廉姆等她再拿一根過來狠狠插下。

「接下來呢？我們能確定自己在過去的哪一天？幾點幾分？」

「否定。無法達到此精準度。」

「好吧，所以是一星期之內？」

她搖頭。

「一個月？」

「否定。」

「年？」

「可計算單位為千年。」

「什麼？」

「可計算我們所處時間至——」

廉姆打斷她。「我有聽懂。只不過……這樣沒意義不是嗎？就算能告訴未來的他們這是第幾千年，結果還是跟大海撈針沒兩樣！」他朝圍牆一靠，「難道要他們對一千年裡面每天同個時段開門嗎，那加起來……」

「三十六萬五千次，」貝兒回答，「且因為閏年必須再增加兩百五十次。」

「是啊，太多啦！天吶，還是沒辦法找到我們！」

貝兒蹲在他旁邊之後附和：「沒錯，可能性極低。」

「該怎麼辦？」廉姆本來以為可以回家了，幻滅之後意志消沉，覺得比先前更徬徨無助。

「我們只能困在這兒。」

「任務期限為六個月——」

「我知道、我知道……到時候妳就別無選擇。」

一隻手輕輕扣著他臂膀。「抱歉，廉姆．歐康納。終結人類性命並不令我喜悅，尤其對象包括你。」

他嘆氣。「唉……我想我聽了該感動是吧……謝了。」

其他人終於將木頭抬回來放在地上。惠莫爾擦掉滿頭大汗氣喘如牛。「我的媽呀累死了。圍牆還要多少木頭才夠？」

貝兒轉身掃視。「七十九。」

校長忍不住嘟嘴。「七十九？妳確定？」

她點頭。「確定。」

「好，」校長大呼一口氣，「好吧，大夥兒，」他轉頭說，「回去幹活兒吧。」廉姆與貝兒目送他們離開。

「有辦法縮小據點搜查範圍。」貝兒說。

「什麼意思？」

「不需要執行三十六萬五千加兩百五十次傳送程序。相信留守據點的人工智慧會得出同樣結論。」

「同樣結論是指？」

「密度偵測。針對範圍內每天進行短暫探測，得到密度變動警告即代表坐標周邊有物體移動。以密度變動警告為依據進行篩選即可。」

廉姆盯著她，暗忖這話說得沒錯。每次傳送門開啟前本來就需要做密度檢測，以免捲入不相關的人事物。「妳記得我們從這裡出來的精確位置嗎？」

貝兒點頭。「資料庫內存有完整地理坐標。」她指著稍遠處一叢蕨類，「你從五十一呎七又四分之三吋外出現。」

「那麼——」廉姆望著那裡，「我們得派人守在那兒……然後一直比手劃腳之類嗎？」

「無誤。但據點人員目前偵測如此遙遠過去的機率微乎其微。」

廉姆聽了又洩氣，一有希望就會破滅。他深感挫折，握緊拳頭。

「什麼穿梭時空真是太莫名其妙了。時空局就不能發明什麼訊號方便大家直接聯繫嗎？」

「理論可行，但耗費能量過於龐大，且需要準備傳送機與極先進電腦系統方能鎖定——」

他舉起手。「貝兒？」

「先別說了吧。」

生化人灰眼珠注視他，神情很是順從。

「肯定。」

廉姆站起來，背有點痛所以伸了下懶腰。「啊，真該死！」他克制不住情緒朝木牆捶了一拳，牆壁輕輕搖晃、藤索咿呀作響。

「噢！」他趕緊朝磨破皮的指節呼氣，「好痛。」

貝兒歪著頭不解。「那你為什麼那樣做？」

「呃……不是叫妳先別說了嗎？」

32

公元前六千五百萬年，叢林

幾個「新種」站在湍急河流淺灘上任憑冒著白沫的流水沖打雙腿。牠們手中拿著長竿，眼睛直瞪著水面打量，很長時間動也不動。之後不知為何又會忽然刺出木棍。

殘爪轉頭看看同族，大家伏在幾碼外對新種非常好奇。他敲敲爪甲要大夥兒注意，目光應聲集中。接著殘爪喉嚨輕輕嘰哩咕嚕一串聲音，最後咬合牙齒格格響。

新種，很危險。

他無法解釋原因，但就是知道。對方恐怕比自己這族更厲害。殘爪黃色目光回到新種，牠們手臂蒼白無爪卻造出許多奇怪物體。一根粗壯樹幹被拔了枝葉以後懸在河上，乍看就像外面平原吃葉子的巨大長頸獸。殘爪還看出樹幹末端纏的是藤蔓，許多條緊緊糾結、繞過另一棵大樹粗枝才回到地面再纏上堆起來的木頭。

他不懂這些東西組合起來的意義，也不懂為什麼新種費那麼大的勁製作。但就是這份不解使殘爪憂心，即使連憂心的原因也同樣不解。他又輕聲吼叫。

新種。比我們聰明。

同胞似乎也同意，在叢林邊緣草木中伏得更低。殘爪算出涉水的白皮獸數量和自己剩下的爪子相同，心裡懷疑窄河彼岸小島上還有幾隻。也許比他們多？

一個新種緩步上前將竿子朝水送，抽出時前端插著河裡那種灰白色生物不斷抖動掙扎，身體銀光閃閃。

不知怎麼回事，竿子捕捉到水中生物。

木棍……捕捉……水中生物。

他看得興味盎然，然而新種已經合力抬起挑動的水獸離開河岸，逐漸自視野消失。剩下一個。只有一個留在岸邊盯著水。

殘爪記得牠。三個日出前在樹林裡見過面，還彼此對到眼，只是那雙淺藍色眼睛視而不見。殘爪暗忖牠似乎就是對方領袖，和自己同樣處在孤獨而沉重的位置。有一瞬間，殘爪原始的思維中閃過人類稱之為惺惺相惜的想法。

新種。像我。領導。

等到有十足把握、可以出手剿滅白皮獸的時候，殘爪要親自收拾對方頭子。或許挖出白皮獸心臟，就能奪取那份聰敏和智慧。屆時殘爪也能明白為什麼竹竿能捉到水獸……以及河面上那根樹幹究竟是什麼用途。

廉姆盯著面前水流，偶爾能看到史前大泥魚的身影經過淺灘，引誘他拿竹矛戳下去。

但他知道自己沒那本事，不會預測大魚閃避的方向。這群人裡獵魚功夫最到家的大概屬胡安，剛才命中的那條魚超大，足足四呎長的鮮肉，可以供作一半人的晚餐。要是自己也能捕一條給大家抬回去該有多好，就不會覺得自己真是窩囊。

好歹像隊長一點。

法蘭克林對恐龍瞭如指掌，惠莫爾也能說上幾句。胡安似乎精於野外求生，狩獵生火之類難不倒他。凱莎懂得怎麼處理小傷病，然後儘管幾天前才出過意外，眾人還是漸漸視貝兒為盡責的衛兵。就連喬納也找到自己的定位：負責搞笑取悅大家。

可是我呢？愛爾蘭小夥子除了「我去找人幫忙」之外什麼也不會。廉姆懷疑自己之所以還是名義上的隊長，只因為先前莽莽撞撞承諾了要帶他們回家，此外就是貝兒只聽他一個人的命令。但接下來幾星期以至於幾個月都沒有得救跡象的話，這些人不知會如何看待他。

責任好重，好寂寞、好疲憊。和上回不同，當時要顧的只有自己，也沒誰巴望他指揮。

正好相反，結果帶頭的是鮑勃。廉姆想起鮑勃成了反抗軍大頭目就覺得好笑，居然還有人以為他是上帝派遣的戰鬥天使、將他看作那種漫畫書裡的超級英雄，什麼超人、自由隊長一類。外貌確實很像。

有什麼東西在動。

抬頭一看，是群特別小型的恐龍，比他認識的蜥蜴大一點點，但能雙腿站立，好奇地看看廉姆。比他手掌還小，一小群待在幾碼外彼此嘰嘰喳喳叫，時不時就朝他望。法蘭克林說過牠們名字，可惜廉姆沒那個腦筋能記住。

「你們要幹嘛呀？」他叫道。

廉姆其實心裡有數，牠們是來討吃的。小傢伙們昨天晚上就在營地周圍蹦蹦跳跳，活像興奮過度的孩童被烤魚香氣吸引得垂涎三尺。其中一隻很大膽，竟然直接朝魚跳上去，結果魚鱗太光滑，牠抓不住就掉進火堆，翻了翻尖叫掙扎但還是被烤焦。

「小傻瓜你們昨天沒學到教訓嗎？識相就滾蛋。」沒想到聽見廉姆說話以後小恐龍應聲轉頭盯著他。「Jayzus（耶穌保佑），小不點你們很笨對吧？」牠們吱吱呱呱叫了起來。

「哎呀，快滾好不好？你們會把魚嚇跑，真的。」廉姆彎腰撿起石頭往十幾碼外泥岸扔出去，迷你恐龍亢奮地轉身追逐，大概以為那是塊肥美多汁的魚肉。

廉姆看著迷你恐龍竄過泥地，地上留下幾排腳印，如同初雪上冬鳥的足跡。

然後靈光一閃。

「啊……啊……」他自言自語，「天主在上、聖母在上，」補了一句禱告才大叫：「沒錯！」長矛往水裡一丟，廉姆轉身穿過樹林回營。

33

公元前六千五百萬年，叢林

經過樹林的時候前面有一條細長煙柱，是昨天篝火餘燼未熄仍在悶燒。篝火周邊有十幾個錐狀木架，鋪上幾層象耳大小的蠟質闊葉以後成了簡易小屋。營地圍牆已經蓋好，木樁之間填滿鏽紅色泥漿補強，乾硬以後堅固得好比混凝土。他們在圍牆外側挖了三呎深的壕溝增加翻越防禦工事的難度，廉姆個人不覺得擋得住霸王龍那種龐然大物，但能逼退小一點的獵食者偷襲。

他遠遠看見許多身影在營地走動，也很快找到貝兒。除了一身黑色很明顯，生化人頭頂已經不是蛋殼似的白色球形，長了一星期分量的黑髮出來。

「貝兒！」廉姆大叫。貝兒聞聲猝然掉頭並擺出迎擊姿態，其他人也轉身盯著他蹣跚跑來。胡安與雷納德急忙跳起、手抓長矛，廉姆意識到自己聲調太過尖銳像是示警。克里先生探手到褲內要拔刀，惠莫爾抽起一把短柄斧。

來到篝火邊，他喘不過氣、汗流浹背，大家手執兵器並預備以木牆掩護。

「怎麼回事？」克里開口問，「有東西闖進來？」

廉姆看了看，營地一片驚慌失措，有幾個女生嚇得魂不守舍。大家望向自己背後，猜想他被什麼怪物追趕。

「老兄，到底怎麼啦？」喬納問。

貝兒也開口：「你的叫聲顯示有威脅。」

廉姆搖頭。「呃，其實沒有啦。我只是想到辦法了。」

「你說的東西叫做化石。」法蘭克林回答，「有些化石甚至不是原始痕跡，而是經過模鑄作用的二手痕跡。比方說一開始有個凹陷的腳印，後來泥沙淤積在裡面，經過幾千年硬化了才變得像石頭。」

「對，但終歸是能熬過那麼長時間的記號，至少是個複製品。」

「當然，」法蘭克林說，「這麼說沒有錯。」

克里搖頭晃腦。「所以？你打算這樣和那個『時空局』聯繫？在白堊紀的泥巴上寫字，期待未來有人幸運發現？」他拱起肩膀，一臉惱火。「太天真了吧……」他瞪著篝火，「還以為你和機器人會有什麼高科技求救訊號之類的東西呢！」

貝兒搖頭。「否定。無法發送求救訊號。」

廉姆揮手要她別插嘴。「克里先生，技術限制我也無法突破。」

蘿拉咬嘴唇。「可是……聽起來機率很低。在地上寫字，經過幾百萬年早就不見了吧？」

「就算還在，」胡安補充，「也要有人找到啊。加起來機率能有多高？」

廉姆聳聳肩。「可以想辦法提高機率，」他望向法蘭克林，「你們應該知道化石最早在什麼地方發現的吧？這種事情應該公開才對。」

惠莫爾與法蘭克林交換眼神。「嗯，是知道，」惠莫爾開口，「美國第一次找到恐龍化石的地點的確是常識。」

法蘭克林點頭。「是德州，就在德州，」圓框鏡片底下眼睛陡然瞪大，「對了！等等……對呀！是恐龍谷沒錯吧，惠莫爾先生？」

他附和：「感謝主。沒錯，法蘭克林，就在格倫羅斯市附近。」

「格倫羅斯市？」廉姆又聳肩，「很遠嗎？」

方才面色鐵青的克里忽然像是融化了一樣。「距離前能所不算非常遠，大約六十英里。」

「州立恐龍谷公園，」惠莫爾解釋，「在我們的年代是國家級地標的保護區。印象中二十世紀初就陸陸續續在當地河床挖到化石，而且數量很多。」

「帕拉克西河，」法蘭克林說，「在那裡找到化石的。有人認為白堊紀的時候是海岸線。」

廉姆看看惠莫爾、又看看法蘭克林。「總之，我們應該找得到才對？你們知道位置？」

兩人都搖頭。「不知道，」惠莫爾回答，「哪有辦法知道？」他環顧四周深邃叢林以後笑了起來，「地貌完全不同要怎麼找！」

「我知道恐龍谷和前能所的相對位置。」克里一開口吸引了大家注意。「唔，我住在格倫羅斯市，每天開車上班的時候都會在州際公路上看到恐龍谷公園的路標。大概就離格倫羅斯市區北邊一英里而已。」

「我有格倫羅斯市的地理坐標。」貝兒說。

廉姆轉頭。「是嗎？」

「是。行前麥蒂．卡特傳輸內容包含美國地質調查局提供的完整德州地圖。」

篝火邊，廉姆眼睛亮了起來。「看來可行！」他視線掃過眾人，腦子裡慢慢拼湊出計畫梗概。「理論上貝兒妳能帶我們到後來變成恐龍公園的地方對不對？」

「肯定。」

「照惠莫爾先生說的，二十世紀初就有人挖出那些化石，那麼我們自己擺一些在那兒就行了。」

「我覺得——」

「否定。」貝兒打斷，因為推測出廉姆打什麼主意。「會造成嚴重污染風險。」

廉姆聽了忍不住咬牙切齒。「拜託，貝兒，該做蛋餅了。」

她抬起頭。「蛋餅？」

「沒聽過嗎……俗話不是說『要做蛋餅就得先打破蛋』？我們過去留下訊息，沒錯，會引發新的時空污染問題，但也因此有可能得救，這些人可以回到他們該存在的時代。別的問題……可以之後再設法處理。」

「此行動為第三獨立污染源。」生化人冷冷掃視火堆旁每張臉，「目前已有兩個潛在時空污染源，一是艾德華．陳自二〇一五年消失，二是人類出現在不應有人類的年代。兩者皆很可能大幅度影響未來。」

「如果說……」喬納才開口就被所有人盯著看得很不自在，差點兒說不下去。此刻顯然不是插科打諢的好時機，但他覺得自己的主意不算差，於是繼續說下去：「如果……嗯……我們想辦法讓那個訊息看起來實在太重要了，是不是就不會弄得舉世皆知？」

大家凝視卻無言。至少沒人叫他閉嘴，他便進一步解釋：「就是那種會變成機密的東西，像是……羅斯威爾。」

廉姆不解。「羅斯威爾？」

克里冷笑。「有些人認為一九四七年有幽浮墜毀在美國。陰謀論者最喜歡這故事了，他們相信那個飛碟來自外太空，上面有活生生的小綠人。」

蘿拉察覺廉姆又噘著嘴聽不懂。「就是外星人的意思。」她說[19]。

「反正，」克里說了下去，「很可能根本只是測試飛行器墜落而已，就是有些人閒著沒事一直說小綠人被囚禁很多年、被抓去做實驗，呼籲政府趕快釋放。」

喬納一臉嘲弄。「哦……話說回來，克里先生你怎麼這麼肯定事情不是那樣？有可能是飛行測試，也有可能是太空船，重點是我們不知道，因為王八蛋政府把資訊全部封鎖了當作機密。」

「拜託，小夥子，」克里反駁，「你說的那些——」

廉姆揮手要他們靜一靜。「等等！聽我說！我覺得……這次喬納說得有道理。」他抓抓臉頰仔細思考了會兒，「主要是政府裡的那些人……嗯，我說的是你們美國政府。如果有人挖化石挖到了奇怪的東西指向時空傳送技術，然後通報政府，政府會作何反應？」

「開什麼玩笑？」胡安回答，「他們一定會圍過去，比發疹子還密啊！特勤啦、國土安全局啦，那些戴墨鏡穿黑西裝的傢伙。」

「我說老兄，挖出那東西的人可倒霉了，一定會『出意外』。」喬納說完瞟了克里一眼：

「每次都出意外……就是這麼巧。其實可能所有知道的人、參與的人不是死掉就是被送到關達那摩灣之類地方。反正絕對不會有人能在外面大肆宣揚。」

「就是這個，」廉姆說，「這就代表我們留下的訊息會是機密。」他朝貝兒解釋，「既然社會大眾不知情、不談論，就不至於大規模改寫歷史。」

貝兒瞇著眼睛，他猜想電腦正在努力運轉，判斷邏輯是否正確。還能推算機率數字。

惠莫爾點點頭。「情報單位確實會擺張撲克臉把所有消息壓下去不走漏風聲。知道內情？還是要裝聾作啞。就算掌握了敵國的一舉一動，比方說以前美俄冷戰……得到情報以後表面上什麼也不變、什麼都照舊，這樣敵方才不會意識到自己受到監控。」

廉姆附和：「理所當然！二次世界大戰也是。書上提過同樣的事情，英國美國明明破解了恩尼格瑪密碼機，攔截到德軍通訊，但是有時候按兵不動，避免德國人發現密碼已經被看懂了。」他低頭一看，察覺自己左腳腳尖下意識在泥巴上鑽出螺旋狀凹槽。「我還沒想好該留什麼訊息，但可以確定內容得讓未來的人想要保密，更重要的則是能誘導他們直接將訊息送到時空局據點。」

「這種做法危害到時空局隱匿性。」貝兒提醒。

廉姆聳肩：「我知道……但剛剛說了，一步一步來，不是嗎？」

⑲ 早期媒體上的外星人多為綠色，但近年則傾向稱其為「小灰人」。

她繃著臉沉默片刻。「又違反程序。」

「等回去以後妳儘管推給我負責。」他笑道。

其他人靜靜考慮一陣。篝火在中間劈啪伴奏。

「我覺得這主意不錯，」拉穆開口，「算我一份。」

廉姆看到好幾個人跟著點頭。

「那好，」他感慨，「好。」心裡輕鬆了些，至少解決了一半問題、也凝聚了大家向心力。「貝兒，還是得讓據點知道我們所處的時代吧？所以妳照先前說的開始計算，越準確越好。」

她緩緩點頭。「瞭解。」

「此外應該需要在我們落地那一點上設個什麼裝置？如果——」廉姆糾正自己，「等到訊息送達，他們抓到大約的時代區間開始做密度偵測，得有個東西在那邊動來動去才能製造反應？」

「無誤。」

「風車之類的嗎？」蘭吉特問。

貝兒點頭。「肯定。類似裝置可達成目的。」

「再來需要行前準備，儲備食物、飲水、武器等等。」廉姆望向眾人，「有些人得留守，等我們出去之後把橋拉起來。」

「並維護製造密度訊號的裝置，確保時時刻刻正常運作。」貝兒補充。

廉姆回頭注視那片黑暗。空地中央就是一週前的傳送落點。「嗯，沒錯，要是密度偵測沒得到結果就換了目標時代可就太慘了。」

笑意從他嘴角擴散到每個人臉上。

他回頭看著貝兒。「計畫還能接受吧？」

貝兒輕輕點頭。「成功率低，」這次她的微笑親切許多，「但並不為零。」

34

二〇〇一年，紐約

莎莎看著世界轉動。她的世界，女孩已經這麼思考了：紐約時代廣場，二〇〇一年九月十一日星期二早上八點三十分。

太熟悉了，此時此地的人事物，即將發生的每一件事。譬如……她張望……找到了：一對老夫妻穿著同款慢跑褲呼著大氣並肩而行；聯邦快遞送貨員滿懷包裹，掉了一件在人行道後東張西望笨手笨腳怕被發現；兩個金髮女孩共用耳機不知聽著什麼吃吃笑。

莎莎也笑了。

目前為止都很正常。

四十六街西一九二號轉角星期五美式餐廳（TGI Friday's）外面擠了一群日本遊客，他們神色慌張、不斷翻查旅遊會話書，研究咖啡和芥末醬牛肉貝果九人份的英語怎麼說。

再來是時代廣場半空中的廣告看板，有史瑞克和驢子、毛怪和大眼仔，然後是音樂劇《媽媽咪呀》……人行道上一個快活的老遊民推著推車沿路查看垃圾桶，之後會停在莎莎常坐的長凳子那裡。每天早上這時間都能看到他。

女孩吸了一口溫暖晨風，風中有汽車排氣的臭，但也夾帶淺淺的煎培根與臘腸香。同樣很正常，忙碌的城市、趕著上班的市民。

「我的世界。」她自言自語。她的世界……一切都好。

沒什麼安慰效果。既然她的世界沒有改變，一點細微差異都看不到，代表廉姆那群人遲遲未能撼動歷史。引導出的結論應該只有兩種吧？一個是他們極度小心，成功避開時空污染；另一個就是……

「也許他們已經不在了。」莎莎低語。

死了。被時空通道的龐大能量撕扯為碎片，或是被炸得粉身碎骨。還有可能迷失在混沌空間。佛斯特說過沒有人會想在那兒多逗留一秒鐘，比最可怕的惡夢還要可怕。

麥蒂回來了。她沒有找到佛斯特。莎莎原本就覺得希望渺茫，但麥蒂看上去心情好了很多，似乎對於救援廉姆信心大增。不知道為什麼，她回來以後嚷嚷著今天午夜十二點一過、時空氣泡重置為星期一早上就會有人敲門，對方站在倉庫外頭一臉猶豫迷惘，可是手裡拿著的古物上會有廉姆潦草的字跡。

莎莎不懂個中道理。眼前這團亂的答案怎麼會像送報一樣直接出現在自家門口。

麥蒂大口喝汽水。第三罐，捏扁的罐子在工作站上列隊似地排得整齊。糖分在體內升高，她精神上來以後拉著桌緣將椅子滑過去。

「所以？」她問，「鮑勃你怎麼看？」

>想法合乎邏輯，但新版本人工智能會建議廉姆行事謹慎。

「你們當然會那樣說嘍……那是寫死的程式碼。」游標閃爍幾下。

＞也因為暴露據點所在地的風險。

「不過廉姆還是會選擇這麼做？他會無視你們的警告？」

＞麥蒂，我無法回答這個問題。

「話不是這麼說，其實你和他相處的時間比我或莎莎都來得久。」

＞他曾經無視程序規範，採取衝動決策。

麥蒂微笑。「那就對了。」

她又拿起罐子吞了一口，氣泡在嘴裡嘶嘶作響。「所以如果有人找到他留下的訊息……後續的掃除重整可是個大工程。」

＞取決於誰在什麼年代發現訊息。

「想必是在德州當地，只是什麼時候而已。也許是阿帕契印第安人，也許是牛仔……誰知道呢，甚至也可能是內戰時代的軍人、石油公司或是公路旁邊的大學生。誰這個部分很難預料。」

＞妳先入為主認定時間距離在一兩百年內，但他們也可能回到殖民者甚至原住民尚未抵達的德州土地。

「你沒有辦法至少預測一下他們傳送了多少時間單位？」

＞否定。然而新版本人工智能有能力比較爆炸當下與事後的環境迅子情報，藉由衰變速率常數精準判斷目標時代為何。

她瞪著螢幕。「真的？」

>**肯定。讀數正確即可進行分析。**

倘若鮑勃所言無誤，代表廉姆能得知時間坐標，那麼唯一選擇就是設法捎訊給自己。他和新版本人工智能應該都聰明得可以想通才對。

「我覺得他們應該平安無恙。直覺。」

>**希望如此，麥蒂。**

麥蒂點點頭，暗忖如果自己也能像廉姆平時那般輕鬆自在、隨遇而安就好。她又抓起汽水喝一大口。「來點音樂吧……最近家裡死氣沉沉，像墓園一樣。」

>**音樂資料庫內存有大量檔案，妳需要的娛樂類型是？**

「來點帶勁的、痛快的。」

>**請定義「帶勁」和「痛快」。**

「鮑勃……就來點輕快的如何？」

>**可以分析資料庫檔案每分鐘節拍、波形、音量與播放次數。**

「就那麼辦，」她打斷，「就……播放次數為準，看看上個團隊都聽些什麼。」

>**瞭解。**

麥蒂聽見硬碟轉動微微作響，不久之後工作站螢幕兩側喇叭傳出激烈鼓聲。

>**是否符合期望？**

她靠著椅背、腳蹺上桌面。感覺還不錯，有九吋釘樂團、瑪麗蓮·曼森的感覺……也有點像嗆辣紅椒樂團。「嗯，不錯……挺合我胃口。」

樂音充塞倉庫、迴盪於磚壁間，據點稍微回復一點生氣。

35

公元前六千五百萬年，叢林

廉姆看著貝兒指揮大家協力放下活動橋，心裡很訝異樹藤編織的繩子如此堅韌，經過十數次升降作業完全看不出磨損或裂開的跡象。木橋砰一聲落在對面河岸大石上，彈了兩下才穩定。

「好，」他扯著嗓子對抗急流嚎叫，「除了留守的人……大夥兒上路了。」

探險隊員在橋面採取坐姿慢慢往前挪，身上時常被水沫濺濕。隊伍共計十二人，營地只剩下四個：約瑟夫．拉穆、喬納．米德頓、蘇菲亞．葉、凱莎．傑克遜。坐鎮者自然是唯一的成年人拉穆，貝兒特地對他詳細解釋「風車」持續運轉的重要性。

雖然名為風車外觀卻像兩組天平組合起來，橫梁吊掛帆布包每次漏出一顆小石頭，藉由重量變化、天平傾斜達成旋轉效果，細長木條隨規律節奏在半空繞圈。每隔幾小時得重新將帆布包掛到頂端才能確保旋轉不間斷。

拉穆至少明白最重要的一點：必須維持裝置如節拍器似的規律動作，絕對不能讓它停下來。貝兒也稍加說明了若據點對小島進行密度探測會有什麼跡象：首先是熱度，某個範圍內會忽然增加十度左右，同時空氣會微微發亮。她進一步表示：如果探險隊尚未回來期間就有探測訊號，幾乎可以肯定據點人員會「再確認」這種規律運動是否持續存在，只要風車屆時仍複製同樣非自然的節奏運動，就做好心理準備，也許會有十碼寬的時空傳送門出現在面前，還可能有人從裡頭走出來。

拉穆再三保證自己會盯好輪班、不讓風車靜止，然後祝探險隊一路平安。事前準備花了幾天，接下來一路朝西北前進，沒人知道這年代的地形，可能是綿延不絕的叢林，但若連接到沙漠也不奇怪。為此大家收集所有回到史前時代的寶特瓶並裝滿飲用水塞進背包中，食物則是烤好的魚以闊葉和藤繩包裹起來。飲食儲量足夠支撐幾天，不過他們也做好途中繼續採集的打算。

最先到達對岸的是克里先生，他轉身伸手幫忙拉人。

所有人都攜帶武器，或竹矛或斧頭，甚至有人兩樣都備上。胡安很厲害，找到合用樹枝做出三把弓，品質遠超過想像，之後削尖竹竿弄了一袋子箭，箭翎以薄樹皮湊合。實際測試發現弓箭無法射進堅硬樹幹，接觸瞬間就會折斷，不過釣上的大魚則幾乎被貫穿。

然而廉姆不禁懷疑：倘若遇上霸王龍，這弓箭應該只能給對方搔癢。

六十英里。他暗自祈禱，希望接下來旅途和周圍這片叢林一樣沒有巨大史前怪物。目前為止除了河裡很醜的大泥魚、一週前找到的屍體，只有海鷗大的蜻蜓、老鼠般的昆蟲，不過入夜以後總是迴盪不知名生物的嗥叫。

河水飛濺加上叢林濕熱、令人汗流浹背，渡河以後大家像是剛洗過澡。最後過橋的是貝兒，她直接走上去，步伐穩健自信，平衡感完美無缺，絲毫不畏懼自己會墜入湍急流水。

廉姆嫉妒得嘟起嘴。不會害怕、不會每次聽見樹林裡稍微有點動靜就彷彿心臟要從喉嚨跳出來，感覺一定很棒。自己最近就不得大意、洩露真實情緒，只能靠傻笑、揮手掩飾腿軟和心虛。

比方說他很介意那天找到的巨獸屍體，因為那代表附近有不知數量的某個物種潛伏著，可是至今尚未有人目擊。

走到橋頭，貝兒跳到廉姆身旁。「要出發了嗎，廉姆．歐康納？」

他抽了口氣，視線瞥過眾人，似乎大家都以自己馬首是瞻。「妳說是在西北方？」

貝兒眼睛快速眨動，讀取晶片資料。「磁方位角三百一十一度，」她說完指著前面稠密森林，「往這裡走。」

「好。」廉姆雙手扣緊竹矛，回頭望向守營四人，手掌圍著嘴巴大聲叫道：「留一罐司陶特[20]給我！」

營地四人仰頭露出困惑神情。連這邊的人也一樣。

「司陶特……麥酒？」他問，「你們知道的吧？」

惠莫爾搔搔鬍子若有所思。「你想說『啤酒』是嗎？」

廉姆搖頭。「你們美國人對啤酒沒品味。」

惠莫爾聳肩。「我喝過健力士[21]喔。」

貝兒一本正經搖頭。「廉姆．歐康納，營地內沒有酒精飲品，你無法取得『司陶特』。」

「呃，別認真，」他嘆息，「我只是開玩笑。大家可以走了嗎？」

[20] 烈性黑啤酒，口味較重。
[21] 位於愛爾蘭都柏林的酒類品牌，最出名產品即黑色司陶特。

「肯定。」她抬頭一看，陽光自樹冠縫隙落下彷彿星光燦爛。「據估計九又四分之一小時後天黑。」

「那快點動身，」廉姆回答，「還有好長的路要趕。」

殘爪看著新種深入叢林。從自己面前就這樣走過去了。他很訝異新種的小眼睛所見甚少，自己伏在一叢高草堆下，伸出爪子便能觸碰到對方。

部下們跟著來了。能夠狩獵的雄性數量與他口中牙齒一樣多，躲在蕨叢或河岸樹木後面，雌性和幼體則留在稍遠處以策安全。但也不過幾碼，那些兩腳走路奇形怪狀的白皮獸視而不見，對於受到監視渾然不察。

殘爪對於這點始終困惑。會不會對方早就看到了，只是耍小手段，全體裝作沒看到？實在不得不提防牠們和牠們手上的竹竿，可以輕易自急流捉魚的竹竿。好多好多前所未見的東西。

彎曲的木條，兩端以藤蔓連接。很懷疑這玩意兒也叫殘爪。

新種踏著笨拙步伐又慢又吵地上了岸邊緩坡，消失在深林蒼鬱的天蓋下。殘爪回頭望向對岸，那邊的白皮獸拉扯樹藤，他再次驚異得怕自己發出聲音：橫跨水面的樹幹一吋一吋緩緩升起，彷彿平原上的長頸獸在池塘喝飽水以後抬起脖子。

他明白了。他總算理解那機關。

可以度過危險水域。還可以隨意升降。

附近有許多黃點，是同胞們凝視的目光。大家都看見樹幹自動揚起。很好。親眼看見，就能體會新種看似無害的外表下藏著多巨大的威脅。

殘爪輕吼示意，黃點應聲消失。他的隊伍如晨霧遇上日照，鬼魅般自森林消失，來無影去無蹤。

36

公元前六千五百萬年，叢林

從早上出發就一直是陡峭山路，直到過了中午他們才接近山頂。叢林枝葉依舊濃密，但偶爾林冠會出現縫隙，廉姆看見前方有座深黑色山脈往左右延伸至視野盡頭。他思考要不要叫大家先轉彎繞路，卻擔心一迂迴就是好幾天的時間，最後決定率領大家攻頂，至少另一側就是下坡路會輕鬆很多。

森林很快稀疏，樹木變得細小乾枯。泥板岩很難扎根，地面散布碎石與粗草。貝兒走在前方，已經曬到太陽。

廉姆注意到她的背部肌肉結實，而且還是乾爽的。複製體不會流汗嗎？他自己可濕透了，每吋肌膚都在排汗，汗珠帶著鹽分刺痛眼角。

法蘭克林與惠莫爾又在後頭聊天，離開營地之後沒停過，你一言我一語吱吱喳喳談論史前時代。隊伍裡面有兩個瞭解陌生環境的專家當然好，不過廉姆願意拿做餐勤的一個月工資叫他們閉嘴五分鐘。

惠莫爾抹抹滿頭汗。「我還是想知道為什麼都沒看見。中生代[22]環境很適合大型物種，應該——」

「別說教啊，惠莫爾先生。」法蘭克林打斷。「我也懂那些，知道這個時代應該密度最高。白堊紀比起侏羅紀有更多恐龍。」

惠莫爾點頭。「但是叫做『白堊紀公園』聽起來沒那麼拉風。」

「會比較真實就是了。」法蘭克林回答，「但的確是很奇怪，對吧？明明恐龍谷公園也不遠……帕拉克西河挖出各式各樣的古物種化石，怎麼這片山谷森林好像禁地一樣？」他語氣帶著失望，「這應該是……最理想的年代，可以觀察所有經典物種，無論霸王龍、甲龍、劍龍、三角龍都該出現，結果居然連個影子也沒。」

「或許叢林地形本身不適合大型動物。」

「不對吧，」法蘭克林說，「對草食動物而言，這裡食物豐富得像天堂才對，草食動物夠多就會有肉食動物。叢林裡應該什麼都有。」

「唔，」惠莫爾望向前面越來越少的樹木與光禿禿山頂，「叢林先不見了。」

一行人隨著廉姆、貝兒從蒼翠深綠進入大半由板岩與石塊構成的灰褐色世界。繼續向前會撞上峭壁，壁面崎嶇銳利，可是機器女已經開始爬了，她快速鎖定施力點俐落移動，似乎毫不費力就翻越所有障礙到達頂端。

機器女。現在大家都知道她是半個機器。她差點把蘿拉當成泥魚一樣戳死，若非廉姆及時趕到或許所有人都沒命了，因此誰也無法打從心底信賴她。

㉒地質時代名詞，分為三疊紀、侏羅紀與白堊紀。

惠莫爾辛苦踏過最後五十碼泥板岩路，和廉姆一起站在懸崖下。「我們……我們是……」他邊擦汗邊望著絕壁，氣喘發作般地問，「我們是要爬上去嗎？」

「嗯。」廉姆答道。

「我……我……」他還沒緩過氣，「我恐怕辦不到。」

廉姆搖頭，將背包取下。「惠莫爾先生，沒別條路了，我們得繼續前進。」

惠莫爾用力吞口水。「我……我不擅長攀岩啊。」

「別擔心，有必要的話可以讓貝兒拉你。」

法蘭克林大口呼氣追上，運動鞋踢飛許多岩屑。「我也一樣，沒力氣了。」

廉姆抬頭一看，貝兒已經到了最上面，雙腿箍著突出的石頭穩住重心，然後拿扛著的藤索纏繞腰部再拋下，咚地一聲落地，多了幾碼長的緩衝餘裕。

廉姆打量兩人，其他人也跟來了，樹林綿延至底下幽谷豐富綠色植被，上頭繡著一線銀光是那條蜿蜒溪流，遠處鑲有一顆淺色橢圓形寶石，從這距離看起來不比指甲大……是起點那片空地。

「我已準備就緒。」貝兒喊道。

一夥人盯著岩壁很不開心：足足六十呎高，石頭非常尖銳，失足墜落的話後果不堪設想。

「大家不要膽小如鼠。」貝兒說。

廉姆朝上瞥一眼，她嘴角上揚。

是說笑話嗎？

「吱吱吱。」她用平板的語氣模仿老鼠叫。

廉姆搖搖頭手扠腰笑道：「啊，貝兒，妳開始有幽默感啦！」

「我一直觀察人類學習幽默對話，廉姆。已經可以產生基礎的幽默對應。」

「很好！」他大叫。

「你們都膽小如鼠，吱吱吱！」她又學了一遍，語調帶著點得意。不過廉姆環顧四周人反應知道似乎沒那麼好笑。沒關係，人工智能試圖更接近真人就值得鼓勵。

「她還好嗎？」胡安問。

廉姆聳聳肩。「練習說笑話而已。別擔心，她很正常。」他抬頭叫道：「貝兒！笑話待會兒再說好嗎？妳會嚇到小朋友喔！」

她正色道：「瞭解。」

「嗯，」廉姆回頭，「上去吧？」

沒人爭先恐後。

最後上去的是廉姆。

貝兒拉他上來站穩，他看得出來生化人也累了，暗忖這是第一次見她真的顯露疲態。「貝兒，妳還好嗎？」

「建議：應補充蛋白質，並休息數小時。」

對上那雙灰色眼睛的瞬間，廉姆察覺貝兒目光中閃過一抹情緒，似乎感激自己開口關心。

「嗯，那就這麼辦。」他拍拍生化人肩膀，「而且看起來大家都該歇息一會兒。今晚在這兒紮營如何？」

貝兒思考同時觀察周邊。「地點合宜。」

「那我通知大家。」廉姆走到另一頭，其他人聚集在那兒眺望山峰另一側。他站的位置只能看到蔚藍天空和地平線上形如鐵砧的巨大烏雲。

「怎麼了？看到什麼東西嗎？」他踢著石子砂礫走過去，站到同伴身邊以後聲音都顫抖了。

「喔……原來如此。」

「這下子你可以看個過癮了。」惠莫爾對法蘭克林說道。

山坡緩緩下降，地面從灰色岩石轉變為大片青草地，小島似的林子散布其間，又高又直的落葉樹木上爬滿藤蔓。森林周邊許多大型動物徜徉在午後陽光下閒散吃草，廉姆一隻也說不出名字。巨型草食動物移動遲緩，小批猛獸在牠們中間跑來跑去、東奔西竄。

「天吶，」克里悄悄說，「真的……太……不可思議了。」

廉姆注意到遼闊原野是一望無際的橄欖綠，但靠近地平線那兒變成濃豔的藍綠色。

蘿拉也察覺了，忍不住皺眉。「那邊是海嗎？我可不記得德州中間有那麼大一片水。」

法蘭克林點頭。「六千五百萬年前不一樣，」他說話口吻像是教授上課，「美國中央被一條南北向的內海切成左右兩半。其實蘿拉，現在讓妳從太空軌道看地球，妳恐怕也認不出來。」

廉姆靜靜看了半晌，和所有人同樣驚嘆。眼前是人類前所未見也不應得見的風景，這一刻太獨特太珍貴，恍如隔世——想當初身在即將沉沒的船腹內，下半身泡在冰冷海水，死期將至哭得像個小娃兒。那時候佛斯特出現了，拉著自己的手、承諾只要隨他走就會看見許許多多美妙得難以言喻的事物。

「唔，想必這是其中之一。」男孩低聲告訴自己。

「是什麼？」克里問。

廉姆回神傻笑。「沒事，我是說……大夥們原來都躲在這兒啊。」

笑聲像漣漪般擴散。

「今天就在這裡紮營，」他宣布以後盯著遠方那片海岸，「明天咱們就到海岸了，一定。」

37

公元前六千五百萬年，叢林

廉姆享受營火烘暖臉手。日落以後山上很冷，濕衣褲貼著皮膚很不舒服。冥茫平原上，天邊閃過最後一絲琥珀色暖光，夜幕低垂、遠方迴盪野獸們此起彼落相互呼喚。

暗處傳來腳步聲，聽得出是靴子踩踏岩石地面。貝兒出來一屁股坐在他旁邊。「哈囉，廉姆。」

「哈囉。」他回答時嘴角還叼著重新烤過的泥魚肉。貝兒眼珠子反射前面火焰的光彩，廉姆禁不住好奇：生化人不忙著計算任務優先事項、判斷威脅因子的時候，腦袋裡裝了什麼呢？不知道裝有晶片的有機腦是否也能欣賞琥珀色天空的美麗……或者沉浸在烤火這種舒服的感受中。

「妳的人工智能好像又成長了？」他隨口說，「先前那個吱吱吱……嗯，偏老人家的笑點，不過……聽起來很有人味。」

「謝謝。」貝兒點頭，「觀察年輕人類對我很有幫助，他們的社交互動較多情緒指標，同時較不受社會期待限制。」

廉姆皺著眉頭想一想。「妳的意思是，比起成年人，他們比較管不住嘴巴？」

「肯定。」

「這……」他笑道，「大概是吧。」

雖然克里、惠莫爾、法蘭克林三個人聊恐龍樂不可支聲音頗大，坐在對面的蘿拉．懷利仍舊聽見了廉姆與貝兒的對話。「什麼『管不住嘴巴』啊，」她說，「那是小孩子吧。」

貝兒視線射過去。「妳不是小孩？」

女學生向廉姆瞥了眼，彷彿是說她認真的嗎？一邊眉毛忍不住挑起。「妳說什麼？都十五歲了還小孩，這叫做青少年。」

「技術上來說，妳還需要四年的身心成長才能稱之為成年。」貝兒回答，「身心狀態於十九歲達到巔峰，因此實質上妳目前仍為兒童。」

「哦，這樣啊？那妳呢？妳又算是什麼？」

貝兒下巴收不回去。廉姆沒見她做出這種表情，飽勃應該也沒有。她盯著火焰很久很久，眼瞼三不五時急速振動。

非常認真思考。

「我……」良久後貝兒才開口：「我永遠無法成為真人。」

蘿拉一聽面色柔和些。剛剛好像想和貝兒打架，現在似乎為她難過。「妳講得很悲哀。」

「悲哀？」貝兒思索這個形容。「悲哀，」她重複一遍，「我的智能發展架構可以學習與模仿人類行為模式，但無法直接經驗情緒，否則將影響身為支援單位的功能。」

「我釐清釐清，」蘿拉在篝火旁挪了位置免得被法蘭克林的聲音給蓋過，「妳有血有肉，和普通人一樣，但腦袋完全是機器？」

「這是經過基因改造強化的人類女性軀體，多束形肌肉組織出力性能為正常的百分之五百七十六。」

蘿拉望向廉姆。「意思是……什麼？她比看起來厲害六倍？」

廉姆點頭。「嗯，大概就是那樣。」

「以及高密度鈣基支撐架構——」

「就是堅硬的骨骼。」廉姆解釋。

蘿拉點頭，看樣子這句自己就聽得懂。

「此外也具備高反應、高白血球體液修復系統。」貝兒朝蘿拉說，「我的血液凝結特別快。」

「這樣。」

「上述技術皆源於公元二〇四三年W.G.工業為軍方開發之基因工程戰鬥單位。」

「哇，」蘿拉讚嘆，「所以妳其實是超級士兵。」

「無誤，此設計為戰爭用，專精於潛伏破壞行動。」

廉姆微笑。「不過妳別被嚇著，她人很可愛的。」

貝兒看著他好奇問：「可愛？」

廉姆伸手攬著她肩膀，動作有點笨拙。「貝兒和我算是有淵源。妳相信嗎，她之前是個男的，真的喔？塊頭超大，像一個叫阿諾．史瓦什麼的，那人後來好像當上州長了。」

「天吶，」蘿拉做了鬼臉，「你說的該不會是阿諾．史瓦辛格？」

「對，就是他。總之呢，之前貝兒叫做鮑勃，但是……唉，反正人生就是有意外，對吧？所以——」

「警告，」貝兒打斷，「不建議透露前次任務資訊。」

廉姆噤聲，暗忖自己口風真的不夠緊。「嗯，說得對。抱歉啊，蘿拉。」他轉移話題，「對了貝兒，我們應該留什麼樣的訊息，妳有想法嗎？」

貝兒點頭。「肯定。此為重要項目。」

克里也聽見了。「你們開始討論求援訊息怎麼寫了嗎？」此話一出營火邊所有人都安靜下來，法蘭克林也不例外。

「嗯，」廉姆回答，「剛才路上我有思考過。貝兒……我想我們必須精確寫出據點所在的時間地點。」

她蹙眉。「否定。據點的地理與時間坐標情報不可對團隊成員以外公開。」

「是不得已啊，明白嗎？莎莎和麥蒂不大可能跑來德州挖化石，也就是說找到留言的一定另有其人，我們不說清楚的話人家怎麼通知呢。」

「說實在的，」克里道，「時空穿梭技術這種資訊太震撼了，人類能夠回到恐龍年代……這消息足以改變世界哦，廉姆。明白我意思？你自己也提過所謂時間污染或者時空波動之類……那——？」

「呃，當然，」廉姆說，「我們受時空局徵召就是為了阻止時間線被外力干預。」

「但你打算自己干預。」

「我懂……我都懂。不過，沒有別的辦法。」廉姆望向艾德華．陳，小矮子靜靜坐在雷納德和胡安中間。「原本的時間線已經被破壞了，誰知道未來會變成什麼樣？沒錯，自己大剌剌在地上全寫出來乍看是火上澆油，但是——我自己也好一陣子以後才理解到：時間就像，怎麼說呢？液體吧。是流動的。改變了一次還可以再改變第二次，只要確定了到哪一點上怎麼行動，就能夠全部修正回來。當然啦，前提是要有時光機。」

說完之後他又朝小矮子點了頭。「所以我們得把艾德華送回二〇一五，這樣才能從根本解決問題。把你們送回去以後，我和貝兒會回來清理污染源。」

「怎麼清理？」

「很簡單呀。」廉姆回答。

38

公元前六千五百萬年，叢林

廉姆盯著腳下泥板岩地面並伸出手指刺入，大家看他在礫石上刻了四個字母：HELP（救命）。接著，他手一揮，字母被抹去。「我們把留下的訊息擦掉啊，」廉姆解釋，「因為訊息被人找到而發生的事情就全部……呃，不算數了，一樣被擦掉。」

「如果訊息裡包括你們基地的位置，」克里說，「保證上門的不會只是挖化石的學者那麼簡單，一定是政府祕密部門、國土安全局、中情局，甚至我們根本沒聽說過的單位……還會率領特種部隊破門而入，因為裡面的東西寶貴過頭。」

「噢。」廉姆可真沒想過這種情節。

「可能會害慘你同事哦。」蘿拉說。

「不會傷害她們吧，會嗎？應該只是去調查對不對？」

克里聳肩。「現在討論的是時空穿梭技術哦！天知道。美國情報單位有先開槍再說的壞習慣。」

惠莫爾插嘴。「唉，別胡說！人家的專業素養是世界第一！」

幾個學生也參戰，分成兩派唇槍舌劍。廉姆轉頭對貝兒說：「或許這真的不是好主意。」

「你要執行備案嗎？」她輕聲問。

廉姆瞪著她，慶幸生化人至少明白這句話得悄悄問。不過看見她偷偷將手伸向斧頭可就不怎麼安心了。

「不，還不必。」他抓住貝兒的手，「別著急，好嗎？」

她點點頭。

「除非……」艾德華的聲音幾乎被其他人淹沒。「除非有個很好的理由讓他們不肯動手。」大家住嘴看著他。整晚他第一次開口。其實應該是整天以來第一次。遭到注視他張大眼睛。

「我……我只是……」

「繼續說呀。」廉姆鼓勵。

「唔……比方說，訊息有一部分寫成暗碼。這麼一來，應該就……就有理由不要動武，因為需要有人幫忙解碼。」

廉姆噘嘴思索。「對哦。」暗碼代表背後還有祕密或寶物，誰會沒興趣？

「假如政府探員被引誘到你們據點門口，」克里說，「訊息裡面有什麼參不透的地方一定能逗得他們心癢難耐。艾德華這主意不錯，對方應該會留你同事活口。」

「好，」廉姆回答，「也就是說，首先要指名據點所在的時間地點。」他回頭告訴貝兒，「以確保有人轉告麥蒂和莎莎。接下來是給她們的時間坐標，這部分就得設法徹底加密。妳有辦法設計一套密碼嗎？」

她點頭。「可以產生以數字和英語字母為基礎的數學演算法，據點電腦應可辨識並解碼。」

「不行，」艾德華卻搖頭說，「數學密碼太容易破解。如果……你們都懂吧，只要對方用夠強大的電腦就能解開了，沒那麼困難。」

克里點頭。「國安局、中情局或者其他檯面下的情報單位要破解你們的密碼能動用的電腦可多了。」

「除此之外無法生成據點電腦可辨識的密碼。」貝兒說，「需以另一版本人工智慧資料庫已有的演算法——」

「所有數學密碼都能破解，」艾德華聲音雖小卻透出一股自信，「妳明白吧？問題只在於要用多大的運算能力。」

「艾德華說得沒錯，」豪沃接口，「你們想清楚。這個訊息可是……」他轉頭看看惠莫爾和法蘭克林，「目的地那邊的化石最早是什麼時候有人挖到？」

法蘭克林聳肩，「二十世紀初。」

「嗯，假設美國特務機構在那個時候就取得化石，就代表有整個世紀的時間可以破解演算法，不必等到登門拜訪。」

「但是別忘了，有那麼強大性能的電腦要到八〇年代才出現。」胡安開口。

「夠久了。」豪沃回答，「足夠他們得知完整內容，屆時在意的只有如何攻堅抄家，裡面人員死活只是次要考量。」

「密碼得是私人性質，」艾德華說，「你們之間的祕密，別人無從得知的事情。」

豪沃搖頭。「我還是覺得這主意糟糕透頂，很可能將歷史全盤打亂。你們原本應該要預防這種事情才對。」

「所以該留在這兒嗎，小夥子？」惠莫爾問，「你怎麼不覺得在這兒也會改變歷史呢？這個時代有智人存在？早了六千五百萬年吶。」

豪沃聳肩。「我們會在這兒待很久嗎？」此話一出，校長也無言以對。「你們真以為就十六個人能生存定居？還要繁衍子孫、建立白堊紀人類文明改變世界？」

惠莫爾也聳聳肩，輕輕點頭說：「不無可能啊。」

豪沃冷笑。「不可能。我們會在這兒滅絕。」他掃視四周，「只有六個女性，」目光射向貝兒，「沒有算妳。妳究竟是什麼我還不知道。」

「我不具生殖能力。」她平淡回答。

「那就只有六個女的能生。」豪沃解釋，「是可以有幾個小孩，問題是這個人數沒辦法長久。只要一次傳染病、遇上兇猛野獸就不行了，再不然近親同婚也遲早會出問題。」他苦笑，「用不了多久……幾個月、幾年，最多幾十年吧……但早晚會死光的，歷史並不會因為我們在這個時代生活過而有一絲一毫改變。所以也許我們根本不用白費心機，接受現實慢慢等——」

「門兒也沒有！」蘿拉叫道，「我要回家！」

克里點頭。「大家都這麼想吧？」營火邊其他人紛紛附和。

廉姆身子朝前一探，雙掌在半空拍了拍要大家冷靜點兒。「訊息必須要留的，雷納德。重點只是我得想像什麼內容只有我們……她們能看懂。」

「你們那邊到底多少人？」蘿拉問。

廉姆傻笑，遲疑一下才回應：「唔，妳知道的，很多啊，很多人，真的。」

「你們彼此熟悉嗎？」

「嗯哼，還滿親近的。」

「算朋友？」

「嗯，我想我們——」

「那可以想想看有沒有什麼歌曲或電影之類？你懂吧，就兩邊有默契的——」

廉姆忽然覺得手好像被鉗子牢牢夾住。低頭一看，是貝兒用力握著。

「噢，貝兒妳弄痛我啦，」他低叫，「幹嘛呀？」

她放手以後注視他，張大的眼睛摻雜驚訝、可能還有亢奮。「廉姆．歐康納，我有個點子。」

39

公元前六千五百萬年，叢林

他們躲在光線範圍外偷窺。光來自新種圍著的黃色花朵，它很神奇，會自己舞動。殘爪以前只見過一次，在大風暴中強光從天而降、擊中枯死已久的樹幹。樹幹被黃色花朵包覆、吞噬，產生的熱度令他無法忍受。那時候的殘爪還年輕，但之後黃花常出現在惡夢中，它追逐、襲擊，連他也要摧毀。

可是那朵花就在眼前，被新種馴服得像是寵物。牠們圍在花朵旁，完全不害怕，三不五時丟樹枝給它吃，即使花瓣竄起、朝夜空伸出觸手也不以為意。

殘爪環顧四周，同胞們縮在山坡後面。離開叢林來到開闊土地顯然引發不悅：他們在這裡沒有優勢，沒有掩蔽，而且平原上有很多大型獵食者，尤其其中一種前肢雖小卻能站立、嘴巴極大加上後腿強勁、掃尾非常有力，還好動作算是笨重。那種野獸被他們稱作多牙獸[23]。

到了平原，多牙獸可以輕而易舉殺光他們。殘爪這族相對瘦小，無法抗衡對方山一般的肌肉、蠻力。然而他有生之年已經帶領部族宰掉好幾隻，策略都相同：找個族裡小孩精心模仿草食動物幼崽柔弱的叫聲，聲音透露出恐懼，對那些又大又笨的野獸而言是難以忍受的誘惑。多牙獸被誘進密林以後不能隨便甩尾巴、轉身也受到重重阻礙，這時候殘爪一族蜂擁而上撕開巨獸的皮膚筋骨，扯碎體內鬆軟的組織，聽牠們哀號死亡。

過去幾季殘爪也領軍進攻許多次，每次都率先扒開巨獸腹部，將內臟搗爛，在牠哀鳴中鑽入胸腔找到那顆跳動的紅色器官。通常只要將那塊肉毀掉就能擊倒多牙獸，而且那塊肉會動、彷彿有自己的生命，卻又在所有動物身上都能找到，所以殘爪一族視其為生命之源。

他年輕時叢林裡有許多巨獸。太多了，他們殺掉的數量超過食糧所需，於是只吃好吃的器官，其餘部分放著腐爛。

現在少了，林子裡沒有什麼大型野獸。牠們都留在平原。

殘爪體會簡單的道理：自己一族殺過頭了。他們在叢林太成功，下場竟是他這輩子已經帶部落遷居不同山谷、林地許多次。最近居住的這片林子也變得了無生機——他們又少了一個狩獵場。

換言之，新種在那片林子也找不到足夠食物。

殘爪很輕很緩地在泥板岩上挪動，提高警覺避免腳下地面鬆動發出細微聲響。背後傳來一個雌伴低呼，要他注意別太過靠近新種。殘爪沒理她，得聽清楚新種發出的聲音，或許能聽懂、甚至模仿，然後怎麼對付多牙獸就怎麼對付牠們：找族內小孩練習新種的某個聲音，練成以後引誘一隻單獨出來。

只要能讓新種落單就行。好好研究，判斷他們到底多危險，有什麼弱點。或許終結他們生命

㉓暴龍與哺乳類不同，牙齒的成長和更換持續不停。

的同時也能奪取他們的智慧。另外殘爪要看看新種肋骨底下是不是也有一顆紅珠子不停脈動、湧出生命。

40

公元前六千五百萬年，叢林

廉姆望著巨獸慢步靠近。「你確定牠吃草？」

法蘭克林笑了。「是啦，放心。牠叫做阿拉摩龍。」

長頸恐龍龐大身軀緩緩爬過原野朝一行人身後那片林子過去。每一步都引起地面震動。

天主和聖母保佑……那東西有小型郵輪那麼大！

他目測覺得阿拉摩龍的前腿後腿間停得下一輛雙層巴士，而且車頂還能再站人。巨龍長脖子肌肉結實，與末端皮球似的頭顱不成比例，靠近之後牠臉伸到地面端倪前方幾個兩腳走路的小不點兒。

「你真的真的肯定嗎？」廉姆高聲問，眼睛盯著來到懸浮在自己面前幾碼外的那顆恐龍頭。

「肯定啦！搞不好牠還比較怕你——」

「呃——」廉姆大力搖頭，「我……我不相信。」

「你看，牠在觀察你呢。」法蘭克林慢慢走到廉姆與貝兒身旁。「哈囉，大傢伙！」他溫和叫道，「別怕，我們不吃肉。」

「我吃喔。」惠莫爾說，「每個星期六晚上都要烤肉搭配一瓶桑塞爾白葡萄酒。」

恐龍的球形頭顱比蘋果酒酒桶略大一些，兩顆圓眼珠仔細打量廉姆，嗅到人類陌生體味後鼻孔撐大，但忍不住好奇還是向前一步。廉姆又感覺到腳底傳來的震動。

「嗯，老兄，看起來牠挺喜歡你的。」胡安嚷嚷。

廉姆感覺一股濕臭熱氣撲面而來。恐龍的臉更靠近，他索性閉上眼睛。「噢……我可不喜歡牠。」咕噥之後恐龍觸感大小都像輪胎的嘴唇在廉姆臉上探索，接著移動到對牠而言質感很奇特的頭髮。

「嘿，人家真的喜歡你啦，要不要我們迴避一下？」胡安咯咯笑。

「毛髮，」惠莫爾見了說，「對這動物來說是幾百萬年以後才該出現的演化特徵，牠當然覺得不可思議。」

廉姆頭皮猛然一抽。「哎呀！牠要吃掉我，真的啦！」少年拍打恐龍嘴巴。「噢！喂，放開！貝兒，救命啊！」

貝兒立刻反應：貼近廉姆並往阿拉摩龍鼻子一拳揍去。恐龍皮膚雖厚還是承受不住，慘叫後鬆開嘴巴、長頸猛然提高，彷彿倒下的大樹重新立起。牠張嘴巨吼，廉姆聯想到鐵達尼號沉船前的哭號，空氣也因為恐龍的驚恐而顫抖。

他捂住耳朵隔絕震耳欲聾的嚎叫。叫聲如漣漪般在原野散開，草食動物一隻接著一隻應和。阿拉摩龍彎起樹幹般的四條腿遲鈍轉身慢動作逃亡，腳下晃蕩簡直像是要地震。

「唉，這下可好！」法蘭克林大喊，「牠們全被嚇跑啦！」

方才平原上風平浪靜、遍地巨獸安穩吃草，一瞬間東奔西竄又叫又鬧，吵得震天價響。廉姆看見一些小型草食動物躲得特別驚心動魄，稍有不慎就會被想逃進樹林或草叢的阿拉摩龍群給踩死。

「哇喔！」胡安笑得腰都彎了，「這些阿拉什麼的恐龍膽子也太小了吧！你看牠們逃得可快了！」

現場混亂、塵土飛揚，廉姆卻看見別的東西。一行人後面大概半哩處有幾個形影，比起草原上其他動物都小了很多。就只看到了那麼一眼，剎那間消失無蹤，隱沒在平原上零零落落的及膝高草間。

他回頭想問問還有沒有別人看見，但顯然夥伴們都沉迷於恐龍食物鏈大動盪，視線集中在牠們驚慌失措奔逃時皮膚抖動、肌肉收縮的模樣。

廉姆再回頭細看一回。不見了。彷彿那些影子自始至終沒存在過。*什麼鬼東西？*

如煙般散去，就像恐怖的尋者。

還是我發神經？

整整五分鐘之後才重返平靜，草食動物神情緊張但逐漸在大約一英里外聚集，獸群中伸出長頸挺得又高又直，遠遠觀察人類的樣子像是放大無數倍的狐獴。

「真有趣，」蘿拉開口，「要不要再來一遍？」

廉姆轉頭看看貝兒，她露出疑惑表情。「貝兒，怎麼了嗎？」

她低頭望著還沒鬆開的拳頭。「我並沒有十分用力。」

「可能命中牠比較敏感的地方。」惠莫爾解釋。

穿越平原前往地平線那道海岸途中大半時間聽著法蘭克林埋怨貝兒毀了近距離觀察恐龍的機會。中午時分一行人進入巨石陣眺望遼闊海灘，沙子黑而粗，但海水清澈如熱帶，沙沙聲中湧上拍打鵝卵石再退回遠方。

「接下來？」廉姆問。

貝兒研究周邊環境良久後瞇起眼睛。「目前位置的西北二十一英里。」

他眉心一蹙。「那豈不是在水下？」

「否定。」她指著前面視野盡頭，「觀察可見一片大海灘。」

廉姆也瞇著眼睛再注視一次。果然看到了：地平線上小小的起伏，他原本以為是雲層，不過沿著灰藍色線條左邊望去就發現逐漸朝自己這兒拐過來。看樣子從他們所在處可以走得到那條尖岬，只是得有耐心。

「建議：沿海岸繞陸路前進。」

廉姆朝遠方那塊隆起撇了撇下巴。「那就是目的地？」

貝兒點頭。「資訊提示：該陸塊距離為九點七六英里。」

惠莫爾點點頭。「看樣子一定是那兒了吧？未來的化石層。」

貝兒再度緩緩點頭。「資訊：此陳述正確機率為百分之九十三。」

他搔搔鬍子。「天吶，意思是在這沙灘看到的腳印，到時候會成為博物館裡展示的化石？」

惠莫爾瞪大眼睛搖搖頭，「好誇張？」他朝廉姆肩頭一拍，「時空旅行這種事真是折騰腦袋。」

廉姆揚起一邊眉毛。「嗯哼，我已經頭疼很久了，真的。」

大家繞過巨石，踏上岸邊砂礫。「很好，」貝兒指著地面對廉姆說，「不會留下足跡。」

他低頭看看，這話沒錯，因為不是細沙而是石礫。踩著咔啦咔啦響、在海水上滾動，卻沒有留下清楚的腳印。

「嗯，非常好。」他點頭，「那妳怎麼回事呢——不是該笑一個嗎？」

貝兒聽了想一下。「污染負荷降至最低，」她視線從地面回到廉姆臉上，「無誤，這個發現令我……高興。」

「所以別苦瓜臉了，」他活潑地說，「狀況越來越好，我們很快就能回家。」

隊伍繼續趕路，海浪撲上砂礫和腳掌，走在前面的幾個人大膽踏進及膝水深開始潑灑嬉鬧。

貝兒觀察時嘟著唇，廉姆見了猜想應該是從那些女學生模仿來的，換作鮑勃那張剛硬面孔恐怕沒辦法。「廉姆．歐康納，若本次任務成功，我們回到據點，你是否計劃將我除役？」

「除役？什麼意思？」

「停止此肉體機能，改為男性支援單位？莎莎．維克蘭曾指出目前有機架構為『失誤』。」

他沒仔細想過。貝兒誕生的確是莎莎搞錯了——她沒檢查試管標籤的性別，當時又沒時間再培育第二個複製人。不過麥蒂或莎莎可沒表達過想廢棄這具軀體。

「為什麼要那樣做啊，貝兒？」

「男性支援單位戰鬥力高出百分之八十七。」

「嗯，或許沒錯，但時空局一開始為什麼要準備女性小寶寶呢？」

「女性支援單位較為適合特定潛入行動環境。」

他抓抓頭。「既然如此，我倒不懂為什麼不能兩邊都有？一個鮑勃、一個貝兒就好啦。時空局應該沒有規定團隊不能準備兩個支援單位？」

「否定。紀錄中沒有此條款。」

「那不就得了……幹嘛只留一個，兩個更好啊。」

他們默默走了一會兒，路上廉姆思索她那個問題帶了多少人性。

「我和名為鮑勃的單位比較，效率相等嗎？」貝兒又開口問。

「嗯，當然啊。要不是有妳在，我可真不知道怎麼辦呢。只是對我而言還是很怪啦，妳其實不就是鮑勃？或者說，鮑勃的翻版，只是換個外形？」

「否定。我的人工智能得到代號至今已經改良許多，增加鮑勃欠缺的經驗資訊。同時，與人工智能互動的有機腦也存在性別差異。」

「這樣啊。不過……妳有身為鮑勃的記憶吧？」

「當然。我記得初次任務的所有經過，從開頭到你取出晶片之間的全部過程。」

廉姆倒希望自己不記得最後那段。「嗯……我可不想再來一次。」

「你成功保存人工智能紀錄，內含六個月的適應學習，」她回答，「與完整模擬人類行為的距離縮短了六個月，我和鮑勃都非常感激。」

他不好意思聳了聳肩。「唉，沒什麼啦，不就任務步驟嗎。」

「我可以與你接吻。」她又說，「資料顯示這是表達謝意的適合方式。」貝兒嘟起嘴巴，廉姆見狀心中湧起矛盾情緒。前往二〇一五年的時候就開始了，亢奮的同時卻也有點反胃。

別忘記……這是女裝鮑勃。

「唔……不必啦，貝兒。說個『謝謝』就很夠了。」

「肯定，依你要求處理。」

「話說回來，妳打哪兒學到接吻這招？」

「位於據點主機期間閱讀的書籍有詳細描述。」

「啊？妳看了什麼書？」

「書名為《哈利波特：死神的聖物》，」

「寫什麼的？」

「小說。數位檔案為二十一世紀初PDF格式，建立日期為——」

「等等。」廉姆停頓，「檔案還在資料庫內？」

她點頭。「閱讀中斷，為了讀完便移轉至暫存空間。」

「那鮑勃的系統裡也有同樣檔案？」

「當然。」

他張大嘴巴。「那就有密碼了！在書裡！可以用這個對吧？」

貝兒眼瞼眨動處理這個提案。「是指以書籍內容進行編碼？」

「對，用那個哈利什麼什麼的小說來做成密碼。」

41

公元前六千五百萬年，叢林

豪沃察覺男孩在自己旁邊涉水而行。

「嘿。」他主動開口。

艾德華微笑。「嗨，聽大家叫你雷納德，朋友是不是叫你小雷？」

豪沃肩膀聳了下，倒沒料到會有人這麼問。「呃……大部分還是叫我雷納德，」他回答，「只有我媽叫我小雷，我不是很喜歡。」

「還聽說你數學成績很好。」

他點頭。「以前我最喜歡——」回過神才趕快改口：「現在也最喜歡數學啦，一直都喜歡。就，怎麼說呢……像是只有少數人能夠理解的詩。你懂我意思嗎，感覺是專屬自己的東西。」

艾德華點頭。「我懂呀，我也是因為這樣所以喜歡數學。我能理解，但是很多人不能，所以覺得自己特別吧。但可能也因為這樣，在學校沒什麼朋友，大家都覺得我怪怪的。」

豪沃點頭。「嗯，我也一樣，總是獨來獨往。」他抬頭瞇眼看著大太陽，「打球的時候不找我，嫌我是書呆子。」說完自己聳聳肩，「無所謂就是了。反正我也不喜歡運動。」

艾德華附和：「我也一樣，運動就讓給那些帥猛男和無腦人。」

「無腦人？」豪沃聽了大笑，「說得好。」

「你沒聽過？」

我那時代沒有，他差點脫口而出，但最後只是搖搖頭。

「哇！」艾德華彎腰從砂礫上撿起形狀扭曲怪異的菊石[24]殼。

「還有更大的呢。」豪沃撇撇下巴。他走在清而藍的海水中，水深及腰，偶爾撈貝殼出來賞玩。

兩人靜靜走著，又進了深一點的水域，海水頗溫暖。前面帶頭並聊個沒完的是兩位「特工」，也就是廉姆和那個女機器人。豪沃搖搖頭覺得很諷刺，兩人現身二〇一五年要「救」艾德華．陳，其實背後動機和自己一樣，都是為了阻止時空穿梭技術毀滅世界。目標一致……手段卻不同。他不禁好奇：為什麼參與多年的抵制、抗議，卻從來沒有聽說過有個機構以時光機阻止時光機造成的災難。誰也沒提過，即便當作笑話也沒有。這個機構背後是誰？創立者又是誰？應該不是美國政府才對，或者說不是任何國家政府，因為國際協議懲罰條例十分極端，相關國際法執行非常嚴格，基本上可說沾上邊就被判死刑。反時空穿梭最強而有力的代言人就是羅奧德．瓦德斯坦自己，據他所言，這項技術背後隱藏太過巨大的威脅。他地位崇高、影響力也大，相比之下豪沃屬於小團體，只是各地大學學生的自發組織，並沒有多少成就。

問題在於兩人所屬的祕密機構根本胡來。補救時空旅人無意間釀成的變動？馬都跑了才想到

[24] 菊石目是已滅絕的頭足類古生物，近親為章魚、烏賊及魷魚等。

關馬廄還來得及嗎？更何況實際狀況更糟，他們得先把馬追回來，押著又踹又叫的馬兒回去才算數。豪沃這邊提出的解決方案簡單太多了。

消滅時空穿梭的可能性，從根本解決問題。別說馬廄的門，他們要將馬廄和裡頭的馬匹全部燒死。

豪沃再望向艾德華·陳。男孩朝自己笑了笑，低頭凝視手裡閃著粉紅與紫色光澤的貝殼，撫摸光滑表面之後忽然遞過來。「雷納德，你想要的話就給你啊。」

豪沃搖頭。「呃，沒有啦……謝謝。」

*他得死。你明白吧，豪沃？燒掉馬廄，不讓任何一匹馬逃走。*但他也意識到自己一拖再拖，遲遲不願動手，即使知道這是必要之惡。理論上未來——二〇一五年之後的未來應該已經改變了，艾德華在爆炸後消失無蹤、從歷史舞台缺席，新的時間線上羅奧德·瓦德斯坦無須遊走國際倡議立法、不會因為其他種種發明而成為億萬富翁、可能根本默默無聞。新世界依舊有許多問題：資源匱乏、全球暖化、海平面上升，幾十億人口在過度擁擠的世界尋求安身立命之處。但……至少不用提心吊膽，害怕莫名其妙地徹底滅絕。

一次抗議集會上他聽到講者問群眾：我們所處的時空之外究竟是什麼，會不會是地獄？操弄我們已知外的次元，不啻打開自家大門邀請惡魔入內。那位講者還舉例：中世紀藝術家耶羅尼米斯·波希宣稱自己瞥見惡魔和冥界，據以創作許多惡夢般的圖畫。講者認為或許波希就是有一瞬間脫離了這個時空，瞧見外面的次元。豪沃聽了膽戰心驚。

*你心知肚明，這孩子非死不可。得燒掉馬廄，燒掉它。還等什麼呢？*他陷入自己思緒，沒聽

見海灘上傳來呼號。有人示警，要他們小心。

艾德華用力扯了他手臂一下。豪沃心思返回現實。「你幹嘛——」

「快逃！」艾德華指著他背後大叫。

豪沃回頭看見奇形怪狀的一道黑浪猝然襲來，長了鰭的灰黑色物體切開海水，如巨大魚雷射向自己。好大，太大了……跟轎車，不對，是巴士一樣大！

艾德華不死心繼續想拉他逃跑，可是豪沃驚慌失措一時麻痺，等到反應過來動作又太遲緩笨拙。淹到大腿的海水裡一股力量將他向外抽得朝後躺倒、上下甩動，臉都泡水了。片刻後他頭浮上水面，連忙張嘴呼吸，揮舞雙腿設法站穩。然而一個好比火車車廂的身軀撲出淺水，前端是個洞窟，洞內長滿鐘乳石和石筍——其實都是巨大而鋒利的牙齒，齒縫間垂掛一塊塊腐肉。

「不！」是他唯一能發出的聲音。

怪物的灰色外皮帶著水珠閃閃發亮，如同洞穴、少說六呎寬的大嘴在豪沃身前合起。他腳踝彷彿被鉗子扣住，即便隔著軍用靴堅韌皮革還是苦不堪言。牠左右擺頭，豪沃在水裡蕩來蕩去，知道腳踝骨頭一定碎裂了。

他的臉又被埋進水底，背部與碎石、貝殼激烈摩擦，意識到這代表怪物正將自己從淺灘拖向深淵。

身子下沉、意識混沌之中豪沃察覺自己居然閉氣……腦袋閃過一絲疑問：為什麼還要掙扎？橫豎都是死。嗆死溺死應該比起被怪物咬成肉末來得安寧些？

毫無預警地腳踝上那股桎梏消失。他雙臂拍水將身子打正，試著找個穩當的位置重新站好，手掌正好摸到菊石殼。這是下面。想直立時豪沃暗忖才短短幾秒自己被拖行的距離比想像還遠，但總算腦袋衝出水面，海水淹到胸口。

上來以後除了波濤洶湧之外還聽到尖叫四起。

他最先看見的就是艾德華。男孩站在幾碼外，持著長矛大吼著往怪物鼻尖一刺再刺。怪物頭顱甩來甩去想銜住長矛或撲向艾德華一洩心頭怨氣。

豪沃涉水想上岸，但腳步快不起來。海水幫著怪物阻礙他前進，而他只有一條腿使得上力，水底岩石滑溜很難踏穩步伐。背後傳來艾德華的叫罵，男孩繼續分散巨鯊注意力，大鯊魚身體不停扭動攪得整個海岸都是白沫。他腳一滑又跌進水裡。

一隻手撈起他臂膀，然後另一手過來將他全身抬起。是女機器人。

「保持冷靜，」她語調不帶感情。

「艾德華……怎麼辦？」豪沃聽自己喘息不止。

他被送到水淺的地方自己手腳並用往上爬，貝兒立刻轉身又朝大海跑去。

豪沃轉身以後倒坐在微浪中，渾身無力、隱約感覺到腳踝骨頭變形折斷的疼痛。他看著貝兒奔向艾德華，難以相信男孩竟然能與鯊魚纏鬥至此。

好大的魚，豪沃腦袋裡組織出最後一個念頭，然後天旋地轉。

廉姆看著年輕學生清醒。「雷納德？感覺如何？」

「痛。」他喉嚨低鳴道。

貝兒探過身來。「沒有骨折，不過肌腱斷裂加上小腿嚴重挫傷與擦傷。現在會痛，之後會復原。」

「壞消息是，」廉姆接著說，「你的靴子毀了。」

豪沃擠眉苦笑。一行人在海灘高處生火，琥珀色光影沿著砂礫舞蹈至起起落落的浪潮。

艾德華過來了。「嘿，」他開口，「還好嗎？」

豪沃抬頭。「你……救了我的命。」

艾德華聳聳肩。「只是拿竹竿戳牠幾下而已。」

「我們真是走運。」豪沃皺眉調整姿勢。

「不夠走運。」廉姆語氣低落，「蘭吉特不見了。」

廉姆依稀記得蘭吉特踏進海水以後走得慢，逐漸落到隊伍後方。他們太大意了，居然零零散散行動，以為自己來熱帶海灘度假似的。一邊是平靜無波的海面，另一邊是寬敞的海灘，於是大家心裡有股虛假的安全感。

「真可憐，」豪沃道，「大概最早被鯊魚盯上。」

廉姆見解不同。蘭吉特不過落後一百碼左右，鯊魚衝上來應該有人能聽到水聲才對？蘭吉特也應該會大叫？他凝視深邃海面，暗忖也許不是鯊魚幹的，而是下午不經意看見的東西。伏在地上，他一轉頭就像幽魂般無影無蹤。

不過是真的嗎？我真的有看見？

「只有一人受害，」克里說，「算是不幸中的大幸。你們有看到那玩意兒吧？比殺人鯨還大啊。」

「這個年代，地球的統治者就是大型獵食者。」惠莫爾說，「越大越強，是巨型肉食生物的黃金年代。」他面色鐵青，過了幾個鐘頭情緒仍未平復。「我們是獵物。」

「黃金時代也不會維持太久。」法蘭克林開口，「如果確實是六千五百萬年前，白堊紀就快要結束了。地球遭遇劇變，大型物種全數消失。古生物學家稱為**K-T**界線，就是『白堊紀—古近紀界線』。超過那層沉積岩就找不到恐龍了，尤其是大型物種。」

「很好。」蘿拉嘆道。

「小行星撞擊？」胡安問，「恐龍是這樣滅絕的吧？」

法蘭克林聳肩。「學術界還沒共識。可能是小行星，可能是超級火山大爆發，也有可能只是氣候驟變的結果。無論如何，超出了大型動物的承受能力。」

「不會讓我們正好遇上吧？」賈絲敏看起來和惠莫爾一樣驚魂未定。

法蘭克林不以為意悶哼說：「不大可能啦。」

「現在，」艾德華輕聲道，「只剩下十五個人，如果沒得到救援，撐不了那麼久吧？」

火堆旁眾人聽見之後啞然無語，最後只剩下海浪拍打與木柴燃燒的微弱聲響。

貝兒打破沉默。「雷納德，我為你做好拐杖了。」

豪沃用手肘撐起身體。「還要前進嗎？」

廉姆點頭。「嗯，快到了，」他指著海灘，「沿著海岸再四、五英里而已。既然是唯一的希望……就過去吧。」

惠莫爾點頭。「嗯，也沒有折返的道理。」

蘿拉挨近火堆，抱著自己肩膀抵禦寒冷夜風。「會成功吧？會有人看見你留的訊息，然後來救我們？」

廉姆咧嘴笑。「當然會，一定已經在找我們了，留言是為了縮小她們搜索的範圍。相信我……可以的。」他望向貝兒，「對吧？」

她點點頭，好像也能理解當下大家需要看到兩人積極肯定的態度。「廉姆所言無誤。」

42

二〇〇一年，紐約

莎莎盯著她。「為什麼妳那麼肯定？」

麥蒂聳聳肩。「也不是百分之百。不過妳想想，假如廉姆和支援單位經過時空傳送還活著，那我想他們一定會這麼做。因為，他們沒有別的手段。」

莎莎視線從手中咖啡杯挪到天花板上嘶嘶作響的燈管，然後又移向倉庫前面鐵捲門。都過十一點了，以前星期二這時候三個人窩在據點，廉姆會躺在床上、胸前一碗乾穀片搭配歷史書，麥蒂則是上網東看西看。今天只有她和麥蒂圍著餐桌等待午夜、等待「重置」。輸電管線的嗡嗡聲變大了，電容器內儲存能量越來越高，時候一到她們會經歷下墜感，然後時空場跳回四十八小時前，也就是星期一零點整。

麥蒂相信、或至少想說服自己相信這次重置回到週一以後，倉庫外面就會有人急著見兩人一面。

不過，是誰？

麥蒂說了「越大的祕密越少人知道」。意思應該是二〇〇一年的紐約就有時光機這件事情最後總會被那種穿黑西裝的政府人員發現。這麼重要、震撼的事情一定會交給特務單位處理。如此發展的話……莎莎希望麥蒂有辦法取得對方合作好救回廉姆。

但，之後呢？接下來會怎樣？

被拷問？Shadd-yah（真是夠了），對方當然想調查清楚這整個地方和機器的功能，一丁點的細節都不願錯過。此外針對神祕組織也有無數問題：還有多少成員？人在哪裡？首領是誰？

莎莎不大確定自己想要回到星期一面對那種場面。

當然還有一種可能：回去以後誰也沒出現。

麥蒂的邏輯黑白分明，莎莎知道她應該考慮過各種可能了。如果沒人過來據點，結論只有一個：廉姆與支援單位沒有活過那次爆炸，或者他們不知道怎麼與據點聯絡，也就是在時間軸上永遠迷失回不來了。

她望向餐桌上面的數位時鐘，紅色數字微微閃爍，動得好慢。

晚間十一點十六分。

噢，jahulla（天吶）……我真的真的很討厭等待。

43

公元前六千五百萬年，叢林

廉姆瞪著前面陡坡自藍綠色海水旁邊狹長礫岸升起。山坡上長滿高聳樹木，枝上有藤地上有蕨，總之又是一片茂密植被。他還是喜歡開闊的平原和海岸，有什麼東西接近的話遠遠就能看到。

「翻過這山坡就到了？」

貝兒點頭。「肯定。西北方一點五英里處。」

其他人一臉疲憊跟過來，雖然走在海岸但今早已經沒人敢涉水。雷納德拄著拐杖行動艱難，所幸艾德華和賈絲敏隨時幫忙。

「計算已經完成。」貝兒補充。

「什麼計算？」

「我們身處的時代。」

「喔，」廉姆拱起眉毛，「什麼時候算的呀？」

「三十三小時前設定運算程序，辨識統計傳送前後周邊迅子資訊。起始數值為二十億九千三百三十二萬兩千九百零六，結束數值為七千三百萬一千五百七十二。」

廉姆翻了個白眼，暗忖自己不想知道算式。「很好，那……答案是？」

「根據衰變常數推估為向前六千兩百七十三萬九千四百零六年，」她得意笑道，「誤差為前後五百年。」

「幹得好，貝兒，」他看著後頭大夥兒緩緩踏著石礫上來，「有個日期可以寫進暗號了。暗號就靠妳用那個《哈利波特》來做？」

「肯定。」

「記得把據點的時間和位置寫進去。」他咬著牙抽口氣，「Jayzus（耶穌保佑），感覺真的會打亂很多事情。」

「會。」她回答。

「再來要想想怎樣讓我們的求救訊號能撐過……六千多少萬年。」

「六千兩百七十三——」

他比手勢示意貝兒別說了。「總之要撐過很久很久不消失。」廉姆凝望並肩而行的惠莫爾和法蘭克林，兩人正在比較撿到的貝殼。「希望兩位化石專家知道在哪裡留言最好。」

海岸後方大概四、五英里遠忽然有幾頭長頸動物衝向海岸。是一小群阿拉摩龍躲到外頭。

牠們被什麼東西嚇著了？

廉姆看著牠們所經之處彷彿沙塵暴，接著瞧見艾德華與賈絲敏攙扶雷納德一跛一跛過來，慢慢跟上其他人來到山坡叢林邊緣。

「先生女士，翻過這山頭就好，」廉姆說，「馬上就到了。」

法蘭克林累壞了，不停喘息、汗如雨下。在他看來面前這山坡跟垂直攀岩相差不多，更不明白為什麼樹木可以在這麼陡峭的地方扎根，長出蕈帽似的林冠。

別的隊員看來狀況好些，就連最慘的雷納德雖然半走半跳也能拖著受傷的腿繼續走。話說回來，一部分原因在於法蘭克林身上多了二十幾磅，大部分集中在腰部。他自嘲是身體還在「嬰兒肥」，妄想進了大學脂肪就會奇蹟般自動消失、轉型成健壯帥哥。內有涵養外有身材、聰明又會運動的帥哥。

那可是稀有物種。

法蘭克林越想像越開心，一不留神踩空了跌跤，小腿在石頭上刮了下。「噢！」他慘叫。

「沒事吧，老兄？」前面六碼高地上胡安回頭問。

「還好，就——」話說一半正要站直的時候背包卻從肩膀滑落，順著坡度往下滾。「不會吧！」法蘭克林哀號，眼睜睜看著帆布包在樹幹之間彈來彈去越滾越遠。「好極了，」他嘆氣，「逼我下去重爬一遍。」

「你下去撿吧，我叫大家等你。」

法蘭克林點頭道謝，下去一點以後看到黃色包包掛在低處樹上。很好，不用走那麼遠。

花了幾分鐘時間穿過一大叢一大叢蕨類以後差不多到了，小空地上散落乾燥的松果、針葉，土壤很鬆軟，對面有塊突出的岩台，背包懸掛在一截斷掉的樹幹。還好有被攔住，再滾下去他光走回山腳就要耗費十分鐘。

法蘭克林過去取下背包重新揹好，拉得很近以免又滑落。轉身準備爬回去的時候注意到地上有點奇怪：乾土上的足跡很眼熟，像是人類留下，可能是同伴踩的。但仔細一看，腳印邊緣有三個凹陷，顯然是三趾動物。他稍微彎腰觀察。

老天，出發之前找的巨獸屍體周圍有同樣足跡。意識到這象徵什麼以後法蘭克林覺得頭暈目眩、口乾舌燥。

被跟蹤了。

他蹲下來找，找到一個、又一個、再一個三趾腳印。

從傳送出來的地點就被跟蹤了……一路到現在。

背後傳來樹葉摩擦沙沙聲，有東西上了岩台。

「死定了。」他低語。

44

公元前六千五百萬年，叢林

殘爪感覺得到：新種察覺自己在這裡。一股薄薄的恐懼氣味滲入鼻腔，配方有汗水、腎上腺素，與那些大型吃草的野獸差不多。面前的新種很聰明，找到他們留下的足跡，而且意識到被跟蹤。

或許是時候瞭解一下牠們。殘爪小聲呼叫，要大家少安勿躁、躲在不會被看見的角落。新種白胖手裡握著能捕魚的那種竿子，昨天牠們還靠竹竿擊退海怪。因此殘爪小心翼翼鑽過蕨葉來到樹下，方才新種從這兒取了一個顏色明亮鮮豔的東西。他進入空地、踏上岩台，恐懼的腥味驟然濃烈起來。白皮獸緩緩轉身，望向自己。伏在地面的殘爪挺起身子，兩腳站立。

牠害怕。

到這個距離終於看清楚新種的模樣。眼睛大得奇怪，有圓形、透明的膜。臉部沒有太多肌肉、肌腱或骨骼，脂肪鬆垂。口裡發出的聲音十分古怪，與殘爪在溪谷家園所知道的野獸都不同。他們部落內也靠咳嗽、咕噥、吼叫作為簡單的溝通訊號，聽起來有點像。

法蘭克林打量忽然現身的生物。那形態在他看來介於獸腳類恐龍和……和人類之間，不過纖細得奇怪，似乎具備鳥類的靈敏。一雙修長的腿如犬科微微向後彎曲，連接到特別前傾、女性化的骨盆。腰很窄，肋骨突出，弧脊一節一節很明顯，有點兒駝背，錐狀頸部支撐長形顱骨。撇開面部差異，若從遠方觀察、沒能看得清晰，會以為是原始人——這生物太像人類了。

「噢，我……我的天吶！」他喘道。

那生物仰起頭，法蘭克林看了聯想到熱狗：長條狀、沒有骨頭。但是一端張開了無唇的嘴，嘴裡滿是要人命的利牙。嘴巴上面兩個洞看來是鼻孔，隨著靜靜呼吸皺緊又鬆開。更上方兩顆爬蟲類黃色眼珠透露出智能，身子是暗沉橄欖綠，但在脆弱的腹部和陰部變為淡淡粉紅、近似人類膚色。

那大口合上又打開，發出的聲音令法蘭克林想起嬰兒進食以後的呢喃。簡直和人類一樣。尤其眼神充滿好奇和機敏，自己觀察對方同時也正被對方觀察著。

那生物又摩擦牙齒發出低沉聲音，黑色舌頭抖動蜷曲，彷彿野獸在籠子裡躁動。牠似乎想實驗不同形狀如何對應到不同聲音。

所以……這玩意兒在模仿我？

「嗨。」法蘭克林說。

長形臉轉向一旁，乍看像是狗兒聽見主人呼喚。那生物又張開嘴捲起舌頭。「*啊咿咿咿。*」音調很低，不像嬰兒了，幾乎和法蘭克林一樣，只是不夠連貫。

他內心恐懼有一部分被興奮掩蓋。

這玩意兒想溝通。

「嗨，我叫法蘭克林。」他提高音量放慢速度說得清晰些。

不知名生物的長臉又轉向另一側，模樣很有喜感。牠伸出一隻結實長臂，三根指頭、末端勾出弧形鋸齒爪甲。

手勢嗎？

法蘭克林試著學對方動作，胖手抬到面前蜷曲。那生物鼻子噴了氣、咂了嘴，他猜想是不是被笑了。

接著忽然就聽見地上小枝被踩踏、石塊鬆動的聲音。不知什麼從山坡下來了。

是貝兒。她從草木中竄進法蘭克林和那生物中間，一站穩就擺出迎擊架勢、旋身與爬蟲人對峙。「跑。」生化人語氣和姿態同樣冷靜，但她一手是粗糙短柄斧、另一手持竹矛。

法蘭克林看呆了不知所措。爬蟲人前肢落地趴下來、香蕉狀的腦袋後縮至脊柱上兩塊突起肩胛骨中間，嘶嘶嘶叫了一陣以後通向海岸的山坡爬出牠的同伴。

「跑呀！」廉姆邊大叫邊從草叢跑到貝兒身旁，「跑呀！Jayzus（耶穌保佑），**跑呀！**」他也執起自己的長矛。

一整片深橄欖色爬蟲人四腳爬行如岩漿湧來，法蘭克林看見以後總算有了反應，轉身扣著樹枝爬上山坡大口喘氣狂奔而去，背影和黃色背包消失在稠密蕨葉間。

「什麼？」廉姆低呼，「真要命！我以為只有一隻！」

爬蟲人左右分散試圖夾攻包圍。「建議，」貝兒望向他，「離開！」

廉姆聽見上坡傳來腳步聲，一定是其他隊員，但無法判斷大家是想衝下來幫忙還是急著躲遠。

「呃……好，好，妳自己一個……也沒問題嗎？」

貝兒沒有回答，右手旋轉斧頭動作優雅，像個武術大師。黃色眼珠的爬蟲類動作很快，一下封鎖所有去路，廉姆根本無處可走，慢慢退後、與貝兒背靠背。

「噢……糟糕……這下真的糟了，我可沒——沒——天吶……」

「靠近我。」貝兒稍稍轉頭說。

「嗯、嗯……妳打算——？」

她已經開始行動。廉姆回頭看見生化人向前一撲甩出長矛，尖端刺進一個爬蟲人肋骨縫隙後俐落將對方摺倒在地。他也趕快守好陣形，矛尖對準逼近的敵人。

貝兒再次上前，靈敏好比芭蕾舞者。光影掠過，斧刃削斷一隻爬蟲人長爪，鮮血噴濺、爪子在半空翻滾。

一隻爬蟲人見廉姆站在後頭趁亂偷襲，但他餘光瞥見了，長矛馬上橫掃過去，隨即感覺衝擊自竹竿傳到手心。

轉頭一瞧，爬蟲人鐮刀狀爪子距離面部僅幾吋。牠的顱骨很長，不停磨牙噴口水，因為竹子插進嘴巴了。但牠並未因此倒下，反而暴怒起來。

「啊，Jayzus（耶穌保佑）！我戳中一隻！」

可是貝兒正忙碌。

他抓緊長矛，矛身巨震，爬蟲人扭動拍打將自己向前推擠，暗紅色血液流到廉姆手掌。「救命啊！」他叫道。

同時廉姆察覺旁邊另隻爬蟲人趴在地上弓起身體，顯然打算朝自己一躍而上。千鈞一髮之際如同孩童哭叫的尖銳聲音劃破森林空氣，瞬間所有橄欖色生物爭先恐後跳下岩台從山坡消失，牠們移動速度快得難以想像。

來去無蹤。

唯一例外是卡在廉姆長矛上的爬蟲人。牠的爪子撕裂袖子和皮膚，就像屠刀切開嫩肉那麼輕鬆。

「啊！」廉姆哀號「救命！」

一眨眼貝兒已經到了，手起刃落劈過爬蟲人細長頸部。牠尚未意識到自己生命終結，愣了一下還歪頭，接著就往後撞在拱起的脊椎。脖子幾乎斷了，只有一小條筋連著。再過一秒，爬蟲人癱軟倒地，竹矛跟著脫離廉姆顫抖的手。

他們一齊望向爬蟲人灰綠色細長手腳與露出的骨節，血液隨著脈搏一陣一陣噴在滿地乾枯針葉和松果上，顏色濃得發黑。一條腿抽搐收縮，是死後的生理反應。

廉姆抬頭看著。她白皙的臉蛋和胸前都沾了血跡，平時淡漠的灰眸張得很大、神情激動，不過很快面部表情重返人工智能控制並回復鎮定，反過來注視他。

「廉姆，你沒受傷吧？」

他看看同樣紅了的手臂，刮傷頗深，但沒損及血管。廉姆心裡知道自己驚嚇過度仍忍不住脫口而出：「把我放回鐵達尼號好不好？」

45

公元前六千五百萬年，叢林

二十分鐘後廉姆與貝兒到了陡坡頂端，光禿禿的岩床露頭三面環海。

他整個人往地上一倒。

「牠……牠們呢？」法蘭克林望向廉姆背後的叢林，「追過來了嗎？」

「對方停止追逐。」貝兒回答。

「天吶，你受傷了！」蘿拉趕緊蹲下來撕了廉姆的衣服當繃帶包紮。

「下面是怎麼回事？」克里一邊問話一邊取下領帶讓蘿拉拿去當作止血帶。他輕輕瞥了眼，法蘭克林跑了半哩路上來還喘不過氣。「這小子剛才嚷嚷有一大群怪物撲過去。」

廉姆點頭。「嗯。」他從背包拿了寶特瓶，喝乾裡面僅剩的淨水，大口呼吸一陣以後才有力氣繼續說下去。「嗯……我們遭到攻擊了，很多……好幾十隻。」

「好幾十隻什麼？」惠莫爾追問。

「群體狩獵物種。」貝兒說。

他聽了面色蒼白。「噢，天吶，不是迅猛龍吧？」

「更糟。」法蘭克林說，「糟得多了。」他坐在廉姆隔壁，摘下眼鏡擦拭起霧的鏡片，其中一邊已經撞出蛛網般的裂痕。「是前所未見的東西，」他又開口時小心擦拭碎裂的鏡片，「沒有人找到牠們的化石……也根本沒有發現類似的物種。」

惠莫爾蹲在男孩對面。「說清楚，下面發生什麼事，你看到什麼？」

法蘭克林搖搖頭。「我……我不確定。像人，但也像迅猛龍。」他抬頭望著校長。「但都不是……都不是。你明白嗎？」

「不是獸腳類？」

男孩用力搖頭。「不……絕對不是。或許幾百萬年前有共同祖先吧，但剛才那些……牠們……牠們……」法蘭克林試著描述卻找不到合適的詞彙。

「獨一無二？」廉姆蹙眉，蘿拉扯緊繃帶打結。

「對，」法蘭克林點頭戴好眼鏡，「就是獨一無二。感覺已經處在演化末端，具有高度智能的獵食者。」

克里上前。「這話沒道理啊，法蘭克林。如你所言，牠們具有高度智能，應該就會大量繁衍，然後留下很多化石被我們挖出來才對。」

「智能多高？你們說的高度是什麼情況？」蘿拉開口。

「噢，聰明得很。」廉姆回答，「非常聰明。」他望向大家，「其實貝兒在平原上打了恐龍鼻梁那時候我好像就看到了。動物狂奔那時候我正好回頭……就看到奇怪的東西，像一大群猴子之類……甚至那當下我以為看到的是——」

「不合邏輯。」惠莫爾打斷，「這個時代的哺乳類只有尖鼠[25]大小。」

「並不是哺乳類。」法蘭克林說，「牠們還是爬蟲類。」

「我剛才說啦，」廉姆繼續，「我以為自己看到類似猴子的東西，但那時候根本沒能看清楚，牠們知道被我發現了，一轉眼就躲起來。」

「而且我們離開營地開始就被跟蹤了，」法蘭克林說，「你有沒有看到牠們腳印？」

廉姆搖頭。

「長腳丫、一邊有三根腳趾鑿的凹洞？」

廉姆回想方才戰鬥中看到什麼：爬蟲人有鐮刀般的爪子，前肢四指、後肢三趾。「嗯……沒錯。」

「我們最早找到的屍體周圍也有同樣痕跡……我很肯定。那是牠們殺死的。」

廉姆視線順著山坡密林下去，寬廣海岸在陽光下呈現一條閃耀弧線，延伸到遼闊原野。蒸騰暑氣另一頭再二十英里之外有小丘、峭壁，以及旅途的起點。

「那些傢伙一直監視我們，」他說這話時身體發冷、毛骨悚然。「從我們出發以後就跟在後面看。」

「但是那都……超過一週了吧。」胡安說。

「九天。」貝兒補充。

胡安臉垮了。「從頭到尾？」

㉕ 正式名稱為「鼩鼱」，體長僅四到六公分。

「是想研究我們。」廉姆解釋，「瞭解我們，判斷我們構成多大的威脅。」

「嗯……我覺得你說得沒錯。」法蘭克林站起來注視幾十碼外山坡樹林外緣，「牠們具有好奇心，因為好奇心才發展出智能。或許智能和我們一樣高。」

「和人類一樣聰明的恐龍？拜託，法蘭克林，這——」

「牠們有語言！我聽到牠們彼此溝通了。」

廉姆點頭。「沒錯，包圍我和貝兒的時候牠們也有互相交談。」

「其中一個還試圖和我互動……然後你和機器女就來了。牠學我講話！」

「太荒謬了！」惠莫爾叫道，「文獻上這個年代沒有任何物種具備足夠、或者接近的腦容量能夠發展口語……或者發出近似人類的聲音。」

「惠莫爾先生，重點就在這裡。沒有化石不代表物種不能存在。」

「小子說得沒錯，」克里接口，「古生物學家也認為我們對史前時代的物種資料掌握並不完整，知識還有很多缺口。」

惠莫爾搔搔鬍鬚瞪著樹林。「好吧，這個缺口也他媽的太大了吧？」

一行人安靜片刻，目光集中在樹林和底下草叢，想像許多眼睛躲在裡面回望窺伺。

「接下來怎麼辦呢，廉姆？」蘿拉問。

他咬著下唇思考。「完成原本計畫。」他不再凝視幾分鐘前逃出的樹林，轉頭望向另一側下坡。山腳下是個白色小灣，對面遠方有條與這裡同高的山脊，兩座山像石巨人雙臂環海。廉姆從茂密竹林和蘆葦之間找到一絲銀光，小溪蜿蜒流入海口。隱蔽的海灣、綠松石色澤的海水拍打月牙形淺奶油色沙灘，景象十分誘人。若換個時空，就是僻靜的熱帶天堂、或者故事書裡的海盜窩。

「就在下面？」他問貝兒，「我們得去的地方？」

「肯定。就在那邊。」

「嗯。」廉姆點頭，態度堅決，希望自己看上去像個果斷的領袖。「下去應該不用半小時。我們在海岸紮營，生一個很大的火堆看看能不能嚇跑牠們，然後輪班守夜，一次一半人休息。」他又看看貝兒，「我們趕快想出訊息要寫什麼，真的要快。明天就動手。」

「怎麼保存？」克里問。

廉姆正想回答自己也還不確定，賈絲敏卻開口了：「陶土。」

大家盯著她。

「陶土啊，」她重複，「要是能找到陶土、捏成片狀刻字，烤硬了不就是陶板。」

廉姆搔搔面頰考慮。「嗯，對……是個好主意。就這麼辦吧？那，動身之前還有其他問題嗎？」

「後頭那些東西到底怎麼處理？」胡安又朝叢林那頭瞟了一眼，眼神銳利。

「嗯，我想，牠們已經對我們有了基本瞭解吧？」

其他人面面相覷，不解廉姆話語含義。

「牠們意識到自己也會被殺死，」廉姆指著貝兒，「尤其我們有個很難纏的機器女，真的。」

貝兒一聽蹙眉不悅。「我的代號是貝兒。」

他聳聳肩，沒心力特別道歉了。「所以……我們要走就快。」

46

二〇〇一年，紐約

餐桌上時鐘顯示夜間十一點四十五分。麥蒂察覺莎莎眼睛不斷留意、很是緊張。「還有十五分鐘呢。」

「我有點怕。」女孩悄悄說。

坦白說，麥蒂自己心裡也七上八下，但她擠出笑容伸手輕扣莎莎臂膀。「沒事的，莎莎，我保證。」

「要不要我先去後頭把佛斯特的槍找出來？要是來者不善的話可能用得到。」

「不好吧？」麥蒂揚起眉毛，「妳覺得妥當嗎？我們開門的時候有可能外面圍滿了戴墨鏡的黑衣人，而且對方也會拿著武器提高警覺。」

「妳覺得會是大場面？」

麥蒂聳肩。「我也不知道會怎樣啊，莎莎……」

如果真的「會」怎樣……

「無論如何，」她繼續解釋，「假如來的真的是特務那種人，我們一開始就拿出霰彈槍沒好處吧？想必對方也有備而來，妳懂意思吧？」

「應該吧。」莎莎咕噥之後低下頭，黑髮散到眼睛前面。「妳怎麼能這麼鎮定啊？」

我，鎮定？這麼一提，麥蒂意識到自己的確鎮定……不對，不能說是鎮定，而是聽天由命吧。將歷史託付給幾分鐘後的時空氣泡重置。昨天無頭蒼蠅尋找佛斯特過程中她想通了：現階段兩人就是無能為力，只能臨機應變。等待時空波動變得明顯，或者如自己所料收到訊息。只有滿足這兩種前提之一，她們才有施力點。

「莎莎，我鎮定是因為……我也不知道，可能因為別無他法吧，除了耐著性子也沒別條路。既然主動權不再手中，也就沒必要過分焦慮。」

聽起來不是很有說服力，但她目前想不出更好的答案。

「但是，麥蒂，要是來的是壞人……假如壞人想搶走時光機，我們該怎麼辦？不能任人為所欲為吧？」

「我考慮過了。」

「怎麼做？」

麥蒂微笑，至少這件事情她還能辦妥。「已經吩咐鮑勃，一旦聽見我大叫某個暗語，就立刻封鎖整個電腦系統。」

「喔。」莎莎點頭，沉默一會兒又問：「要是……對方有電腦專家，能破解系統呢？我也不懂，但會不會可以解除系統限制之類？」

「最後當然有可能，不過那是大工程，要花很多時間，對方不會有那個功夫。」

「怎麼說？」

「因為還有第二個命令：要是鮑勃後來沒再聽見我說話，就徹底摧毀所有資料。」

「啊？」

「系統封鎖後六小時內沒有我透過語音解除的話，他會將硬碟內容全部覆蓋，還會以電流燒壞時光機迴路。外人對我們兩個做什麼傻事的話，就只有烤焦的矽晶片、裝滿垃圾的硬碟留給他們。」

莎莎點頭，對麥蒂多了一分敬意。「哦，jahulla（天吶），麥蒂妳想得好周到。」

她聳肩。「以前在電影裡看到的做法。既然電影可以，我想我們也可以。」

「妳真的很能幹。」莎莎繼續說，「我知道妳覺得自己能力不夠、也覺得會爆炸是自己害的……但我想不出來還有誰能像妳這麼快就進入狀況。」她說得有點不好意思了，別過臉將頭髮撥到耳後。「總之就是……其實妳很厲害。」

「謝了，莎莎。」

時鐘又跳了一分鐘。

「很快就有結果了。假如真的遇上壞蛋想染指時空科技，也得要我們點頭才成。」麥蒂深呼吸，看著時鐘顯示十一點四十七分時焦慮升起、脊椎發麻。「他們最好客客氣氣地問。」

47

公元前六千五百萬年，叢林

殘爪捧著那器官，它已經靜止、冰冷、失去生命，本來是鮮紅色，隨著太陽緩緩沉落也轉變為暗紫。天黑了，半月朝深邃叢林灑下銀色光輝。

他站在幾小時前新種滯留的地方，地上有很多痕跡。土壤上的腳印、石塊上乾了的血，還有氣味。所有物體上都沾了恐懼特有的氣味。他們在這裡逗留一陣子，十分恐慌。

新種怕我們。

然而殘爪先前都認為是他們要提防新種。部下望著他、等他發號施令。殘爪低頭凝視手裡的器官，配偶僅存的遺骸，她是面前許多年輕雄性的母親。倘若殘爪先一步死亡，繼承領袖位置的就是她。雖然雌性體型小，但累積的智慧足夠彌補……年輕雄性也不會挑戰其地位。和大地上其餘動物粗糙的階級制度不同，殘爪這族並不只講求暴力、總是服從力氣最大的雄性，他們瞭解智慧的重要。

結果先死的卻是她。纖細的脖子幾乎完全被斬斷，何況胸腔那個大洞也足以致命。

殘爪率眾回到岩台時找到她，身體還有溫度，但已經斷氣了。於是大家分食，將她的皮膚、肌肉、內臟剝下，只剩血淋淋的骨頭，一丁點也不浪費。族母太受敬愛，不能讓吃腐肉的小動物竊走。

而她的心臟屬於殘爪。只有他能碰。

殘爪捧著那顆心好幾小時，捨不得她僅剩的部分。但，時候到了。夜幕下他眺望海灣，白皮獸圍在盛開的橘黃色花朵周邊。

凹凸不平的牙齒啃下紫色心臟一塊。殘爪咀嚼纖維並發誓將新種殺得片甲不留，要望進牠們眼睛深處同時掏空牠們胸腔、取出牠們的生命之源。

同胞們輕聲嚎哭，年輕雄性哀嘆失去族母，殘爪將心臟的最後一片放進口裡，默默向此生伴侶做了最後的告別。他回頭看著大家，低鳴要求肅靜。

我們不必害怕新種。

同胞們也能理解。

牠們和吃草的一樣，沒了竹竿就不足為懼。

新種粗心而愚昧，時常將那些致死利器放在地上就走開，竟沒意識到自己沒爪子、白齒又小又平，少了工具就如同剛出生的幼崽毫無防備。

殘爪觀察遠方海灘，新種的一舉一動被黃花照得清楚。牠們非死不可……除了為族母報仇，也要確保同類是這片大地上唯一高智能的狩獵者。不能給新種繁衍生息的機會，必須斬草除根。

他張開嘴巴，蜷曲黑舌，小聲試著模仿那個矮胖、生著薑黃頂毛與怪異眼睛的白皮獸。殘爪喉嚨嘰哩咕嚕一陣，舌頭逐漸找到正確位置，他覺得自己發出的聲音算是很像了。

「嘔……絲……法蘭……柯零……」

48

公元前六千五百萬年，叢林

清晨的太陽曬暖背和肩，廉姆拿竹矛仔細挑開篝火餘燼翻找。

「小心點兒，」賈絲敏站在旁邊提醒，「剛燒出來比較脆。」

「好。」他動作放得更慢，不過竹竿鈍頭馬上敲到東西發出悶響。「找到了，」掃開灰燼以後浮現磚頭大小的長方形輪廓，「看起來燒得不錯，沒有裂痕。」

這兒的蕨葉表面覆有蠟質，廉姆抓了一拳頭當作手套將陶板抽出，但很快丟在沙地上。「噢！還好燙啊！」他蹲下來戰戰兢兢撥除鏽紅色陶土表面的焦灰，刻字凹槽都被填滿了。大家圍過來低頭注視沙灘上的小陶板。

「天吶，你們看！很成功呢！」蘿拉叫道。

陶板上文字十分清晰、無法錯認。

「當然會成功，」賈絲敏說，「我很熟悉流程了，在家裡都和我媽一起做陶瓷手工拿去eBay上賣啊。」

廉姆探身過去吹一吹，灰燼從他字跡飄起像小小雲朵。

於公元二〇〇一年九月十日星期一送至紐約布魯克林區威斯街橋孔九號。

89-2-11/53-20-12/75-8-2/23-4-1/17-9-7/10-4-4/5-7-6/12-6-5/23-18-4/13-1-1/56-3-4/12-5-17/67-8-2/92-6-5/112-8-3/235-15-6/45-7-4/30-2-6/34-10-8/41-4-5/99-6-14/12-6-7/127-8-5/128-7-7/261-15-5/22-7-3/69-4-3/14-3-16/308-6-1/464-8-2/185-2-9

密鑰：「魔法」。

惠莫爾站在廉姆背後讀完。「你覺得用書的內容當密碼可行嗎？我的意思是，雖然不知道你們用什麼書，但大部分書都有不同版本，這點你有留意嗎？排版、頁碼在每個版本都有可能變動，你們是以組織內部的文書作基準還是？」

貝兒代為回答：「可行。與我對應的人工智能版本備有同樣資料庫。」

「魔法？」胡安也看完了，「是暗示要用那本書解碼嘍？」

廉姆點頭之後看看貝兒。「妳覺得鮑勃會懂嗎？」

她嘟嘴聳肩——又是這二十天裡從那些學生學會的反應。「廉姆，這個問題我無法提供精確答案。」

「那，換個方式……妳自己能猜到嗎？」

她眼瞼振動後說：「資料庫內與『魔法』相關的書目共計三萬一千本。」

「唉，Jayzus（耶穌保佑），」廉姆氣餒地說，「早知道該換個提示，這麼簡單一個字可能沒辦法讓鮑勃——」

「莎莉娜．維克蘭能夠理解。」貝兒望著他，「我曾經以『鮑勃』的身分與她討論過那本書。」

廉姆哼了聲。「沒開玩笑？妳也能討論文學作品啊？」

「我和她表示自己很喜歡《哈利波特》裡面的魔法。」

惠莫爾一聽挺直身子雙手扠腰。「這才是開玩笑吧？你們兩個是認真的嗎？什麼超級機密的時空警察局居然用了童書來作解碼密鑰？」

廉姆和貝兒一起朝他點頭。

「老天！」惠莫爾搖頭，「你們以為是扮家家酒嗎？」

「家家酒？」

廉姆做手勢示意貝兒先安靜。「惠莫爾先生，重點是有沒有效！」他自己都訝異回答的口吻怎麼那麼氣憤，「這麼做有效……就夠了！」

難得看廉姆動怒，惠莫爾也大感錯愕。「唔……但是看起來很……該怎麼說……」

「很不專業。」法蘭克林插嘴道，「原本以為你們應該有一套既定的、有系統的暗號。懂意思嗎？專業特工不是都有嗎？」

「嗯……不是要找你們麻煩，」胡安附和，「但總覺得你們倆是走一步算一步。」

「聽我說，」廉姆回答，「我也不瞞大家……其實穿梭時空我自己也是新手，回到恐龍時代更是第一次。如果我和貝兒看起來不像按照什麼……標準流程在做事，那是因為……我們的確不是。」他站起來拍拍沾在手上的炭灰，「但我可以肯定地告訴你們：時空局已經解救世界很多次，不斷矯正歷史、保住你們認識的世界。只不過每次事件結束以後，你們回到原本安穩的生活，根本不知道地球變成什麼樣。」

他抿了一下嘴。「我和貝兒其實也拯救過世界一次，」廉姆淺笑，「有個叫做希特勒的本來應該戰敗，卻變成打了勝仗，後來全世界被搞得烏煙瘴氣。但是我們搞定了，所以可以對我們有信心一點嗎？我們沒那麼窩囊才對。」

「那個時空局呢？」克里問，「究竟還有誰？」

廉姆張開嘴巴，但貝兒抓著手臂阻止。

「我猜，」克里酸溜溜道，「機密，對吧？」

「抱歉，」廉姆回答，「的確如此。既然要將大家送回二〇一五年，那你們知道的越少越好。能說的大概就是……時空局是個有規模的組織，也掌握最尖端的技術，包括電腦和……像貝兒這種『機器人』，以及，嗯……反正很多啦。總之就是——」他笑道，「你們不必擔心。」

大家盯著他，神情五味雜陳。

啊，廉姆……要堅定。

「也磨蹭夠久了，別像老太太一樣，我們還得幹活兒呢，是吧。法蘭克林和惠莫爾先生，你們認為陶板放在哪裡好？」

兩人對望，看動作就知道他們空空如也——法蘭克林將裂開的眼鏡推高、惠莫爾搔搔稀疏鬍子，兩個人這才低聲討論。

後來法蘭克林轉身對大家說：「我建議放兩塊在沙灘。挖一個洞，越深越好。其他的……」

他朝旁邊茂密的竹林和蘆葦撇頭，「再來就是清水的溪流吧，兩岸會淤積泥沙變成沼澤，我記得專家說恐龍谷的化石層以前地形是……就是沼澤。」

廉姆朝賈絲敏問：「陶板能保持六千五百萬年不壞？」

她搖搖頭。「呃，不行……我沒有說過可以啊。」

法蘭克林跟著搖頭。「廉姆，你對化石瞭解真的不多吧？」

他拱起肩膀。「是不多啊，法蘭克林。但是你懂，所以你直接告訴我怎麼做比較好？」

法蘭克林嘆口氣。「陶板在地球出現猴子之前應該就碎了，怎麼可能等到智人出現呢。但是陶板可以留下壓痕，就像模具一樣，泥巴、沙子時間一久會形成沉積岩，那才是我們說的化石。」他向廉姆露出像是耐著性子教小孩的笑容，「陶板本身無法保存那麼久，一定會化成粉。」

廉姆聽完若有所思點點頭。「嗯，現在我懂了……總而言之，陶板本身不重要，重點是訊息能夠留下來讓以後的人讀到，對不對？」

法蘭克林點點頭。

「那就好，我們可以動手了，越快處理完畢越早回去。」他轉身對大家說，「你們怎麼想我不清楚，我個人是希望日落的時候能回到敞開的海灘上紮營。」

「爬蟲人應該還在附近？」惠莫爾抬頭凝視周圍山林：「當然……走為上策。」

49

二〇〇一年，紐約

「剩三分鐘。」莎莎說。

「三分鐘，」麥蒂附和。她們聽著工作站下面嗡嗡作響，時光機正從管線快速汲取能量。不是第一次了：麥蒂總懷疑究竟誰為倉庫付電費，依照消耗計算肯定是天文數字。

但她隨即笑自己傻。答案當然是沒人付錢，因為對外面世界、甚至後街轉角的修車廠鄰居而言，這倉庫大半空著，鐵捲門掛上畫了塗鴉的牌子低價出租三千平方呎店面空間。

只有九月的某個星期一和星期二不同。雖然沒人留意，但有三個年輕遊民悄悄搬進來，星期三卻又消失無蹤。

「啊，對，」莎莎又開口，「都忘記提了……之前我看到一個東西很有趣。」

「哦？」

「是啊，在附近一間店，賣二手貨。應該不能說有趣啦，但滿巧的。」

「是什麼？」

「制服。遊輪餐勤制服……鐵達尼的。和廉姆那件一模一樣。」莎莎搖頭晃腦說，「不覺得很奇怪嗎？」

「是真品？」

「女老闆說原本做好要給鐵達尼號船員上岸以後方便更換，結果那條船沒有穿越大西洋。我在想要不要買來給廉姆備用。」

「說真的，他應該沒打算回去鐵達尼號上才對？回去可是死路一條。」

莎莎斂起笑意。「也對，他不會回去的吧……我們三個都不會。」

時鐘數字跳了。剩下兩分鐘。

麥蒂暗忖如果佛斯特坐在旁邊就好了。他總是泰然自若、年邁臉上掛著輕鬆的笑，一邊嘴角稍稍揚起。佛斯特的皮膚看起來像是陳年羊皮紙那樣皺，彷彿太陽曬多了——

好好曬曬太陽……

佛斯特與她喝咖啡道別的時候說過他有這個打算。

「曬太陽。」她喃喃道。

莎莎眉毛一揚。「啊？」

我想可以好好曬曬太陽、吃幾根熱狗吧。

他是這麼說的沒錯吧？臨走前講的，因為自己問了他接下來有什麼打算。曬太陽，吃熱狗。既然留在紐約，就麥蒂所知只有一個地方可以不被高樓大廈擋住好好曬太陽……而那裡正好也有很多熱狗攤販。符合條件的就只有那麼一處。

「我大概知道佛斯特去哪裡了。」她說。

兩人看著時鐘紅色LED顯示十一點五十九分。

「哪裡？」

麥蒂起身，椅子退離餐桌，和地板刮擦的聲音在倉庫裡迴盪。「唔……我之後再解釋吧，應該有客人要來了。」

莎莎和她也起來一起走向中央，並肩望向鐵捲門，心裡默數六十秒。身後機器嗡嗡叫得越來越高亢。

頭頂上燈管忽然閃爍，黯淡。

「嗯，要重置了，」麥蒂本能抓緊莎莎的手。

50
公元前六千五百萬年，叢林

「妳覺得夠深了嗎？」廉姆問。

貝兒蹲下來觀察。雖然他挖的洞已經深及腰部，但是周圍渾濁泥水不斷向下流，已經淹到廉姆腳踝位置。「我不知道。」她回答。

「不知道，是嗎？太好了。」廉姆抹抹滿額頭的汗，泥巴也黏上去了。「那誰知道多深才夠啊？陶板給我好嗎？」

她遞了過去。

廉姆掂了掂磚塊似的陶板，細看上面的文字。親愛的小信差，幫忙找人救我們，好嗎？

他彎腰將有寫字的一面放在泥水上輕輕按進去。「陶板先生，拜託你嘍，請你盡力，能撐多久撐多久，好嗎？以前我的蘿瑞塔阿姨總說要留下好印象。」他抬頭望向貝兒，髒兮兮臉上漾著笑。「唔，好印象，妳聽得懂嗎？」

她低頭盯著廉姆，灰色眸子眼神冷漠、理性分析。「雙關語，」貝兒回答，「一字多義，根據上下文判斷。」[26]

「對，雙關……妳懂吧？是希望聽起來好笑。」

她蹙眉一陣後擠出很假的笑容和笑聲。

廉姆聽了臉一垮：「Jayzus（耶穌保佑），貝兒，要是覺得不好笑……就別笑了。真的——這樣很尷尬。」

她立刻停下來。「肯定。」

泥巴不斷往下流，廉姆爬到外頭與貝兒一起用手將洞填滿，最後只留下微乎其微的隆起在溪邊。他找一根竹子插在上面，撕下螢光綠短褲褲管碎布繫好。「這樣回來的時候就能找到了。」

貝兒點頭。她很堅持計畫必須包括回來這個時代消滅所有證據、取走放置的五塊陶板。

廉姆看著溪流下游，清水繞過一片蘆葦被遮住了。「不知道其他人狀況如何？」

克里站直身子，手按了按痠痛的背。他這組的兩塊陶板已經深深埋進小海灣兩側沙子裡，同樣做了竹竿和旗幟標示，布料來自於身上襯衫。

「好啦！」他對大夥兒笑了笑，胡安、蘿拉、賈絲敏沒出聲但也報以微笑，連亞琦菈也不例外，她和愛德華一樣很害羞，尤其在意自己說英語不流利、腔調太重。

克里抬頭順著海灘望向蘆葦和竹林、清水流入大海形成的海口三角洲。海水被曬得暖暖的。

「其他人應該也馬上就好了，」他說，「之後準備回去。」

蘿拉目光飄向之後要爬的山林。「不知道那邊安全了沒？」

㉖印象和印痕在英文都可以用 impression 表達。

胡安跟著眺望。「我們有武器、有機器女，沒事的。」

「現在可能比之前安全吧，」克里附和，「牠們出手以後反而自己折損一個同伴，應當會怕才對。」

蘿拉握緊長矛。「嗯……應該吧。」

法蘭克林在竹竿下面擺好石堆，抬頭找到另外幾名隊員。惠莫爾帶著艾德華和看似變成拜把兄弟的雷納德在一百碼底下，先前他們判斷那兒也有適合埋藏陶板的泥土沉積。

「法蘭克林，可以走了嗎？」校長喊道。

「再一下！」他回答。竹竿老是往旁邊倒，石堆似乎不足以固定。「我馬上就過去！」法蘭克林嚷嚷，順手撈了被河水磨平的大石頭來。

然後他聽見了。很小聲、像稚童被蒙住的哭叫。法蘭克林身子一僵仔細聆聽，試著從溪水潺潺、蘆葦沙沙中聽清楚到底是什麼。又傳來了，更大聲、清晰一些，似乎很痛苦。

「哈囉？」他試著回應，「有人在嗎？」

是不是那些女孩子？踩在濕石頭滑一跤骨折了？

「賈絲敏？蘿拉？」

第三次哭叫，聽上去很慘、很可憐、很急切，而且似乎從蘆葦叢靠近過來。「亞琦菈，是妳嗎？」他朝聲音走過去，總覺得看到下面有什麼東西在動，於是撥開蘆葦繼續前進。

「怎麼了？妳滑倒了嗎？傷到——」

蘆葦中的影子後退到視野外，速度太快了，不可能是人類。接著法蘭克林餘光捕捉到右邊禾草後頭有雙眼睛盯著自己，那東西前進了，現身在幾碼外：長在前方十分醒目的黃色眼珠，細長顱骨後傾連接拱起的肩膀與脊椎。爬蟲人頭型特殊，法蘭克林聯想到單車騎士或冬季奧運滑雪選手的流線型安全帽，不過比例上更長，更近似電影裡的外星異形，他哥哥常常拿那些DVD來看。爬蟲人完全靜止，一動不動注視法蘭克林，然後牠張開嘴巴和手術刀般鋒利牙齒，黑色舌頭蜷曲如蛇。

「我……施……法蘭柯……零……」爬蟲人輕聲叫道。

老天，他這才明白自己遇上的爬蟲人與昨天在山坡是同一隻，而且對方記得自己名字、記得那短短互動中聽見的音節。同樣的能力在接下來幾千萬年的演化中都見不到，何況牠的發聲和口腔器官居然靈敏到能夠複製人類的語言！

「對！」所以他興奮起來，低呼回應：「沒錯……是我！」他指著自己，「我……叫法蘭克林。」

爬蟲人那張長臉往旁邊擺動，靜靜竄出蘆葦靠近。

背包裡最後幾塊葉子包好的烤魚乾下面藏著手機，電池還剩一點點，他希望能支撐到自己拍照、甚至攝影，留下這個生物確實在講話的紀錄。

法蘭克林從肩膀取下包包。「我要拿個東西出來，」他輕聲說話，動作放慢。「好嗎？」

爬蟲人仍舊靜止，只有黃色眼珠好奇關注他的一舉一動。法蘭克林解開拉鍊伸手進去，魚乾味道散出，爬蟲人鼻孔周圍的皮膚皺褶立刻蠕動起來。

他嗅到食物氣味了。於是法蘭克林改變計畫，拿出一包烤魚、打開葉子。「這個給你……是吃的喔！」他朝爬蟲人伸手。

隔著蘆葦傳來惠莫爾等人的聲音，距離不到一百碼。他既盼望有人過來嚇走這怪物、但又很矛盾。其實他可以大叫呼救，不過爬蟲人會是什麼反應？直接攻擊？還是一溜煙逃走不再露面？

對法蘭克林而言放走牠太遺憾了。雖說像怪物，但以物種而言牠們和恐龍一樣活不到未來。地質學證據顯示當前這世界所剩時間不多，可能一千年？頂多一萬年？或許明天就發生造成大規模滅絕，小行星撞擊、超級火山爆發都能毀掉地表上體積超過狗的物種。因此智能這麼高、許多層面比猿猴先祖更接近智人的物種也會隨其他愚笨恐龍自地球消失，甚至無法留下任何痕跡與化石，所以不會被人發掘、取個拉丁文學名、展示在博物館、成為古生物學的討論主題。太諷刺了，倘若牠們出生在幾百萬年後……

可以取代人類。

牠們的智能堪稱爬蟲版的智人。

「天吶……你……太不可思議了。」法蘭克林低語。

爬蟲人接近到幾碼內，黃色眼睛盯著魚肉。牠伏在地上露出背部，肋骨和脊椎形狀也與人類很神似，尤其像是紙片人超級名模或極其精壯的體操選手。

「法蘭柯……零……」牠又說話了。

法蘭克林覺得自己一定要把握千載難逢的機會拍張照。必須給爬蟲人留下紀錄，即便這種目擊證據太薄弱，但還是想證明地球上有過這種生物。將魚肉放在前面地上以後，他伸手探進背包翻找手機。

爬蟲人往前一小步，伸長頸子、長臉在魚乾上嗅了嗅，接著伸出長手，三根鐮刀狀銳利爪子按按魚肉、翻過來……輕描淡寫撥到旁邊。

牠仰起頭，鼻孔撐開。法蘭克林總算意識到爬蟲人對過期的泥魚肉一點興趣也沒有，專注在自己的氣味上，像巫醫摸骨看手相那樣透過嗅覺就能瞭解自己的一切。

「我……我沒有惡意。我……只是……」法蘭克林結結巴巴很緊張。

爬蟲人下顎張開，舌頭捲來捲去模仿道：「沒……惡咿咿咿……」

「嗯、嗯……是朋友，朋友……」法蘭克林指著自己。距離接近到他伸手就能觸摸爬蟲人頭部堅硬的骨甲，溫熱且帶著腥臭的呼氣從那對鼻孔噴過來。

法蘭克林找到手機了。他注視對方黃色眼珠的同時手指在觸碰螢幕滑動，進入攝影模式按下攝影鍵。

「這個物種，」他悄悄講解並將鏡頭轉向爬蟲人，「可——可能是迅猛龍的遠祖……更有可能與較聰明的傷齒龍有血緣關係。」法蘭克林討厭自己聲音發抖聽起來好似緊張小女生，假如能靠這短短影片一炮而紅的話應該表現得更有專業素養、像個真正的探險家而非雙腿發軟的書呆子。「這個物種……非常不可思議，牠們能模仿人類的聲音……」

爬蟲人忽然咬合嘴巴，牙齒敲擊的聲音很響亮。四周蘆葦底下有很多東西爬過來。

法蘭克林張望。「噢，糟了……別……」

51

公元前六千五百萬年，叢林

廉姆聽見了。淒厲的尖叫，持續幾秒鐘之後戛然而止。「妳有聽見嗎？」

貝兒點頭。「肯定。」她挺起身子，「類人形群體狩獵者可能回來了，我們應立刻與其他人會合。」

廉姆抓起長矛。「走吧。」

兩人跨過溪流淺水、水花四濺，後來沿著對岸朝海灣移動，不出兩百碼就是惠莫爾等人安置陶板的地點。尖叫聲似乎就從這附近傳出，廉姆聽不出是男是女，但能肯定聲調充滿恐懼，尤其結束的方式令人憂心。

為了繞過一片特別茂盛的蘆葦他們又涉水，溪水流經汽車大小的光滑石塊。一分鐘以後廉姆看到夥伴們聚集在前方研究地面。

「怎麼回事？」他高呼詢問。

沒人回答，個個面如死灰。克里小隊也聽見了，從海岸趕過來，應該只早了一分鐘左右到。

「怎麼啦？」廉姆再追問，帶著貝兒最後一次涉水踏上泥濘。

他親眼看到了。

滿地的血。

紅了一大片，還有衣物碎片散落，可以認得出本屬於法蘭克林。人不見了。「啊，不會吧，」他看傻眼有點失神，「真的是……？」

惠莫爾點頭。「是法蘭克林。他……我們剛才在那裡而已，」他指著下游處，「就在那邊啊……隔著一片蘆葦罷了。」

「什麼都沒聽到、沒看到。」豪沃開口，「一發現就是他慘叫，趕過來的時候人已經不見，就這麼失蹤了。」

克里決定說出大家心頭那句話：「是牠們……那些怪物，對吧？爬蟲人還在跟蹤我們。」

「這無法確定，」廉姆回答，「也有別的肉食動物。」

「唉，其實可以確定。」蘿拉將手機遞給他，機身沾的血跡乾硬結塊。小螢幕上低解析度影像循環播放，起初只有一片藍天，後來忽然什麼東西掩蓋畫面。僅僅一瞬間，但足夠廉姆辨識了：瘦削影像是骷髏的細長顱骨。之後鏡頭又拍到天空，偶爾隨著手機晃動。喇叭聲音不大，但聽得見周圍有生物不斷咬合牙齒、死者被大卸八塊的聲音。

廉姆吞了口口水，忽然覺得嘴巴喉嚨都好乾，也知道自己臉頰失去血色，和大家一樣看似活死人。「快走吧，」他只靜靜道，「現在就走。」

「呃……我的包包丟在沙灘了。」胡安說。

「別管什麼包包了！」廉姆叫道，回頭瞥了貝兒一眼，暗忖再以時空污染為由提出異議就直接吼她住嘴。然而這次生化人似乎明白風險多大，立刻伸手指示方向要大家上山重返叢林。「我帶路，」她開口，「建議：保持隊形緊密。」

「唔，這就別操心了。」廉姆低聲嘆道，從背包取出自製短柄斧、另一手提起長矛。「大家準備好了嗎？」

所有人點頭，而且都拿出武器戒備。回去被樹木、藤蔓以及蕨葉包圍的空間感覺十分危險，但他們更不願在此地多待一秒鐘。

「法蘭克林怎麼辦？」艾德華小聲問。沒人想回答，於是他抬頭看著豪沃。「我們不設法救他嗎，雷納德？」

豪沃回答：「他死了，艾德華。他死了。」

貝兒點頭。「無誤。資訊提示：初步估計地面血液已達五品脫（約兩千四百CC），法蘭克林生存機率為零。」

「走吧。」廉姆伸手搭著艾德華肩膀，抬頭望向山坡上一片密林。「該走了。」

52

五枚陶板深埋於泥沙中靜待歲月流逝。它們沉眠於黑暗墓穴時，外界歷經潮起潮落，層層沙土夾著世世代代遺骸，如同大樹年輪不停積累。

某群智人放下陶板以後經過二十七萬六千九百零二年，一顆體積堪比曼哈頓的隕石以四萬英里時速撞擊地球表面。爆炸能量夷平方圓數百哩，並引發海嘯吞噬全世界數百萬哩低地。近十年內天空昏暗無光，漫長黑夜為大部分地表生物畫下生命句點，僅有少數齧齒動物苟延殘喘，且在遙遠的未來演化為智人。

原野上的大型動物最先支撐不住。草食的先死，肉食的隨後。核冬[27]帶來大滅絕，消失的物種數量難以估計。

然而五枚陶板依舊深鎖地底，對外界不聞不問。

小行星撞擊揭開古近紀序幕。這個地質時代長達四千萬年，許多山脊出生、成長、死亡。一片廣闊內海逐漸衰退，露出了後世所知的落磯山脈，原本鹽水淹沒的海底成了未來的猶他、科羅拉多、懷俄明、新墨西哥。

恐龍早已成為過眼雲煙，以化石姿態陪陶板一同在地下歇息，直到風化侵蝕與地殼變動將它

[27] 原指核戰導致大量的煙和煤煙進入大氣層導致極其寒冷的天氣，此處則是小行星衝擊地表揚起塵埃的結果。

們一步步推向地面重見天日。

陽光所及之處生態系全面改寫重建，比起恐龍或古齧齒類動物生存演化的雨林環境要涼爽而多元。大地上出現數百萬種不同哺乳類，即便現代人回到過去也能認得很多。

這個地質時代尾聲在砂岩層起了一次小地震。埋在那裡的陶板本身早已不堪環境變化而消失，可惜它留下的文字刻印也隨砂岩斷裂粉碎而灰飛煙滅。

它的四個同伴還撐著。千萬年如入土那日相隔僅僅數百碼。

古近紀進入新近紀，又是兩千多萬年。氣候更冷了，悠久歲月中南北極首次形成冰帽，各種草類植物佔據大地的囂張程度是太古時代蕨類望塵莫及。小型四腳哺乳類悠閒地吃草，以後特徵習性逐漸改變，成為叫做「美洲野牛」的動物。

距今七百萬年前，那種有硬蹄的小草食動物咬到砂岩中一塊砂岩碎片並叼出來。天黑了，月光照亮砂岩表面細緻而怪異的符號，可是夜行獵食者的咆哮嚇壞這群草食哺乳類。牠們應聲飛奔，數千蹄子猛力踩踏烈日烤乾的土地。

天亮以後那塊砂岩也在牠們無情腳下磨成渣滓。

訊息還剩三個。黑暗中無盡年月像時鐘上的指針不耐煩地前進。古近紀早期地上的齧齒類多半棲息於樹梢，到了新近紀牠們為了採集食物終於下來，體型和肌肉更發達，尤其頭部比例和樹上的祖先相比大很多。再過約莫一百萬年，牠們演化為叫做「猿」的物種。

公元前一萬一千年，清晨陽光灑落平原，年輕印第安勇士為了偵察野牛群動向撥開蔓草，恰巧摸到石頭的銳利邊緣。他看見赭色泥土底下石塊刻有奇妙的印記。

印第安人被挑起好奇，因為刻印太像人為。但他也很快留意到這塊石頭的大小，估計能做成三把戰斧的斧刃，想必是偉大的太陽父神加以恩賜，內心充滿感激。

還有兩次機會。

一八六五年，美利堅邦聯戰敗，一群殘兵不願接受內戰到此為止的事實，由年輕中尉率領逃亡。休息時，他背靠岩壁，眼睛疲憊、視力差得像個老頭兒，盯著溪水緩緩流過，手指下意識撥弄旁邊粗草，結果摸到石頭的銳利邊緣。戰前中尉讀歷史，因此對石頭上面模糊文字十分感興趣，將它藏進鞍袋內，希望之後有機會送交查爾斯頓學院內認識的教授。可惜當天北方聯邦騎兵隊就追上這群殘兵，尚未日落中尉就與士兵們一起葬身在帕拉克西河附近，連墳墓也沒有。

五道刻印已經失去其四。

53

一九四一年五月二日，德州索莫威爾郡

葛瑞迪．亞當斯看著弟弟在河裡亂晃有點不耐煩。「小心點，薩盧……你會把魚都嚇跑！」但弟弟沒理會，身子又竄進帕拉克西河水底。

他氣得咬牙，這弟弟有時候真混蛋。不對，一直都是混蛋。葛瑞迪坐下，腳趾彎起來放在懸伸於河岸的褐黃色岩石上。老爸總說石頭燙得能煎蛋，別赤腳踩上去。今天一早就出大太陽了，他先前下水游泳，起來以後滿身水在地上積成一個窪，不到半小時就全蒸發。

抬頭瞧瞧，萬里無雲，一時半刻是別想天氣轉陰涼了。左手邊沿著岸礁幾十碼外一棵枯死的小柏插在大塊崎嶇岩石上，底下勉強算是有蔭蔽，至少不必全身曬紅。

葛瑞迪拿著釣竿起身，在礁岸行走時小心翼翼，因為有時候砂岩忽然崩落，人就墜進一碼左右河水中。以前他也踩空過，結果磨破臀部、胸口。

弟弟竄出來，水花四濺、嘩啦作響，浮標附近就算還有魚也全逃光了。

「薩盧！你很吵！」

小弟咧嘴笑了之後游向對岸，不忘用力踢水大鬧一番。

葛瑞迪在陰影處盤腿坐下，背部靠在石頭上頗涼爽，右手邊一片橘色土牆被烤得乾硬，小樹

樹根刺出來。他無聊便伸手戳戳看，土壤一層層深淺不同像是漂亮的海綿蛋糕。以前葛瑞迪曾經在土裡找到派尤特人[28]用的斧頭，他知道沿著河岸可以挖出些奇奇怪怪的東西。去年夏天有一隊人過來在河邊東挖西挖找怪物腳印。他們說那些是恐龍的腳印。

兄弟倆玩耍時看過幾次，比較大的他原本以為是大象，也有比較小比較淺、前面凹陷三個洞的。薩盧聲稱有次在石頭上找到人踩出來的印子，就是鞋底形狀。也只有那傻小子會編出這麼異想天開的故事。

葛瑞迪才不相信恐龍的年代會有原始人，有也不可能穿鞋。

格倫羅斯市居民開始將這個地方暱稱為恐龍谷，因為去年開始很多博物館員過來尋找恐龍化石。他想到這件事情嘴角上揚，漫不經心伸手拉扯糾結樹根。恐龍谷，聽起來挺不賴，想像書裡那些大怪物曾經順著帕拉克西河走來走去，垂下長頸喝水……

砂礫、土塊砸在手臂。「噢！」

葛瑞迪鬆手，樹根彈起來引發小土石流。他看到了，豬尾巴似的樹根圈住手掌大小的泥板岩，伸手探過去就落到掌中。

低頭看著那塊石頭，大略是三角形，他起初懷疑又找到印第安人的斧頭。但邊緣沒有人工打磨之類的跡象。

是天然的石頭。

[28] 北美印第安人一族。

葛瑞迪高高舉起石頭，心想不知道自己拋出去能在水面跳幾回。石頭線條順手、重心合適……認真丟的話或許能跳個七、八下才落水。他站起來，瞥見弟弟在對岸的乾岩上曬太陽。

「喂！薩盧！」

弟弟抬頭。「幹嘛？」

「我找到一塊很好打水漂的石頭，你覺得我有沒有可能打到八下？」

「想得美，」薩盧大喊回應，「你丟石頭那麼娘娘腔。」

葛瑞迪搖頭嘆氣，覺得這弟弟真的很煩人。「那你最好張大眼睛看清楚，臭小鬼！」

他拿著石頭掂量，想找比較平的部位……於是翻了面。

54

二〇〇一年，紐約

李斯特．卡萊，個頭矮小、肩膀細窄的男子，等著退休很久了，但還要熬五年辦公桌生活。二〇〇一年九月九日星期天，他和身材圓潤的妻子上床睡覺。如果真有人問起，他會承認自己對於一成不變的日子感到有些無趣。要是他能聊工作內容的話，乍聽之下可能令人眼睛一亮：美國某隱密情報單位的「專案預算審查員」。一般人以為只要牽涉到特務機構必然刺激，實際上他只負責算數字，確保收支平衡。同樣的職位在大賣場、速食店，甚至雜貨店不僅存在……做的事情也一模一樣。

與李斯特想像中結束職涯的方式卻不同。一九六〇年代年輕的他投身組織，以為自己能在第一線服務國家，為了山姆大叔[29]殺人或被殺都好。現在他只是個負責在表格蓋橡皮圖章的老頭。

晚上他溜過小狗查理，換了睡衣拿起湯姆．克蘭西的間諜小說，熄掉床頭燈前還是想要隨便享受一點精采情節。

睡著以後現實起了微乎其微的波動。時空有系統地自動改寫，源頭在一九四一……一個年輕

[29] 美國的暱稱。

人在德州河畔挖出奇怪的石頭，翻面以後看見十分奇怪的東西。

黑暗中，李斯特．卡萊無聊的人生跟著翻轉，換到了精采的那面。

「長官！長官！」有人輕輕敲了後車窗。卡萊驚醒，他又沉溺在種種不可思議與不可能之中恍神了。

其實不是不可能吧？

朝窗外一看，是佛拜探員，黑西裝、黑眼鏡，平頭搭配上嚴肅面孔，看起來上班時間絕對不可能說笑。卡萊降下車窗一吋。「怎麼了？」

「長官，時間到了。」佛拜回答。

卡萊看看手錶，距離午夜剩下三分鐘。該死……又打瞌睡了。

人老了真不適合幹這行。

「佛拜，周圍淨空了？」

探員點頭。「各方向兩個路口外設下封鎖線，由警方和州衛隊負責。威廉斯堡大橋暫時封閉，平民已經撤離。」

卡萊也點點頭。為了掩飾真相用了最簡單的理由：有炸彈。美國人對炸彈的接受度特別高。

「裡頭只有我們的人？」

佛拜點頭。「百分之百，長官，都是自己人。」

卡萊朝前眺望。佛拜的背後威廉斯堡大橋橫跨天際，附近路上無人無車，沿著小街走五十碼是個橋孔下的磚牆倉庫。

老天……終於等到了這一刻。

他感覺得到心臟噗通噗通跳，後頸寒毛豎起。「很好，」他打開車門走入暖夜，「那走吧。」卡萊帶頭穿過寂靜街道，兩側路燈嘶嘶作響，偶爾上方掃過待命直升機的探照。除了依稀能聽見的旋翼嗡嗡聲，布魯克林區寂靜如鬼城。

後街入口設下路障，由卡萊的手下親自鎮守。他堅持不讓軍方或警方接近目標，只有信得過的人能進入這個區域。所謂信得過的人，就是他親自篩選到組織內的成員。自己人將組織稱為「俱樂部」。

卡萊朝部下點頭示意，他們槍口轉向讓出路。石磚路面到處是垃圾，一旁垃圾車沒人清理。

怎麼回事，我居然……興奮得像個小孩子。

他的職業生涯即將攀上巔峰。四十年前俱樂部悄悄將卡萊從FBI挖角過來，自那一刻起他就知道真相。

走向那排橋孔下的建築。第一間看得出來是自營的汽車修繕廠。

剛加入俱樂部，上級不願透露太多細節，只說他們從德州格倫羅斯市取得不可思議的文物，需要傾國家之力保護。前幾年卡萊知道的僅此而已。後來他升等幾次，成為俱樂部內高階主管，前任離職當下才給了一份完整檔案。交接時那位前輩的眼神彷彿凝視深淵已經太久太久。

「卡萊，聽我說，」前任主管吩咐，「找個舒服的地方坐下來，喝點威士忌，然後再打開檔案看，懂嗎？」

「長官是什麼意思？」

「你即將進入一個非常非常小的小團體……成為知道真相的人。」

的確是個很小的團體。

古造物出土以後總統就接獲通報——當時總統還是羅斯福，之後杜魯門、艾森豪也得知內情。直到甘迺迪傻了竟想公諸於世，之後俱樂部不再稟告總統。卡萊在達拉斯事件[30]之前一年進入組織，經歷過幕後那團亂，明白就俱樂部的立場是不得不為。

之後索性不告訴總統了。

卡萊走過第三、第四戶，都開著門但沒人在，黑暗中能看到針線和瓶罐等等。行前部下已經搜查過是否有遊民逗留，只趕走一個又髒又臭、神智不清的酒鬼。心仍在胸口噗通噗通用力地跳，腳步緩緩落在橋孔九號的鐵捲門前。

四十年來他一直守著格倫羅斯市古造物這個天大祕密。

但其實十五年前才真的知道那究竟是什麼。

比喻起來，就是瓶中信，只是瓶子標註日期，時間沒到沒辦法打開。他低頭看錶，發現只剩四十秒了。

十五年來幾乎沒有任何一晚他能睡得安穩。躺在床上依舊好奇究竟會在這裡找到什麼。自己偷偷來過幾次，隔著鐵捲門偷看，甚至還溜進去調查過。

空的。什麼也沒有。

此刻卻有人。一想到裡面是誰，卡萊心亂如麻呼吸困難——來自不同時空的人。

他本能伸手進西裝外套取出組織配發的手槍。再看看錶，四十年的漫長等待終於來到倒數十秒鐘。

「總算……等到了。」他喃喃自語。

手錶分針走至定位，新的一天開始。午夜夜色下，忽地一股微弱氣流振盪撲面而來。

卡萊探身握拳，輕輕敲門。

㉚ 即甘迺迪遭到暗殺。

55

二〇〇一年，紐約

麥蒂看向莎莎。「哦天吶！妳聽到了吧？有人敲門對不對？」她其實對自己的推測沒那麼大把握，想不到才剛過午夜重置就真的有人上門。

鐵捲門又響了，而且外頭有個男人自言自語的聲音。

「所以我們得開門吧？」莎莎悄聲問。

「呃……是呀，我想別無選擇吧。」麥蒂上前按了開關，馬達聲音聽起來該上油了。鐵門緩緩升起，兩女瞪著從地面逐漸擴大的門縫，街燈柔光流瀉進來，爬過裡面有點髒又凹凸不平的混凝土地板。

兩隻鞋子。兩條黑色褲管。外頭那人蹲下鑽進來，張大的眼睛與她們對上。

「哈囉，你好，」麥蒂怯生生舉起手打招呼，「我們……算是在等你吧。」

鐵門停下來，男子注視她們好一會兒。「我……」他開口，語調乾啞、透露出緊張。「妳們……妳們才幾歲啊。」他瞇起眼睛凝望倉庫內那片昏暗，「沒別人在？」

「抱歉，現在只有我們。」麥蒂回答。

男人望著她，年邁臉上都是皺紋，神情似是還無法理解現下狀況。「妳們兩個……是從未來來的？」他問。

莎莎瞥了麥蒂，麥蒂考量之後點頭。「你大概有上百萬個問題想問，我懂，」麥蒂對老人說，「我們也能回答其中一些。不過……你應該有帶東西來吧？給我們的東西？」

老人模樣謹慎。「或許。」

「是個訊息才對？」

他轉移話題。「妳們是時空行者？」

「你不回答我的話，我也不能回答你。你究竟有沒有要轉達給我們的訊息？」

老人上前，瞇起眼睛打量倉庫裡的各種機器，朝那兒撇了撇頭。「這就是時光機？」

麥蒂咬著唇。「你不回答的話，我什麼也不說。」

「所以就是吧？」他冷笑，「天吶……不可思議。」

「拜託！」莎莎忍不住叫道，「你會過來一定有原因，是看到我們朋友的留言了吧？」

老人轉身回去，朝外頭叫嚷下令，幾秒鐘之後麥蒂聽到靴子踏過石磚的腳步聲。她往裡面電腦工作站退了幾步。

「抱歉，」老人從外套掏出手槍指著兩人，「請站著別亂跑，尤其別碰任何東西！不要輕舉妄動。」

六個男人從外頭衝進來，身上套著防毒隔離衣、面孔藏在塑膠片下，手裡拿著像電視遙控器的東西。

噢，不好，麥蒂一陣暈眩，狀況不妙。

「我們得好好談談，」老人語調溫和，「不過得換個安全的地方。請隨我來。」他招手要兩人出去街上，「走吧，別靠近那些設備。」

趁現在！最後的機會！

麥蒂猛然轉身朝工作站大叫：「**鮑勃！**煎蛋捲**！**」危在旦夕，她心裡念著的是工作站還有些距離，麥克風不知道是否能收到音。有意識的最後一刻她全身繃緊用力一彈，整個人縮成球倒在堅硬地面，額頭重重撞上混凝土。

卡萊默不作聲看著年紀較大的女孩被放上輪床推出去。年紀輕的那個看來是亞洲人、可能是印度裔，也被押送到街上的隔離車。

確認倉庫內沒有別人以後，他下令三名特務身著防毒裝備守在鐵門外。都是他能信得過的手下……但仍要提防，他們知道越少越好。

卡萊獨自站在大型塑膠水缸前，側面設置金屬階梯可以爬上頂端，連接像是娃娃用鞦韆座的東西。顯而易見，與時空傳送有關……然後是那些電腦設備以及後面房間裡的大塑膠管，甚至還有發電機……一切一切與傳送過程環環相扣。

他走向長桌，是兩張舊辦公桌並排，上面有幾個螢幕、一個鍵盤，還擱著十多個捏皺的汽水罐與幾個空披薩盒。桌子底下傳出微弱嗡嗡聲，卡萊蹲下先看見很多閃爍的紅色藍色LED燈，接著察覺有十多台電腦主機藏在這裡，雖然都是購物商場能買到的等級，但彼此串連形成大型站體。

電腦工作站隔壁有座破舊檔案櫃。一個一個抽屜拉開看，裝滿許多線材或電路板，彷彿有人搜刮了電子賣場卻不知道這些零件能做什麼用。

失落感狠狠在他心上捅一刀。卡萊幻想過今天無數次，以為會是充滿未來感的陳列、充分體現幾世紀之後的技術水準，譬如外面是普通倉庫裡面是企業號[31]艦橋之類。可惜眼前所見種種都是這時代就能取得的物資。

他在工作站前面坐下，辦公椅被壓得嘎吱叫。

關於這裡的答案，為什麼在紐約……也在遙遠的白堊紀，機器如何運作、有什麼功能……卡萊認為所有答案就在低鳴的硬碟內。他握起滑鼠在桌面移動，一台顯示器脫離螢幕保護程式，背景變成令人心曠神怡的阿爾卑斯山谷，畫面中央跳出小小方形對話視窗。

>**系統已鎖定**。

他內心暗罵，想必那個金紅色捲髮、年紀大些的女孩子被自己電擊之前尖叫是為了這個。卡萊當時以為她要呼叫隱匿起來的同黨，現在才意識到竟是語音指令。

回想一下她說了什麼？唔……

「煎蛋捲。」卡萊對著麥克風說。

>**啟動密碼不正確**。

「該死！」

>**啟動密碼不正確**。

[31] 星艦迷航記（StarTrek）的主角艦。

他嘗試了十幾種能想到的相關詞彙：雞蛋、破蛋、炒蛋、水煮蛋、彩蛋、煎蛋、蛋餅、蛋頭、蛋酒。全部得到同樣回應。

卡萊漫不經心在桌面敲手指。說老實話與自己預期相差太遠了：怎麼會是兩個小女孩守著平凡無奇的電腦工作站，場地不過就是家裡蹲駭客夢想成真罷了，甚至那些塑膠玻璃容器弄得這兒簡直像個家庭式釀酒廠。麻煩的是系統還被鎖住，看來一時半刻無法突破。他暗忖終究還是得和兩個女孩聊聊。

於是卡萊走回門口，按了旁邊的綠色按鈕，鐵捲門吱吱嘎嘎降下來。

「禁止任何人進出。可以開火，死活不計。明白了嗎？」

看守門口的三人點點頭。

56

公元前六千五百萬年，叢林

原野開闊，迴盪各種夜行生物的嗥叫。廉姆安排一半人站哨、一半人盡可能休息，雖然他也明白大家根本無法入眠。

大家圍著篝火，火的意義不在於光源，而在於震懾埋伏的爬蟲人，迫使牠們不敢靠近。今天晚上本來就很亮，滿月照耀的夜空像是廉姆故鄉科克冬季陰暗的午後。

「月亮比較大？還是我腦筋有毛病？」

貝兒抬頭一看。「肯定。面積增加約兩成。」

廉姆揚眉。「這時候的月亮比較大？是怎麼回事？難道月亮也會磨損嗎？」

惠莫爾瞥了他一眼，口裡發出嘖嘖聲。至於貝兒……廉姆懷疑是光影作用，還是她真的翻了白眼。「否定，廉姆，月球體積沒有改變。」

「是因為距離近。」惠莫爾說。

「喔。」

貝兒繼續守夜，視線四處來回，搜索火光外是否有怪物身影遊竄。

「你們覺得那些到底是什麼？」廉姆又問，「真的是超級聰明的恐龍嗎？那個同學，法蘭克林——」他愣了一下，其實逃離海灣、翻越山嶺回到這片沙灘路途太匆忙，沒有時間好好回想事情經過。大約二十天前看過樹林裡殘破的巨獸遺體，不難想像法蘭克林的死狀多驚悚。

大家等他說完。「法蘭克林說所有恐龍都很笨，就算相對聰明的還是笨。」

惠莫爾吸入一口溫暖夜風。「那些人形爬蟲或許是某個演化路線的終點、分支出來的物種，可能和傷齒龍有共同祖先。」

「傷齒龍？」

校長點頭。「古生物學家的共識是恐龍裡智能最高的物種叫做傷齒龍，比起系出同門的迅猛龍更聰明，不過外觀很接近，都是獸腳類……蜥臀目。」

「什麼意思？」

「代表是兩足動物……用後腳就可以走路，和霸王龍一樣。」

廉姆搖搖頭。「但是牠們和我知道的恐龍，無論大小，看起來差距很大。尤其那顆腦袋瓜？」

惠莫爾點頭。「嗯，所以我剛剛說牠們可能是演化終點。假如白堊紀和古近紀之間沒有小行星或火山爆發之類的事件造成大滅絕，或許會從牠們再分出其他類似的長形顱骨物種。顱骨形狀應該是牠們那麼聰明的原因，顱內空間足夠腦部才能變大。」

「該物種顯示高度智能，」貝兒開口，無情緒的聲音聽了讓人有點懼怕。「具戰略思考，似乎有語言，然而就目前所見尚未發展出使用工具的能力。」

「為什麼呢？既然很聰明，怎麼沒想到用長矛或弓箭？」

貝兒無法回答。惠莫爾聳聳肩。「天知道？說不定是因為牠們根本不需要吧？自然賦予牠們的天賦就那麼強悍了，還會需要工具嗎？另一個可能是牠們雖然有四根指頭卻沒有拇指，所以先天上不會想到運用工具？」

「但頭腦是夠的吧？」廉姆追問，「你是這個意思？要是牠們有拇指……就會懂得製造長矛、弓箭之類的東西？」

惠莫爾漫不經心搔搔鬍子。「天知道？」

營火另一頭，豪沃與艾德華正在值班。機器女站在旁邊片刻以後又回去與那愛爾蘭男孩及惠莫爾講話。豪沃暗忖該說的要趁現在說一說。

「艾德華？」

矮個兒男孩抬頭。

「謝謝。就是……謝謝你昨天從鯊魚口裡救了我。」

艾德華聳了下肩膀，彷彿只是幫人買了可樂一樣的小事。「喔，沒事啦。」

「不……艾德華，那很了不起，你自己也可能會被鯊魚吃掉啊。但是你……你跟牠纏鬥到最後，沒有丟下我。」

艾德華微笑。「怎麼會丟下你呢，小雷是我的好朋友啊。」說完他嘆口氣，「或許該說是唯一的朋友才對。我之前說過，在學校裡和大家處得不好，根本沒人理我。」

豪沃心裡很糾結，明明是來暗殺艾德華的，否則他根本不會出現在這裡。但艾德華就像年輕十歲的自己。豪沃的成長過程也一樣，因為敢於與人不同而遭到排擠。人性在什麼年代都一樣吧？即使是他所屬的二〇五〇年代，青少年就是有辦法孤立別人。

「艾德華，有件事情我得告訴你。」豪沃脫口而出，來不及後悔。

「什麼？」

「我……不是你以為的那個人。」

艾德華聽不懂，皺著眉頭笑道：「你不就是小雷嗎？」

「不是。」豪沃回答，「我的名字不是雷納德．包嘉納，而且也不是十七歲。」他壓低聲音，注意篝火彼端醒著的三人。「我根本不是二〇一五年的人。」

「啊？你認真的？」艾德華瞪大眼睛，「所以你和他們是一夥？未來的特工？」

豪沃搖頭。「我不是特工，背後有另一個組織。我們的理念是消滅時空旅行技術，只是……手段不一樣。」

艾德華靜靜凝視他。「所以你不是小雷，那你本名是？」

「豪沃。」

他看著艾德華默唸自己名字。

「聽我說，艾德華……原本我……我回到過去，就是要找你……」豪沃遲疑了，不知道怎麼說下去好。

艾德華替他說出口。「來阻止我，是嗎？」

他別過臉。

「不讓我進大學？取得學位？」

豪沃甚至不敢對上男孩的眼睛。

「難道……不會吧。」艾德華想通了，語氣一沉。「難道原本想要殺掉我是嗎？」

豪沃點頭。「對不起，艾德華……但的確。我們組織的計畫是造成歷史短路，切除原本就不該存在的部分。」天色昏暗，他看不見男孩反應，只知道瘦小的艾德華眺望蒼茫遠方。

「所以，其實你不是我朋友？」

罪惡感咬著全身上下，彷彿體內有條鰻魚鑽來鑽去。

「那你還是要殺我？」

豪沃搖頭。「不必了。」

「為什麼？」

「不需要吧，我們都困在這兒了。」

艾德華終於回頭。「會有人來救我們呀。我們已經留言——」

「沒人會看到的。」豪沃搖著頭回答。

「你怎麼知道？」

「要是有人找到，」他往另一邊撇了下巴，「廉姆和機器女的夥伴真打算來救我們，豈不已經知道二〇一五年發生什麼狀況和我的存在了？那第一優先當然是確保你不會進入前能所實驗室，離刺客越遠越好。」

艾德華沉思一陣。

豪沃擠出笑容，不過夜色裡恐怕也看不到。「我的目標也算是達成了，只是很可惜結果變成大家困在這兒，抱歉……但你不在的話，二〇一五年之後的世界會安全很多。你沒寫出數學公式，瓦德斯坦就做不出時光機。雖然原本的世界未必就多好，我那兒——那時候——狀況很慘，有洪水又有乾旱，幾十億人的大饑荒，石油幾乎耗竭而且戰亂不斷。不過人類會挺過去的，不會因為這些事情滅亡。」

「卻挺不過時空旅行？」

「那太危險。我們不應該碰自己無法理解、無法控制的技術，像小孩子拿著中子彈當球踢。無所謂了，艾德華……危機已經解除，我卸下心頭重擔，只是同時很抱歉害你和大家陷入這個局面。」

「幹嘛道歉？」艾德華語氣平淡，「任務成功了呀。」

「道歉是因為……嗯，因為我想和你當朋友，卻又害你受困在古代。」如果艾德華轉身走開，將真相告訴大家，豪沃也能諒解。當然屆時自己要面對眾人怒火，甚至遭到殘酷報復。他都明白，也做好心理準備。

結果艾德華卻只是小手搭在他前臂。「沒關係，我不會生氣。」男孩笑道。

「你應該要生氣啊。」

「何必呢。」艾德華回答，「既然都說會一輩子困在這兒了，還是相親相愛比較好，是吧，雷納德？」

雷納德……意思就是艾德華不打算告訴其他人。

豪沃點點頭。「所以？」

「沒有所以啊，你就繼續當雷納德吧。」

他微笑。「好……我還是雷納德。」

「嗯。」

「嗯。」

57

二〇〇一年，紐約

麥蒂嘴很乾頭很痛。緩緩睜開眼睛卻又被上方射來的強光刺得趕緊閉上。

「抱歉。」她聽見有人說話，接著室內燈光稍微變暗。「這樣好些吧？」

再張開眼睛，然後點點頭，有個冰涼物體被塞到手裡。「開水，喝一口吧。放心，就只是水而已。」

麥蒂舉起塑膠杯吞了一口，總算感覺舒服點。眨眨眼睛聚焦以後觀察環境，是個小房間，旁邊有類似藥櫃的容器，天花板很矮、嵌著一條燈管。自己身體底下像是病床，床邊板凳坐著先前敲門的老人。他脫了外套，捲起衣袖也鬆開領帶。

「妳倒地的時候頭撞到地板。抱歉我那時候不得不用電擊槍。」

唔……原來如此。那時候她肌肉緊繃、一股難以置信的疼痛流經全身原來是這緣故。

「這是什麼地方？」她知道自己躺在類似病床的東西上，但周圍看來不是醫院或私人病房。

「還在紐約，」老人微笑，「很安全的地點。」

她又喝口水。「你是？」

老人將凳子往前拉，輪子在光滑亞麻地板摩擦發出輕微聲響。「我叫做卡萊，」他語調親切，「妳的下一個問題——我就直說吧，沒錯，我在美國政府一個特別隱密的情報單位裡服務。」

麥蒂點頭，笑得倦怠。「果然來敲門的會是這種身分。」

「呵……不然呢？」對方反問，「這麼大的事情可不能隨便敷衍了事，想必妳也理解。」

她聳肩，伸手摸到額頭上包了繃帶。「大概吧。」

「那麼，」老人探身，「我確實有成千上萬的問題想問問妳這樣的人，可以說我大半個人生都在等待答案。作為交換，我手中有個很特殊的訊息，相信妳有興趣看一看。」

麥蒂倒是欣賞老人的直接。迂迴曲折、耍小手段想套話的最麻煩，各退一步彼此妥協簡單得多。

她點頭。「是朋友給我的留言。」

「嗯，」老人起身從房間角落小儲藏櫃取來掛好的外套，自內袋掏出折好的紙條。「而且妳這朋友呢，我們沒看錯的話，居然跑到白堊紀晚期去度假？」

麥蒂聽了嘴巴合不攏。「呃……你說什麼紀？」

「白堊紀晚期。我們對石頭做了檢驗，可以肯定是那個時代。」

她大大吐了口氣。「你說的是恐龍時代？」

卡萊點頭。「嗯，那時候應該有很多恐龍。」

「天吶，不知道機器能不能——」麥蒂說了一半趕快收口，心想現在盡量保留資訊比較好。

「嗯，」老人還是瞇起眼睛，「看起來妳是真的吃驚。剛才想說什麼呢？」

她搖頭。「沒什麼。」

卡萊靜靜打量她一會兒才繼續：「妳們跟同伴失去聯繫？不知道他在什麼年代，所以接不回來？行動過程出了意外？」

「可以讓我看看他的留言嗎？」她回答。

「而且妳懷疑時空傳送根本無法回到那麼遙遠的過去？」老人緊盯麥蒂臉上每個表情變化，「我說得沒錯吧？」

「是，我們有個夥伴沒回來。那，我可以看看他的留言了嗎？」

「妳從哪裡來的？」卡萊說完搖搖頭，喜劇似地拍了自己前額。「我怎麼那麼傻……妳從什麼時代來的才對？」

麥蒂忍不住苦笑。「習慣就好……不然你會成天敲自己腦袋。」

對方也笑了，可想而知。笑意立刻消失，又一本正經問：「妳是美國人，這我還看得出來。波士頓？」

她點頭，覺得沒必要隱瞞。「嗯。」

「什麼時候的美國人？」卡萊看看她的T恤，正面是褪色的英特爾商標，搭配了牛仔褲和便鞋。「我猜應該不算太遠。」

「或許吧。」

「妳想不想看上頭寫了什麼？」他翻開紙條。

麥蒂點點頭。

「那是不是該給我一些明確的答案？」

她聳肩。「好吧。」

「名字是？」

「麥蒂。麥蒂・卡特。」

「妳好，麥蒂。」老人客氣點頭，「妳來自公元幾年？」

「二〇一〇。」

卡萊聽見答案似乎還是錯愕，不由自主瞪大眼睛，襯衫領口上方的脖子皺紋因磨牙而抖動。

過了半晌他才重新開口：「妳說二〇一〇？」

「是。」

「所以妳知道未來的事情？接下來九年的變化？」

「當然。」

老人面色鐵青：「所以……比方說，妳知道政府的外交政策、長期計畫之類嗎？」

麥蒂淺淺一笑。「嗯哼，大致清楚。」

卡萊沉默良久。她看見紙條在老人手中微微晃動。

「妳知道自己會成為很多人的眼中釘嗎？」他輕聲道，「現在我就想像得到情報界有幾個朋友會很想朝妳腦袋開一槍，還有幾個會不擇手段逼妳供出知道的一切……嗯，當然，之後還是要賞妳子彈的。」

「可以給我看留言了吧？」

他心不在焉點了頭遞過去。「對妳而言可能很好笑，」卡萊補充，「但其實我背得出上面的每個字，包括加密的數字部分，而且已經背起來十五年之久。」老人笑了，但聲音毫無笑意。「就像學校強迫你背書，後來怎麼也忘不掉。」

麥蒂接過後攤開看。是手寫的，猜想就是卡萊的筆跡。

於公元二〇〇一年九月十日星期一送至紐約布魯克林區威斯街橋孔九號。

89-2-11/53-20-12/75-8-2/23-4-1/17-9-7/10-4-4/5-7-6/12-6-5/23-18-4/13-1-1/56-3-4/12-5-17/67-8-2/92-6-5/112-8-3/235-15-6/45-7-4/30-2-6/34-10-8/41-4-5/99-6-14/12-6-7/127-8-5/128-7-7/261-15-5/22-7-3/69-4-3/14-3-16/308-6-1/464-8-2/185-2-9

密鑰：「魔法」。

噢，天吶，廉姆……你還活著，你沒死。

「開頭那句話我當然看得懂……顯然是為了確保訊息能夠到達妳們手上——」

她打斷老人：「你們在哪裡找到這個？」

卡萊白而細的眉毛揚起。「妳相信嗎？是化石。一九四一年兩個男孩子找到的化石。準確一點說，那年的五月二日，在德州一個名為格倫羅斯的小鎮旁邊的溪谷。差點轟動全球……不過當時還在戰爭，特務單位很快介入阻止事態擴大，而且社會大眾對戰況的在意遠超過什麼不可思議的化石出土。」他笑了笑，「後來特務直接派了一幫人佔領那邊，妳猜猜看又發現什麼？」

麥蒂聳聳肩。

「找到妳朋友留言的幾個月以後，居然在那邊挖到了人類的腳印。」他望向麥蒂，「嗯哼，貨真價實的人類腳印，在同樣一層沉積岩上，是跑鞋。」卡萊又自顧自笑了起來，「啊，當時都叫做跑鞋，後來才習慣叫做運動鞋。」

「然後？」

「鑑識專家比對鞋印，結果是耐吉（Nike）去年的新款式。」

「都沒別人知道？」

老人冷笑。「當然沒有。最早發現化石的男孩子……唔，」他朝麥蒂瞥一眼，「那年代特務機構的手法不大文明。」

「被殺了？」

「唔……我們喜歡稱之為被失蹤。過了幾年，我們得知又有當地人在夏天挖到人類足跡的化石……所以又得用些減輕傷害的手段。」

「也被失蹤了？」

卡萊搖頭。「這回挖出人類鞋印的新聞在封鎖前就被地方報紙曝光，我們就從新聞公信力下手。不難，反正那人告訴大家他過世的母親其實還住在閣樓、每年都會下來給他烤生日蛋糕呢。」老人悶哼一聲，「本來就是個白痴。妳有興趣自己查也查得到，那種陰謀論網站上會有，標題應該是『德州恐龍谷：與恐龍並肩而行的人類』。」

麥蒂低頭看著紙條。「你們能確定化石的年代？」

卡萊又搖頭。「不完全。當然辦不到。可以確定化石所在的沉積岩層形成於白堊紀末期，地質學上稱為K-T界線。最多就到這個程度，鑑定的單位是什麼『紀』什麼『世』，不是年或月這種東西。」

他指著紙條。「上頭的數字……我想那應該能幫妳鎖定朋友？」

其實麥蒂不確定，但看來的確像是廉姆的留言。「希望能。」

「可惜加密了。」卡萊說，「在我這個小俱樂部涉入整件事之前，其他特務機構就很快辨識出這個密碼是一種書碼。妳懂嗎？每組數字都代表第幾頁、第幾行、第幾個字。大約十年前，我們花了大量時間利用國防部主機連線國會圖書館比對所有藏書。」老人神情疲憊攤開雙手，「當然什麼都沒找到。後來我不禁懷疑，尤其見到妳之後更這麼認為了——那本書可能還沒出版，我們枉費心機。妳覺得呢？」

麥蒂搖頭。「我……我不知道，真的不知道。」她瞟了紙條一眼，「密鑰是『魔法』。」說完又看著卡萊，「這個是解碼線索？但我……我沒有頭緒。假如這句話暗示了要找的書，我也不知道是哪一本。」

「妳同事會知道嗎？」

「莎莎？」她彈起身子結果疼得呻吟，「她沒事吧？人呢？」

「唔，沒事的。」卡萊若無其事揮揮手，「在附近，我也該去找她聊聊了。」

「你們不會對她怎樣吧？」

老人瞪著麥蒂目光嚴厲，伸手要回紙條以後起身取下櫃子裡的外套。

「呃……如果你們打算刑求逼供，」麥蒂繼續說，「就……別白費力氣。」

「我猜猜：因為妳們兩個膽識過人，絕對不會洩密？」

「是因為——」她搖搖頭，雖然緊張還是笑出聲。「因為沒必要。我們膽子小，很好講話的？所以別拿你們那些招數出來了。」

58

公元前六千五百萬年，叢林

克里努力往上爬，一路帶刺藤蔓低垂、總是刮到臉，他氣呼呼罵個不停。前面傳來其他人移動的聲響：枝葉與樹藤折斷、石頭滾動、沙土沿著坡地向下滑。

「雷納德？艾德華？」他大聲叫道。

「在。」艾德華喘息。

「快，你們得跟緊……我們開始落後了。」

滿頭大汗的兩人從一叢光亮樹葉鑽出來。「我沒力氣了，」豪沃開口，「這腿……」他上氣不接下氣，句子都說不完，膝蓋一軟重重跪倒，地上鋪滿乾松果、小樹枝與尖銳石塊，很不平整。

「他受傷的腳踝撐不住。」艾德華解釋。

「我懂、我懂。但是不能和前面的人離太遠。」

昨天夜裡大家圍著營火討論為什麼爬蟲人沒繼續襲擊，總是保持距離跟在後頭。結論是對方城府很深，耐心等待隊伍分散的機會各個擊破。日出之後他們穿越平原、準備翻過最後一片山，途中所有人彼此緊貼的模樣很滑稽。

然而進入山地又是茂盛草木，隊形拉開、危機四伏。「快，艾德華，幫我扶他起來。」就在此時克里察覺底下五十碼外的樹葉縫隙間閃過一道反光。

「喔，天吶，」他抽了口涼氣，「那邊有東西！」

「什麼？」

「我……我想我們後面沒有別人才對？」

艾德華搖搖頭。

克里又看到了：一個暗色身影竄過兩棵樹中間又消失無蹤。「噢，糟了！牠們就在下面！」

豪沃總算站起來。

「快走！快！」克里嚷嚷，「我殿後！」

艾德華與豪沃蹣跚前進，克里倒退跟著、注意山坡動靜，然後又發現爬蟲人了。越來越近，深橄欖色在草葉間跳躍。不止一隻，牠們行動幾乎沒有聲音。最不妙的是……爬蟲人好像不在意暴露行蹤。

慘了。

回到自己的地盤，爬蟲人開始拉近距離。

人類腳程沒牠們快。

克里認為跟對方拚命勝算還高些，有機會以長矛戳死一隻，或許能進而嚇阻其他爬蟲人、爭取一些逃命時間，運氣好的話還來得及躲回河畔營地。

「來啊！」他低呼，「我知道你們在下面。」

艾德華在上頭叫喊：「克里先生？」

「你們先走！」他吼道，「我馬上過去！」

兩個學生搖搖晃晃腳步漸遠，只剩下偶有樹枝斷裂的聲音在高聳林冠下迴盪。

「來啊！」克里再次低呼，赫然發現內心竟非絕望恐懼，而是滿腔怒火。他生氣了，想抓一隻骷髏似的爬蟲人起來剖開那顆葫蘆腦。想著想著自己忍不住苦笑。

你以為你誰啊，泰山嗎？

與他平日形象差距太大。克里原本是公關人員，總穿著體面的亞麻西裝或高級Polo衫、一臉和藹可親笑容接待訪客。此時此刻他袒胸露背、兩腿打開擺出迎戰架勢，上半身是銀灰色體毛，下半身是從膝蓋撕開的西裝短褲，那對鬆垂的胸部脂肪顯示健身房會員虛有其表……然而克里覺得自己搖身一變成了什麼英雄人物，就像兒子愛看的電影主角，身邊還有個外星人是螃蟹臉卻留著黑人辮子頭。

嗯，他準備好了。

「來吧……想吃我是不是？那就**上啊**！」

簡直像是回應他一樣，安靜的樹林忽然冒出很小而尖銳的聲音。「……上……啊……」

向前一看，爬蟲人好比柴郡貓[32]，不過顯露的不是笑臉而是黃色眼睛。牠站在十幾碼外下坡處，仰著頭仔細打量克里。

他朝那方向走出幾步同時矛尖刺了過去。「嗯？原來靠近看你們長這副德行。」

爬蟲人見了長矛身子蜷曲、退回泛著蠟光的樹葉後面，但過了不久又竄出來。

「很好！讓我用長矛斃了你！」克里得意低吼。目前看來長矛是能震懾爬蟲人，牠那雙黃色眼珠始終盯著矛尖。

完全聽不到其他隊友的動靜了。克里知道自己不能耽擱過久，得盡快見紅，運氣好的話爬蟲人會作鳥獸散。

「來吧，」他淡淡道，「只剩你和我了。人類對上醜蜥蜴。」

爬蟲人張開嘴巴，暗紅色舌頭如毒蛇扭曲。「臭……西……乙……」其實模仿得十分接近。

「狗改不了吃屎是嗎？」

怪物抬起頭，似乎絞盡腦汁試著要學會克里這句話。機不可失，克里決定出手，快步飛躍過去一招突刺狠狠扎進爬蟲人身上柔軟部位。牠卡在竹竿上扭動掙扎，哀號聲讓人想到小狗被踩了尾巴。

「**好！**」他咆哮道。

見紅了。克里抽回竹矛，怪物腹部留下很大一個洞，牠隨著狂噴的黑血邊哭叫邊倒地。還想再給爬蟲人補一記，克里的長矛卻被硬生生搶走。「咦？」

他轉身看到體型更大的爬蟲人。對方挺直身子站立，個頭比自己還高了一呎左右。爬蟲人發出怒嚎，聲音來自喉嚨深處的共鳴。克里發覺牠後面還有同伴，自己被黃色眼珠包圍了。

怪物兩隻爪子扣住竹矛，視線從竹竿慢慢挪到沾有同伴血液的尖端，凝視一陣以後仰起頭睥

㉜《愛麗絲夢遊仙境》中的貓，即使身體消失也能留下笑容。

睨克里。克里不再覺得自己是什麼大英雄，膝蓋軟了跌坐在叢林土地，內心無助徬徨。

喔，天吶，天吶……

「逃跑啊，」他抽噎，「你們怎麼、怎麼不逃跑？為什麼？」克里一直認為爬蟲人會嚇得逃離現場。電影都是這麼演的啊？看似弱不禁風的白領挖掘出內心深處的英雄氣概就可以拯救世界？

「我……我都殺掉你們一隻了……你們……怎麼還、還不逃走？」

抓著長矛的怪物上前，再看了染血的矛尖一眼，接著將竹矛轉過去對準克里。

「噢……不……」他聽見自己泣訴，「拜託……」

白堊紀叢林平日也聽得見各種聲音：遠方平原上草食巨獸的低鳴、林子裡小動物東奔西竄。可是今天很特別，多了人類嘶啞淒厲的慘叫，而且持續了很久，迴盪在樹木間並直衝雲霄，嚇得棲息在樹梢的蛙嘴龍[33]紛紛振翅高飛。

[33] 小型翼龍。

59

二〇〇一年，紐約

「我才不跟你講話！」莎莎叫道。

卡萊聳肩。「好吧，可是這麼一來，我手上的東西就不能給妳看了。」

小小偵訊室內除了空調嗡嗡作響以外沒有別的聲音。有些悶熱，他隨手鬆開領帶。

原本莎莎怒目相向，聽了他那句話被挑起好奇心，神情柔軟一些。「嗯？你手上有什麼？」

老人微笑。「唔……剛剛不是說不和我講話嗎？」

「喔，shadd-yah（真是夠了）！你就說呀！」

卡萊嘟著嘴想了想。「那我想知道的事情，妳也會告訴我嗎？」

莎莎抿緊嘴唇不說話。

「說真的，我覺得妳最後會開口。」他故作退讓，「畢竟妳、我、麥蒂目標一致，都想帶妳那朋友平安回家。」

「廉姆還活著？」

「我想是的。」老人點頭，伸手探進胸前口袋。「他還寫了封信。」卡萊將紙條遞過去，莎莎很快掃視上頭字跡。

「妳同事麥蒂和我才剛討論過，她急著把人救回來，我也打算幫妳們兩個一把，看妳們需要什麼盡量提供。只是……」

她抬頭。「只是？」

老人攤手一副無奈模樣。「倉庫裡面那些機器恐怕得收歸國有，也需要妳們幫忙解釋怎麼操作。」

「不行，」她回答，「不能交給你們，太危險了！」

「交給政府很危險？交給妳們兩個小女孩就不危險了嗎？」

「我們是被徵召的呀，特別選出來的人。」

「由誰徵召？」

莎莎遲疑一陣。「不能說。」

卡萊聳肩。「唔，那件事倒是後話，現在不重要。現在最要緊的是，得有人回去倉庫裡指揮。」他眉毛一揚質問，「總是得有人負責吧？否則是不是就會在不對的時間地點出現很多不該出現的人，甚至連時光機都氾濫成災？」

「意思是……你就是那個負責指揮的人嗎？」

「目前或許是我。之後我得向總統報告。但無論如何，由我代表美國人民處理這件事情，總比恐怖分子或獨裁狂人拿那些東西征服世界來得好吧。妳想想，如果是海珊或賓拉登怎麼辦？」

女孩聳聳肩，一臉「隨便」的表情。

卡萊朝紙條撇撇下巴。「這上面有個密碼，麥蒂認為妳會知道如何解碼。」

莎莎看著手裡那串數字，起初無法理解其中含義，但很快意識到其中規律：每組三個數字，第一個數字能到百位，第二個數字從未超過二十，第三個數字最高也只有十六……十七。她已經明白了。

「是書吧？」

「真聰明。不過要成為問答比賽大獎得主還得突破關鍵問題：是哪本書。」

她看見訊息最後兩個字：魔法

魔法？Jahulla（天吶），這什麼提示——

莎莎抬起頭，嘴角緩緩揚起。如果鮑勃的資料庫裡面有那本書，女生化人複製過去當然也會有。

「看來妳真的知道？」卡萊問。

「嗯哼。」她還真想直接說出來算了，反正書還要好幾年才出版。一想到這點就覺得好笑，但得忍住。

老人見狀嘆口氣。「唉，妳直接告訴我不是挺好嗎，對我們雙方都簡單得多。否則我或許會逼不得已搬出藥櫃裡的東西，裡頭有些副作用很可怕。就算藥沒效，妳也知道還有傳統手段。」

「帶我們回去，」莎莎回答，「我就可以解碼了。」

他搖頭。「唔——不可能。要是妳們一進去又鬼吼鬼叫了什麼，然後咻地一溜煙兩個人和機器穿越時空不見了，那我怎麼辦呢？」

「看來她還沒告訴你的樣子？」

卡萊皺眉。「告訴我什麼？」

莎莎笑得更開心了，雖然因為緊張嘴角有點抽動。「好逗喔。」

「嗯？什麼好逗？」

「你被整了。我被帶來多久了？」

「問這做什麼？」

「你就說嘛。」

他低頭看錶。「幾小時而已。怎麼了？」

「精準一點？」

「五小時？……五個半小時。」

莎莎吃吃笑。「你時間不多嘍。」

老人滿布皺紋的臉上最後一絲善意崩潰。「別拐彎抹角！快解釋清楚！」

「沒問題。」女孩親切地說，「我們的電腦系統只能鎖定六小時。過了六小時沒有麥蒂下指令，就會變成磚頭。」

「磚頭？」

「資料全毀，機器也全毀，什麼都沒了。」

老人濃眉一蹙，磨起牙來雙下巴抽動。

「你還不打算帶我們回去嗎？」莎莎客氣問，「我加個『拜託』的話？」

60

公元前六千五百萬年，叢林

殘爪望向同胞，一群獵食者目光交錯。他爪裡還扣著竹矛，原本就染了血的一端現在刺進新種遺體。

他腦筋不停轉動，試圖理解自己做了什麼。沒用到爪子就結束了白皮獸的性命，是爪子裡抓住的長條形東西，自己以外的東西。但是他能夠控制這個物體，能夠……利用這個物體。

殘爪回頭，摩擦牙齒、喉嚨唏哩呼嚕發出一陣聲音。

看到了嗎？用這個殺死了新種。

可惜族裡大部分戰士還年輕，智力不夠發達。孩子們瞪大黃眼珠看著一切，卻只看見仇恨，尚未理解究竟怎麼回事。

至少他明白。殘爪年邁而睿智的思考繼續延伸：自己推敲得出握住的長竿如何產生。沿著河岸有很多類似東西，不過它們不再是單純的植物——新種將它們變得完全不同，能夠致命。

他的爬蟲類大腦深處有什麼地方正在*轉變*。概念，最基礎的概念，它們在原先只有本能驅使的思維裡終於找到彼此、相互擁抱。殘爪一族尚未發展出對應聲符和語彙表達此刻想法，倘若他有足夠單字慢慢堆砌，腦海將充滿諸如*使用*、*製作*、*建造*等等新詞組。

置。

他本來局限的小心靈浮現一個湖面：湍急河流上架了一條樹幹。是那些新種建造的渡河裝

殘爪叩牙發出咔噠聲示意部下跟隨。

現在他心中所想，人類會稱之為……計畫。

61

二〇〇一年，紐約

回到倉庫，卡萊朝駐守門口的部下點點頭，又招手要佛拜一起進去。鐵捲門嘎吱嘎吱升起，另外兩名探員繼續監視前方不讓閒雜人等進出。

鐵捲門稍微開了些，四人依序從底下鑽入。卡萊進去前看了眼曼哈頓的天空，東邊已經滲出曙光灰濛濛的，再一小時就會天亮，紐約人開始上班，威廉斯堡大橋兩端湧出車潮。屆時交警、採訪車、記者都會跑來詢問俱樂部和國民衛隊從何處接獲封鎖令，為何需要封鎖？可以的話，他不希望本來檯面下的俱樂部成為目光焦點。恐怖分子炸彈攻擊的說辭可以搪塞一時，但不可能一世。

到了倉庫裡面，他按下按鈕將鐵門關好，又是一陣嘎吱嘎吱。

佛拜摘下隔離面罩，執起掛在身上的衝鋒槍。

「沒事，別瞄準人家了。」卡萊吩咐，「但，你就拿著預防萬一吧？」

佛拜點頭，槍口朝下。

「好了，」老人走近工作站那排螢幕，「處理一下電腦吧，免得資料全毀？」

麥蒂點頭。「當然。**達美樂**。」

卡萊聽了大搖其頭。*李斯特你真蠢。*滿桌子的披薩盒，他偏偏就是沒想到。

螢幕上跳出對話視窗，裡頭湧出文字。

>歡迎回來，麥蒂。

「嗨，鮑勃，」她回答，「來得及吧？」

>尚未清除檔案。原訂時限剩餘七分鐘。

「老天，」李斯特咕噥，「妳們來真的。」

莎莎也搖頭。「那還用說。」

>鏡頭偵測到未獲認證人員進入據點。

「嗯，」麥蒂說，「有客人。」

>妳們是否遭到脅迫？

「沒有，沒事的，鮑勃。他們不是壞人，現在還不是。」

卡萊輕觸她手臂悄聲道：「提醒妳，別說什麼奇怪的句子……要是妳對電腦說了像是警告的字詞，說不定就會是妳這輩子最後一次開口了。」

麥蒂點頭。「別擔心……我沒那麼傻。」她拉了椅子坐下，面對工作站的網路攝影機。「鮑勃，我們收到來自廉姆的訊息。」

>非常令人欣慰。

「是啊。」

莎莎也過去。「嘿，鮑勃。」

＞哈囉，莎莎。

她拿起李斯特・卡萊給的紙條。「他的留言在這裡，你看得清楚嗎？」

＞請拿穩幾秒，立刻進行掃描。

一台螢幕上出現掃描取得的影像。鮑勃主動調整亮度對比並且提高解析度，接著每個手寫文字依序被系統框起來判讀，另一台螢幕亮了以後已經開啟文字編輯軟體，留言內容全部輸入到裡面。

＞部分留言內容為密碼。

「嗯，」莎莎說，「是書碼。」

＞解碼密鑰為「魔法」，是否正確？

「是。」

＞資料庫內包含關鍵詞「魔法」的書籍超過三萬筆。

「我想應該是說你之前讀的那本，還記得嗎？你和我聊過。」

＞《哈利波特：死神的聖物》。

「沒錯、沒錯。」

卡萊和佛拜忍不住身子前傾。

「開什麼玩笑。」老人嘆道。

「哇，我女兒也有看，」佛拜問，「所以是下一集嗎？」

「最後一集啦，」麥蒂回答，「第七集。」

「天吶，能看一眼的話我女兒什麼都會答應吧。」

卡萊挑眉。「佛拜……請先別插嘴。」

探員乖乖退後提著手槍警戒。

莎莎坐到麥蒂隔壁。「鮑勃，你和另一個版本的人工智能存了同樣的電子書吧？」

＞肯定。下傳資料庫至支援單位時檔案位於快取記憶體。

「那解碼應該滿簡單才對。」麥蒂說。

「嗯。」莎莎撥開眼睛前面的頭髮，「只要將三個一組的數字轉換過去就好了。鮑勃你應該看得懂規則才對？」

＞肯定。分別為頁數、行數、字數。

「沒錯。」

＞請稍候。

四人靜靜看著文件上每組數字被框起來。又一台螢幕啟動，小說內容飛快捲過，不到三十秒就運算完畢。

＞解碼後完整訊息為：於公元二〇〇一年九月十日星期一送至紐約布魯克林區威斯街橋孔九號。sip、two、seyhc、three、npne、mour、zsro、aix。**密鑰：「魔法」。**

她們看得呆了半晌無法理解。「怎麼還是鬼畫符？」卡萊問。

「你確定是同一本電子書？」麥蒂也問。

＞肯定。

「數字是從化石抄來的，」卡萊說，「有些痕跡不清楚或不完整，我可以把那塊石頭送過來。」

「不必……應該沒錯。」莎莎說，「假設都是數字的話直接看就知道了。Sip就是six（六），seyhc是seven（七）。」她立刻拿便條紙全寫下來。「你們看。」

6-2-7-3-9-4-0-6

「跟平常用的時間坐標格式不同。」麥蒂說。

>莎莎，請讓我進行分析。

她將紙條拿起來對準鏡頭。

>為普通數字62739406。參考資訊：此為另一版本人工智能對所處年代進行測量後可能性最高的結果。

「啊，天吶！」麥蒂嚷嚷，「所以真的算出來了？」她盯著鏡頭微笑，「其實等於你算出來的嘛？是你的副本啊，鮑勃。幹得漂亮！」

「精確的年分？」卡萊插嘴，「可以算到精確的年分？這……怎麼可能呢，有什麼辦法可以——」

>否定。可能性最高的計算結果仍有共計一千年誤差範圍。

她們一下子笑不出來了。意思是往前往後推算各五百年。

「喔，jahulla（真是夠了），」莎莎小聲說，「這樣知道了也沒用呀。」

「一千年的誤差？」麥蒂跟著垂頭喪氣，「這樣哪找得到他？」

「機器沒辦法把妳們的同事帶回來？」卡萊低頭看著她倆。

麥蒂搖頭。「首先得蓄積能量才可以開啟傳送門，尤其距離這麼遠。我根本不知道這樣存多久能開一次，何況可能要開成千上萬次。」

＞參考資訊：預估充能時間九小時。

「還是可以嘍。」莎莎說。

麥蒂苦笑。「是可以……但問題在於一千年？每年都要試一次的話加起來就是九千小時……什麼意思呢？就是持續不間斷也要花上一年多哦？」

「可是，為了救回廉姆，還是得做呀。」

麥蒂嘆氣。「開門只是癥結點之一。接下來問題是廉姆有多大機率會正好在那一年的那兩三秒鐘站在傳送門旁邊？要是在睡覺、去上廁所，或者外出覓食？考量種種意外的話……就變成每天都得給他開門！」

「聽起來是大海撈針。」卡萊淡淡道。

「唔，」莎莎咬嘴唇，「反正得試試看啊。」

「三十六萬五千次！」麥蒂回答，「要不要猜猜看等於幾年？嗯……我算算，」她忍不住咬起指甲，「喔，知道了……差不多三百七十五年吧。」說完漲紅了臉挫折又懊惱，「妳覺得我們怎麼試？」

「抱歉，看來到此為止了。」卡萊介入，「恐怕得讓妳們同事繼續留在那兒，整個倉庫裡的東西最晚明天就得移送到安全設施內。」

「不行！」莎莎叫道，「這是……這是我們的家啊！」

「從現在開始是美國政府的財產。」他冷冷道，「兩位也一樣。」

＞**建議：**

「怎麼可以這樣！我們也有……也有人權什麼的吧！」

卡萊的笑意冷酷至極，徹底透露了他會不擇手段。「我倒好奇……誰會惦記二位？嗯？家人，還是朋友？」

「時空局！」莎莎吼道，「敢對我們亂來、動我們一根寒毛，時空局不會放過你們！人家可是未來來的——」

「莎莎！」麥蒂喝斥，「閉嘴！」她扣住女孩臂膀，「不准再提到時空局三個字，聽懂了沒？」

莎莎趕緊閉上嘴巴點點頭。

麥蒂又望向卡萊。「我想像得到你在打什麼算盤。先把我們關進類似五十一區[34]的地方接受各種不人道對待，等你們弄清楚這些科技以後……就把我們處理掉？押進內華達沙漠在我們後腦勺賞顆子彈。你們就是這樣辦事的吧？」

卡萊搖搖頭。「不會這麼殘暴的，麥蒂。妳活著對我們比較有用。就算我能肯定妳已經和盤托出所知的一切，也還需要白老鼠來測試時光機。」他嘆息，「其實如果加上妳們那個同事就更

[34] 陰謀論中美國政府和外星人接觸或實驗的場所。

好了……知道有人在歷史的某個角落晃蕩，心裡並不舒坦。但既然他遠在六千兩百多萬年前，我想也不至於——」

莎莎瞥了螢幕一眼。

＞建議：瞬間密度偵測。

她指著螢幕。「麥蒂，妳看！」

麥蒂轉了椅子回身，立刻心領神會。「我的天，對呀！用密度偵測……這個可行！」

「什麼東西？」被轉移話題的卡萊又煩躁起來，「妳們兩個在講什麼？」

「迅子訊號探測，可以確認目標地點周圍是否有障礙物，避免開啟傳送門的時候有人行經。」

卡萊聽得一臉茫然。

「就好像……進人家家門之前先敲門吧。問一聲有人在家嗎之類。比起真的開啟傳送門要快很多、需要的能量也少。」她回頭朝麥克風講話，「鮑勃，你的建議是？也不可能完整掃描一千年每分每秒吧？」

＞否定。可掃描目標時間前後五百年每日固定時刻，總計三十六萬五千兩百五十次。

「這要花多久時間？幾個月？幾年？」卡萊問。

＞否定。每發小型訊號僅需數十粒子即可辨識路徑上的物質和運動。

「沒錯，」麥蒂接著說，「就是這樣！有訊號回傳的時間就是候選名單，根據名單開門就好。鮑勃，質量掃描需要多久呢？」她轉頭對卡萊道：「需要的時間少很多，我保證！最多幾天而已。」

他搖頭。「不行。今天結束之前一定要清空這裡，所有東西打包送往——」

「拜託！」麥蒂哀求，「不能把廉姆丟在那兒！」

卡萊沒講話，又搖了搖頭。

「可是他知道所有據點的位置喔。」莎莎忽然開口。

麥蒂聽了合不攏嘴。「啊？」

「只有他知道其餘據點的時間和地理坐標。」她轉頭對麥蒂說。「抱歉……一直沒告訴妳，但是佛斯特叫我不能說。」

卡萊認真打量女孩。「還有其他據點？像這樣子的？」

女孩眼睛微閉正色道：「不能多說，而且我並不清楚。因為……只有廉姆知道。」

「唔。」他拇指摳了摳下巴若有所思。

「鮑勃，」麥蒂問，「密度偵測幾天能做完？」

>計算中，請稍候……

「小姑娘，心機耍得挺不錯。」卡萊沉吟之後說，「我差點兒就信了呢，可惜那種情節只會出現在電影。」他吊嗓子模仿碰上壞蛋的女主角，「拜託別開槍……留我的命，我帶你去找寶藏。」老人笑了笑，自以為風趣。

莎莎搖頭。「唉，信不信隨你。自己想想看嘍，時光機哪兒來的？難不成是我和麥蒂兩個人組裝的嗎？」

這話問倒了卡萊。

麥蒂已經聽出莎莎的鬼靈精，演得真是有模有樣。「是啊，卡萊，而且備用零件怎麼辦？機器總有故障的時候，你覺得我們要找誰來修理？打電話給3C賣場嗎？」

莎莎點頭。「而且你居然以為我們的人會讓你隨隨便便把時光機搬走？」

一連串問題逼得老人不得不重新考慮。倉庫陷入靜默，但外頭隱隱約約傳來直升機在上空盤旋的嗡鳴。

對話視窗游標動了，大家目光集中過去。

>資訊：每秒鐘可執行十一次掃描，三十六萬五千兩百五十次共計花費九小時。

「九小時，」麥蒂叫道，「你看？只要九小時。」她再看看錶，「下午三點就能判斷他在哪裡、接他回來。」少女露出嘲諷的笑，「三隻白老鼠總勝過兩隻？」

「嗯，」卡萊識趣點點頭，「這倒是沒說錯。」

「那就拜託嘍。」莎莎低聲說，表情也軟化下來，像隻可憐兮兮的小狗。

「好吧。不過聽清楚，別耍花招，例如發送求救訊號什麼的。」老人從外頭取出手槍，「說白一點，妳們每個動作都得先向我解釋清楚，否則我格殺勿論。瞭解了嗎？」

兩人飛快點頭。

「而且丫頭們，我不會再出聲提醒了，輕舉妄動的話我就直接開槍，讓妳們腦漿濺在那張桌子上。」卡萊冷笑，「別試探，我不是第一次轟掉人家的腦袋。」

麥蒂吞了口口水、斷斷續續吐了口氣，眼睛盯著卡萊手中微微晃動的槍口。「嗯……明白了，不會幹傻事的……我保證。」

62

公元前六千五百萬年，叢林

廉姆聽見前方水聲隆隆。

「貝兒，是不是快到了？」

「肯定。河岸位於前方一百二十六碼。」

他咧嘴一笑，故作開朗實際上是放下心頭大石。「天主保佑、聖母保佑，總算是回來了。」

大家臉上都有同感。隊伍接近叢林邊緣，林冠漸漸稀疏。時近傍晚，一道道斜陽射過懸掛半空的藤蔓在地面留下水潭似的光影。

再朝昏暗的後頭看了最後一眼，他們幾乎能夠肯定仍有怪物埋伏、虎視眈眈，於是盡快走進陽光下。

急流奔騰翻滾像是永不疲憊的憤怒野獸。橋就在前面，吊在河面上像起重機手臂。看到它沒被放下廉姆也安心不少，留守的四人沒有疏忽大意。

他站在河畔，手掌攏著嘴巴。「哈——囉——」

所有人圍在旁邊，但已經失去三名成員：蘭吉特、法蘭克林，以及今早的克里先生。大家聽見他哀號，只能加快腳步穿越山谷，否則犧牲會更大。後來隊形盡量緊密，避免再有人落單。

集結隊伍似乎有點效果，後來一整天直到現在沒再察覺爬蟲人蹤跡，包括翻越光禿禿山頭那段路都看不到牠們。廉姆時常猛然回頭，希望出其不意能夠捕捉到對方動靜，結果始終沒找著。

回到營地就好。

廉姆引頸眺望，想看清楚對岸樹林後面究竟什麼情況。樹幹之間空地那頭透出幾絲光線，然而遲遲沒有人過來降下木橋。

「再喊喊看？」蘿拉說。

「哈——囉——！」

廉姆的叫聲蓋過河水呼嘯，驚擾附近樹梢上的小翼龍。一行人站在原地又等了好幾分鐘。

「不可能沒聽見吧？」惠莫爾問。

艾德華踮起腳尖朝對岸張望。「難不成都睡著了？」

「那我可不發工資。」廉姆咕噥，又攏著嘴巴：**「我們回來了！」**還是沒反應。

「會不會出去打獵了？」胡安說。

「我吩咐過一定得有人留下來看守風車啊。」廉姆沒好氣道。

蘿拉朝橋撇撇頭。「何況至少得有一個人留著吧，不然誰把橋放下來？」

胡安點點頭。「也是。」

「應該要有人呀。」

「狀況不妙。」廉姆低語。

貝兒觀察湍急河面後說：「我過得去。」

「水流很急的。」他提醒。

「我不需要全程游泳。」她朝旁邊一比，五十碼外地勢隆起、覆滿青苔，延伸進河道才被淹沒。「資訊提示：以目標為起點進行估計，我的跳躍力可以跨越河面寬度三成至四成。」

廉姆看著她。「妳會游泳？」

「肯定。我也會走路、跑步……交談。」

他斜眼瞟了瞟，那語氣是嘲諷嗎？貝兒還在培養幽默感？結果她笑了。

「噢，貝兒妳真是。」

「已經為幽默這個人格特徵建立一系列檔案。」她再度望向生了苔蘚的石頭轉換話題，「不需要太長時間。」說完逕自朝那兒走過去。「她去哪兒？」惠莫爾可不希望機器人保鏢這時候離開。

「要示範如何當個超級英雄。」廉姆回答。

大家默默觀望。貝兒端倪河水一陣，又目測一下石頭高度，過了幾秒鐘走遠，停在樹林入口蔭蔽處，轉身毫不遲疑拔腿衝刺。

惠莫爾瞪大眼睛。「她要跳過去？」

踏上石頭邊緣之後貝兒縱身竄入激流，眾人不由自主抽氣、跺腳。她優雅飛越十幾碼才落水，雙臂旋轉加速後遁入水底，消失在如同萬馬奔騰的白沫中。

廉姆找了半分鐘左右才終於又看見貝兒。她的腦袋帶著浪花升起後又下潛，反反覆覆好幾回。河床上被幾塊大石截斷，水流猛烈，她拐了彎以後不見蹤影。

「行嗎？」胡安問。

廉姆點頭。「要打賭嗎？」

惠莫爾也欽佩地說：「要是能請她加入我們校隊就好了，什麼盃都不成問題。」

經過難熬的十分鐘才看見貝兒已經爬上對岸。她走向控制木橋的吊索與柴堆，施力拉下時雙臂肌肉鼓起。橋慢慢落下，但藤繩滑動時摩擦得嘎吱嘎吱叫。

儘管河水嘩啦啦吵得很，他們還是聽見了藤蔓斷裂的那聲脆響。

「要掉下來啦！」廉姆高呼。

貝兒似乎也有聽到，加快了拖拉繩索的速度，不過又一條藤蔓支撐不住，斷了之後如橡皮筋彈上半空。

「後退！」廉姆吼道，「要砸下來了！」

轉眼間藤蔓一條接一條鬆脫，作為橋體的樹幹重重朝廉姆這頭重擊，砰然巨響彷彿有人開槍。樹幹折曲、飛出木屑，中間一段幾乎要泡水了。

「啊，糟糕！」蘿拉叫道。

「我看看……還好啦。」大家來不及阻止，胡安已經走過石塊小心踏上橋。身子挪動幾碼之後橋體又往下彎曲一些，真的浸濕了，但沒有沉下去。

他跨坐下來手腳並用一點一點前進，到了中間下陷的地方放慢速度通過。洶湧河水拍打垂下的雙腿，看來險象環生，一個不留神可能就會被沖走。但胡安過去了，一分鐘後跳上岸。

廉姆點頭。「那就好，應該夠我們所有人過去，大夥兒走吧。」

惠莫爾要艾德華、蘿拉先渡河，再來是亞琦菈、賈絲敏。廉姆回頭交代：「大家拿好長矛，」他注視豪沃和惠莫爾背後那片幽暗叢林，「那些傢伙一定還在。」

想等最後一個落單的？然後呢？

實在不願想下去。

緊接著賈絲敏的是惠莫爾。他氣喘吁吁、戒慎恐懼，每動一步就感覺到樹幹搖搖晃晃好像要斷了。好不容易抵達，校長趕緊招手。

「雷納德，你去。」

黑髮年輕人打量廉姆。「你確定？」

「嗯哼，」廉姆視線凝聚在叢林暗處，「盡量快就是了。」他轉頭匆匆給個緊張的微笑。

豪沃點頭，坐上樹幹開始爬。廉姆等他快到中間才輕輕踩上橋頭，透過腳底能夠察覺豪沃的移動節奏。

假如爬蟲人要露臉……應該就是現在吧。

彷彿聽得見他心聲般，周圍開始騷動，幾個影子在灌木叢之間亂竄尋找掩蔽。越來越靠近，但還不敢直接跳到有光的地方。

「怎麼啦？」廉姆低聲悶哼，「怕我不成？嗯？」

叫陣一下感覺比較痛快，剎那間好像真的不怕了似的。可惜那瞬間很快過去，他很肯定有什麼東西又朝自己逼近了一棵樹的間隔。

腳下樹幹震動，代表雷納德應該已經上岸，而且隔著洪流滔滔仍能聽見惠莫爾扯著嗓門呼噢。

「來了！」廉姆勉強掉頭回應，視線片刻都不敢真正移開。他倒退著踩上樹幹，知道哪些怪物就等自己露出背。

廉姆，你要鎮定。

他坐下來，既然不能背對外側叢林，就算坐下了也是向後擠，而且一手還是輕輕提著矛保持戒備。

緩緩挪移一分鐘，大腿內側被樹幹裂痕突起的木屑扎痛了，於是廉姆知道自己來到橋中間凹陷處。沁涼河水捲在腿上，下半身全濕了。他正倒退著要爬過裂縫，卻聽見啪嚓一聲，橋體下沉。水一下子淹過膝、腰部，拍打腹、胸，像兇狠的拳擊手要磨光廉姆僅存的意志。

噢，慘了……拜託不要。

水。溺斃。被殘暴怪物分屍變成小事，會否被急流滅頂才是大事。

「要斷了！」不知道誰這麼嚷嚷。

廉姆也感覺得到樹幹被沖得左右擺盪，隨時可能被洶湧波浪一分為二。意識到它撐不了多久心裡更慌，逼不得已再不上岸不行，於是掙扎著轉了面向前趴著爬，顧不得後面那片樹林裡是否藏了世界上最可怕的生物。

因為下面那頭白色猛獸更恐怖。牠不斷膨脹、朝自己咆哮，盡其所能糾纏拉扯。岸上同伴焦急難耐，紛紛揮手要他動作加快。

「好、好……馬上過去！」廉姆邊喊邊爬，一掌一掌扒在濕滑樹皮上。

快呀，廉姆。快到了。他又向前推進一碼，還有餘裕給同伴我沒事的英勇微笑，結果立刻抓到青苔。

「呃——」手一滑，他什麼都來不及說就失去平衡滾了下去。

63

公元前六千五百萬年，叢林

廉姆在混亂激烈的水流裡轉來轉去載浮載沉。落水前他本能地大大吸了一口氣，腦袋嚇得空白了，但身體自有反應。

會溺死！我要溺死啦！

他知道肺活量頂多就是半分鐘，腦袋裡閃過狹窄的客輪走廊、艙壁吱吱嘎嘎淒慘嗚咽，燈火搖曳之中遠處傳出冰涼海水湧入下層甲板的嘩嘩聲，也象徵自己與黑暗寒冷的海底僅一哩之遙。

噢，不要不要不要！我不想就這樣死掉！

他的臉忽然衝出水面，人在白沫中掙扎時還沒吐掉只剩下一半的那口氣。眼睛看到木橋已經遠在身後三、四十碼外，距離漸漸拉開。

廉姆雙腿忽然蹬到石頭，身子拍在堅硬表面滾了一圈，臉又埋到水底下，耳朵除了河浪咆哮什麼也聽不見。他遭到漩渦似的暗流拉扯，胸口被壓得喘不過氣。

腦袋被驚恐填滿，什麼也不剩，沒辦法理智思考，只能在內心不停尖叫，等待黑暗嘈雜的深淵為自己生命畫上句點。

可是河水又開了廉姆一個玩笑，將他頂上河面與美好的空氣、樹木、紅紫色夕陽做最後的道別。他趕緊再吸飽氣，然而下意識卻懷疑是不是乾脆全吐掉算了，敞開嘴巴讓咽喉肺葉灌滿河水還能早點解脫。

此時肩膀忽然撞上東西，廉姆察覺自己可以攀著它抵抗水流。睜開眼睛一看，原來是棵樹倒在河道上。他暗忖這條河怎麼如此整人，竟然不合邏輯地將他沖了一整圈回到木橋前面。

氣急敗壞的廉姆伸手抓住樹幹，樹皮粗糙、而且長著小枝葉，儘管方便他施力，但也因此明白這並不是貝兒監工打造的升降橋。有了樹枝當握把他很快脫離河道中央急流，回到水勢比較緩和的地方。

腳終於踏到河底碎石，不過廉姆繼續抓著樹直到確定能站穩，手始終搭著較粗較堅韌的樹枝慢慢走出河水，然後整個人往前一跪掌心拍在地面，濕漉漉的卵石咔噠咔噠滾動。

「啊……呼……」廉姆吐了水以後氣息還斷斷續續。

雖然呼吸不很順暢、渾身乏力，他還是盡快起身，回頭觀察河上那截樹幹與周邊環境，試著判斷自己所處位置。對岸留有樹樁，邊緣像是被很不擅長木工的人拿鑿子挖開……說不定其實是河狸。

不對，附近沒有河狸，所以有可能是類似白蟻的生物啃噬這棵樹，再不然就是樹幹自身腐爛斷掉。就廉姆立場很感激能夠得救，但又看到這邊河岸的枝葉下面有些足跡、石頭被踢亂，懷疑是拉穆他們砍了這棵樹當柴火卻忘記不該將樹幹留在河道上。

一群呆瓜。

找到人以後得先教他們把樹幹推開，讓河水沖走。廉姆瞇著眼睛張望，隔著叢林在百碼外除了夕日餘暉逐漸黯淡，樹木也越來越稀疏，有片空地……是他們出發的地方。

長矛掉在河裡了，但無所謂，反正回到島上夠安全。廉姆穿過石子地進入小叢林，夕陽下除了垂掛的藤蔓還有臨時小屋投射出影子，圍牆輪廓線從地平線緩緩升起。不過遲遲未見拉穆與留守的三個學生。

人到哪兒去了？

「哈——囉——」他大叫，聲音在林間迴盪。

片刻後廉姆走出樹林進了空地，看到貝兒帶著其他人走在對面。他招手。「嘿！」

一行人轉頭以後瞠目結舌、又驚又喜。「我沒事，活下來啦！」廉姆朝他們叫道，「有沒有看見其他人啊？」

貝兒領頭朝廉姆走過去，雙方在篝火餘燼處會合。「沒有發現其他人。」她說。

廉姆也注意到裝置已經停止運轉，十字木條被拆開，背包落地、石頭滾散。「風車壞了，怎麼回事？」

沒人能回答。

「得趕快修好，」他說完看看四周，「會不會是出去找我們？」

貝兒快步走到裝置旁邊研究如何盡速修繕。廉姆盤算怎麼組織小隊展開搜索，卻察覺賈絲敏瞪大眼睛，似乎注意到什麼別人沒發現的蛛絲馬跡。

「賈絲敏，怎麼了嗎？」

女孩指著地面。「那個，」她低聲說，「是什麼？」

順著她視線，廉姆首先看到一堆石頭、松果、乾枯的蕨葉，接著是蒼白條狀物，第一印象是肥得可怕的蛆。他上前查看，立刻留意到周圍有黑色液體痕跡，那個物體的一端伸出黃黃白白的硬物，就像蝦子的觸鬚。

一陣嘔吐感襲來，腸胃翻攪。

是人的食指。像觸鬚的部分是骨頭。

「怎麼了？」惠莫爾跟過來，「老天！那是手指嗎？」

自己的結論得到印證，廉姆有種腹部被人痛毆的感受。「來了，」他抬頭對大家說，「爬蟲人到這島上了。」

惠莫爾嘴巴開開合合說不出完整句子。

「怎麼會？」豪沃問，「不可能呀，牠們游不過來的吧？」

「不需要。」廉姆看著眾人，「牠們學會了……跟我們學的。」

「什麼意思？」

「我想，牠們造了自己的橋。」

64

二〇〇一年，紐約

據點忽然停電，一片漆黑。

「怎麼回事？」卡萊怒吼。

「等等！」麥蒂在黑暗中叫道，「別開槍！別開槍！我什麼也沒動！」

「留在原位！」卡萊又吼起來，「我聽見妳們移動就立刻開火！」

「好、好……我們別亂動哦，莎莎？」

「嗯，我沒動喔，乖乖坐著呢。」

「卡萊，你等一下。」麥蒂說，「幾秒就好……發電機應該會自己啟動。」

彷彿聽見她指示般，後頭傳出機器運轉隆隆聲，天花板的燈管嘶嘶叫著閃了兩下以後亮起。

四人面面相覷又一齊望向螢幕。系統重開機了。

「剛才怎麼了？」卡萊質問。

「我不知道……」麥蒂回答。

「時空波動。」莎莎說。

「什麼？」

「時空波動。」女孩重複一次，「過去的歷史遭到重大改寫，影響延伸到這個時代。」

麥蒂一聽板著臉點頭。「嗯……她說得沒錯。是時空波動。」

卡萊打量兩人，又望向佛拜。佛拜除了保持專業形象鎮定地回望也提不出什麼見解。

「唔……」老人只好開口，「時空波動是什麼？」

「這個倉庫被一道隔絕時空變動的力場包裹。但力場外面的世界起了變化，」麥蒂解釋，「而且會停電的話……代表是個非常大的變動。」

「那現在外頭是什麼情況？」他追問。

麥蒂攤手。「這我怎麼知道呢？大概是另一個版本的紐約吧。」

卡萊瞪大的老眼充血泛淚。「佛拜，出去查看。」

「遵命。」他過去按了綠色按鈕卻沒用，「打不開。」

「鐵門沒有接到發電機，」麥蒂說，「手動吧，開關在那兒。」

佛拜順著麥蒂手指找到一個小金屬握把後開始轉。

電腦開機以後跳出鮑勃的對話視窗。

＞進入備用電力模式。是否繼續密度偵測作業？

麥蒂轉回去盯著螢幕。「還剩下多少？」

＞資訊參考：目前完成十七萬七千九百三十一次掃描。

她臉一垮——不到預估的一半。「有符合的目標了嗎？」

＞目前有七百零六次密度變動。

「能不能縮小範圍？」

>**肯定。可分析現有訊號是否存在重複及人工節奏。**

「唔……我想想，」她指甲咬得凹凸不平，「問題是掃描只進行了一半而已？」

>**低於一半。**

「現在就停下來，錯過的風險很高。」她說出想法。

>**肯定。**

「偏偏已經動用發電機了。有足夠電力做完全部掃描，找到他們然後開啟傳送門嗎？」

>**無足夠資訊回答此問題。**

「不能猜猜看。」

>**無足夠資訊回答此問題。**

她暗罵後說：「好吧……換句話說，你繼續掃描的話有可能耗光電力？」

>**肯定。**

鐵捲門的嘎吱聲忽然停下來。

「哎呀，鮑勃……」她嘆口氣以後將臉埋在手掌裡很是懊惱，「嗯，好，先別掃描了，開始分析現有數據，或許會找到目標。」

>**瞭解。**

「什麼跟什麼——」佛拜嚷嚷。

「我的天！」卡萊也驚呼。

麥蒂轉了椅子望向門口兩人背影，結果看到外頭一片翠綠叢林。

於是又嘆息。不會吧，又來了。

上回發生大規模時空波動導致據點停電，紐約變成核戰後了無生機的廢墟荒原，連天空都被污染成鏽紅色。兩個女孩跑向門口。

「Jahulla（真是夠了）！」莎莎叫道。

麥蒂點頭。真的夠了。

紐約又不見了，取而代之的並非斷垣殘壁，而是彷彿未曾存在。她低頭一看，冰冷而不平整的混凝土地板只觸及時空氣泡邊緣，出去以後就是深褐色泥土，還長出高草、蕨類以及許多不知名的植物。

抬頭找不到威廉斯堡大橋和曼哈頓那兒的摩天大樓，只剩下河道上的三角洲以及蒼翠雨林。

「呃……為什麼……為什麼我們會跑到叢林呢，長官？」佛拜問。

卡萊臉上倒是慢慢漾起會意的微笑、點了點頭。「不可思議，」他低語時張大眼睛如同驚嘆的孩童，甚至一滴眼淚滑下歷盡風霜的臉頰。「太不可思議了……」

「長官？」佛拜望著他，再也裝不出沉穩模樣，快要按捺不了恐慌。「請問這是哪兒？」

「空間沒變，」老人轉頭看看麥蒂，「甚至時間也沒變，對不對？還在原本的時間地點。」

「沒錯。」她回應，「但歷史被改寫成另一個版本。」

憔悴的卡萊像是年輕了十歲，表情就像小孩見到妖精或聖誕老公公乘雪橇消失在月光照亮的夜空。

「長官？其他人呢？到哪裡去了？」

「不在了，佛拜。」他恍恍惚惚答道，「不在了。」

「死了嗎？」

「不，根本沒出生。」莎莎解釋。

「我要看個仔細。」卡萊朝著時空氣泡外邁步，嘴角高高揚起。「我的老天！都是真的？是吧？」

麥蒂聳肩。「算是另一個版本的現實。紐約在某個前提下會變成這樣。」

「什麼前提？」佛拜問。

「不知道，」她說，「現在還不清楚詳情。我猜恐怕就是留在太古時代的同伴導致什麼劇變，但可以肯定非他所願。」

佛拜搖頭。「一個人就能……改變整個世界？」

卡萊嘆氣，顯然對自己眼界如此狹隘感到失望。「當然，佛拜。你發揮一下想像力。假如……兩千年前，某個猶太木匠沒有在歷史留名，現在美鈔上面印的就不會是『我們信仰上帝』，而是『我們信奉很多神』。」

佛拜蹙眉，他愛國心強烈，覺得拿國幣開玩笑不大妥當。

「而且我們那個夥伴所在的時代比耶穌還要早很多很多。」莎莎補充。

「就算只改變一點點……」麥蒂想起三人初次和佛斯特討論這件事，大家喝咖啡吃甜甜圈，剛來到二〇〇一年一切彷彿是個超現實的夢。「就算只改變一點點，也會造成巨大的影響。」

卡萊望向河畔。「過去勘察勘察——」他還沒說完就呆住，「你們看！」

他微微顫抖的手指著對岸隆起的島嶼，應該是曼哈頓的地方。麥蒂用力瞇著眼睛看，沒戴眼鏡視力不行，只能判斷有東西移動。「是什麼啊？」

「人？」莎莎說，「嗯……應該是人！」

「而且有聚落的樣子。」卡萊附和。

她也隱隱約約看到水邊有個圓形、類似村子的地方，幾道輕煙裊裊升起。

「那邊，」佛拜開口，「還有船。」

水面寧靜得幾乎一點風浪也沒有，中間有個長條形輪廓，看似獨木舟，上頭六個身影划槳朝這方向過來。

「怪怪的，」莎莎伸手遮住陽光，「那些人的動作……不大對勁。」

卡萊一副想衝下去團圓的模樣。「過去交流一下吧。」

「不，」麥蒂提醒，「我強烈建議別那麼做。」

「為什麼？」他問，「可以互相學習的事情太多了！兩邊那麼多不同點——」

「這位小姐說得沒錯，」佛拜插嘴，「長官，請考慮對方或許會有敵意。」

卡萊搖頭，還是滿臉笑意。「但這是歷史上最難以置信的時刻啊！」

「你要明白……這不是所謂的歷史，而是根本不該存在的光景。」麥蒂進一步說明，「他們不該存在，你看到的全都只是個『如果』……這是被扭曲的現實。卡萊，你能理解嗎？就我們的立場，與他們接觸互動是反其道而行。」

「更何況，我沒那麼肯定你看到的是人類。」莎莎持續觀察，小舟靜靜在一百五十碼外靠岸，乘員放下槳之後一個一個跳上泥地。

連麥蒂都看得出有問題了。

「天吶，他們的腿，」佛拜悄悄說，「好像……山羊腿，還是狗腿。」

「是恐龍。」卡萊說，「而且是獸腳類，像迅猛龍那種。」

「腿算小事了，」莎莎警告，「看看他們的頭！」

麥蒂繼續瞇眼睛，但還是懷疑是不是自己眼花。「他們……看起來像香蕉？」

「長條狀，」佛拜說完搖搖自己的腦袋，「活了大半輩子沒見過這種怪東西，好像外星人。」講出那三個字他猛然轉頭壓低聲音，「我的天！會不會被我說中啊？地球被外星生物攻佔了，當作殖民地？」

卡萊不耐煩道：「既然腿是那形狀，從恐龍演化而來的可能性比較高。至於顱骨嘛，那種鬼形狀可真是問倒我了。」

不明生物在河岸散開，拿著長矛朝泥地戳。

「你們覺得他們在幹嘛？」麥蒂問。

彷彿回答她似的，大小如豬但前所未見的動物從泥地上一個洞竄出來，朝另一個洞穴跑過去，但旁邊的香蕉頭立刻舉矛射出，動作老練精準。那頭動物側倒在地掙扎哀號。

「打獵！」佛拜一時忘情，講得有些大聲。

香蕉頭之中的一個當場轉過頭來，四人下意識蹲到大型蕨類後面躲藏，葉子微微搖晃。

「有沒有被發現？」佛拜咬牙道。

麥蒂稍稍偷看，位於時空氣泡內的除了波浪板鐵捲門、紅磚建築，還有原本大橋的一部分支撐結構，所幸四周長滿不認識的巨大樹種，每片葉子都有雨傘那樣大，還垂得非常低，形成絕佳掩護。

「我想這裡還滿隱密的。」她低聲道。

一行人從樹葉縫隙偷窺怪異生物，對方還在查探，從河岸一步步走近，仰著頭東張西望。這個距離能夠看見瘦削無毛身體上有橄欖色皮膚，無法判斷表情的面孔似乎都是軟骨硬骨，沒有嘴唇但滿口銳利牙齒。

「好醜，」莎莎悄聲說，「誰要和牠們交流啊。」

麥蒂注意到佛拜緊張地舉起槍、手扣著扳機，輕輕拍了他搖頭示意。別莽撞。

他點點頭。

「很美啊，」卡萊說，「看仔細點兒！好特別的生物！」

恐龍人停在原地一會兒凝視面前的雨林，似乎沒注意到有人還有磚屋，最後聳聳肩掉頭回去找夥伴，喊叫起來像嬰兒涕泣，還咬合利牙發出咔嚓聲。

「看夠了，該進去了。」麥蒂說，「還有很多事情要忙。」

「妳們都不想多瞭解一下？」卡萊問。

她聳肩。「瞭解什麼？如果運氣好找到廉姆……眼前這些全部會消失。」一旁佛拜聽到有機會回去原本世界似乎十分安慰。「這裡的東西知道再多也沒用……你想想，牠們很快就根本沒存在過。」

卡萊神色一沉，相當無奈失望。「也罷，」他改口，「正事要緊。」

65

公元前六千五百萬年，叢林

「你們有沒有聽見？」蘿拉那雙杏眼閃著恐懼。

大家都聽見了。太陽剛下山，捲雲染上一片珊瑚般的迷人色彩，很快樹林就會被夜行動物此起彼落的叫聲填滿。然而正值日夜交替，白天出沒的動物歇息了，晚上活動的生物才剛準備醒來。

又一次。是女性求救的聲音。留守四人中有凱莎．傑克遜和蘇菲亞．葉。

「……拜託……救命……」

「是凱莎！」賈絲敏轉頭叫道，「一定是她！是凱莎！」

「什麼方向？」廉姆問。雖然聽得出並不遠，就在周邊這片樹林裡，但聲音盪來盪去並不容易判斷。

「……救命……好痛……」

「快去幫她！」艾德華說。

「否定，」貝兒提醒，「爬蟲人很可能潛伏於本島。」

儘管天色漸暗，幾乎叫人能夠忽略，但蘿拉視線回到地上那根手指。「可能？」她嚷嚷，

「根本就還在吧。」

「也可能來過又走了，」惠莫爾說完望向廉姆，「得去救那孩子！別讓她死掉啊！」

「……拜託……」

惠莫爾朝空地對面撇過臉。「是那邊，」他抓起長矛對大家說，「誰一起來幫忙抬。」

艾德華抄起長矛，豪沃和胡安跟進。

「好，」廉姆說，「那邊交給妳們。」他轉身吩咐蘿拉、亞琦菈與賈絲敏，「這邊得重新生火，妳們會了吧？火越大越好，能多大就多大。」三人點頭。「貝兒妳盡快修好風車。」

她也點頭。「肯定。」

「所有人，」廉姆特別朝著惠莫爾那群衝出去的人喊叫，「大家要記住集體行動！不要落單！」四人提著竹矛的背影遠離。

埋好陶板的回程路上明明很多機會可以偷襲，爬蟲人卻毫無動作……會對克里出手，在廉姆看來是因為他完全沒有幫手。

掃視空地，廉姆還是很焦慮。十多碼外幾個女孩努力生火，整修風車的貝兒僅三十碼遠，他不斷說服自己還有同伴在，可是沒有人在伸手可及的距離就是會不安。目光落在附近小屋或圍牆出入口時總覺得暗處很危險，可能藏著一兩個爬蟲人。

廉姆，冷靜。你要冷靜。

殘爪注視牠們接近。四隻新種持著刺竿走來。他回頭輕聲下令要埋伏在附近的子弟兵做好準備，然後對身旁一個幼崽示意。族裡最年輕的孩子發聲部位細窄、音調較高，擅長模仿獵物受傷後的尖銳哀鳴。

他輕輕敲擊爪甲，這是要幼崽出聲的訊號。

年輕雌性張開下顎、控制舌頭與咽喉。今天稍早前聽過雌性新種腹部重創倒在地上的哭叫，她學起來維妙維肖。

「……救命……拜託……」

那群雄性新種果然改變方向直直朝殘爪這頭走到幾十碼內，出了空地踏入昏暗叢林。新種對周邊危險渾然不覺，小鼻子似乎完全無法察覺盈滿於殘爪鼻腔的各種氣味：他們一族的興奮與嗜血欲望，以及新種的黑皮膚雌性同胞倒在附近蕨叢裡，幾小時前血才流乾。

牠們居然什麼也沒嗅到？

不知道新種究竟是太愚蠢，抑或是毫無感應危機的本能，居然盲目踏進自己的地盤。所以殘爪更加肯定他們根本不用怕，對敵人已經有了充分瞭解：新種和草原上只會吃植物的巨獸一樣弱，只有淪為獵物的分。甚至比那些大個兒還慘，重量和力氣都小得多。

何況現在殘爪與族裡幾個強壯雄性都拿到了刺竿。

他們爪子四指握緊竹竿。殘爪準備好用自己的刺竿再奪走新種的命，就像早上在山丘上收拾了那個年長白皮新種一樣。這樣結束一條生命太美妙了。能導致死亡的工具真有趣。

胡安停下腳步指著一片蠟光闊葉，背面有乾硬的血塊。「凱莎！」他呼喊，「妳在嗎？」

四人站定聆聽，但只有枝葉沙沙作響，胡安的叫喚從風中退去。

「凱莎！」他再問一遍。

樹林裡面傳出很細微、並非喊叫而像是呢噥軟語的聲音：「拜託……救命……」

「妳在哪裡呀？」惠莫爾問，「找不到妳！」

「救命……」

「妳在哪兒，凱莎？看不看得到我們？」

「救命……救命……」

胡安歪著頭。「其實聽起來不像她。」

艾德華附和：「聲音怪怪的。」

惠莫爾瞇著眼。「凱莎？」

「蘇菲亞……快逃……」

「喬納死了……」

胡安無言與夥伴們面面相覷，神情說出大家心裡話：這絕對不是凱莎。

惠莫爾點頭後手指抵住嘴唇示意先別慌，招手要隊伍循原路退後。十五、二十碼而已，很快能回到空地。

四人如履薄冰要離開現場，胡安卻身子抽搐、一灘血嘔在校隊運動服上。緩緩低頭，他看見自己肚子開了洞，伸出一截六吋長的削尖竹竿。

「啊……慘了……」他來不及反應，眼珠子一翻腿軟。

胡安倒下之後三人看到暗處伏著一隻爬蟲人。牠兩腳行走，翹著頭似乎很好奇，黃色眼睛對爪裡的竹竿滿是讚嘆。

「跑！」惠莫爾對學生說，**「是陷阱！」**

豪沃與艾德華腳跟一扭就朝空地衝，沒料到又殺出兩個爬蟲人，完全不知道原本躲在哪兒。豪沃立刻探出長矛、命中其一大腿，怪物哀號縮了回去。

「走！」豪沃推開艾德華。

惠莫爾定睛一看，發現自己已經被四隻怪物包圍。「你們……真的很聰明呢！」他知道自己嘴唇都在顫抖。兩隻爬蟲人和他一樣，手中有長矛。「天吶……你們學習速度未免太驚人了！」

攻擊胡安的爬蟲人踩過他身體走過來，搖搖晃晃的姿態令惠莫爾聯想到迅猛龍，心裡更緊張了。牠朝草叢吼了吼，似乎在發號施令，惠莫爾聽到暗處草木折斷、傳出很多腳步聲，知道有一群爬蟲人去追殺兩個男孩。

爬蟲人的首領抬起頭，黃色眼珠彷彿要將他徹底吞沒，但那眼神燃燒著智能與好奇，藏著成千上萬的問題。只可惜牠們尚未發展出足夠成熟的語言來提問。

「我……我知道你們懂得溝通，」惠莫爾支支吾吾、聲音破碎像是個小孩子啜泣。「而且……我們，我們也……也可以的。你——」他指著對方，「和我……我，」又指指自己，「我們其實是一樣的呀！」

爬蟲人的臉向前伸。牠的脖子特別細長，就人類的審美觀十分女性化。

「我們是一樣的……」惠莫爾繼續求饒，「我們都有智能。」

驚慌之中，他只能隱約察覺自己失禁，溫熱液體順著左腿浸濕襪子。小事情，不重要，因為面前幾吋外就是全世界：惠莫爾的視野被那張覆滿甲殼的臉孔佔據，爬蟲人目光兇惡，黃色眼珠好像越來越大。

牠張開下顎露出兩排尖牙，黑色粗韌舌頭如同發怒的籠中毒蛇。

惠莫爾將竹矛丟在自己與爬蟲人之間的地面。「你……你看？我沒有惡意，我對你……對你無害的！」

牠舌頭蜷曲，吐出連惠莫爾都覺得很相似的字句。「無……害……一樣……」

他用力點頭。「對、對對對！我們都有——」

惠莫爾胸口劇痛，忽然無法呼吸，好像什麼東西塞進體內。一股氣衝上來，他朝爬蟲人無表情的臉噴了口血。身體被後頭的怪物鉗制了，否則應該已經不支癱倒。面前那雙黃眼睛倏地往下轉，惠莫爾只覺得頭暈目眩、無法思考，但暗忖盡量別觸怒對方，所以跟著低頭。

結果卻看到自己心臟在爬蟲人手中繼續跳動。

66

公元前六千五百萬年，叢林

豪沃與艾德華踉踉蹌蹌朝著樹林邊緣奔跑，但一隻爬蟲人不斷攔截、擋住去路。

「心機真重。」豪沃氣急敗壞道。兩人困在周圍都是樹幹和藤蔓的林子裡，長矛和短斧都很難完全施展，容易被卡住或纏住。

又竄出一隻怪物，分別在背後與左側，截斷他們繞河岸的可能性。其實兩人也沒這種打算，畢竟追兵腳程快得多。後面的爬蟲人始終保持幾十碼，豪沃逐漸意識到對方想打消耗戰，磨光自己的精力，所以才逼他們在草叢兜圈子，等兩人喘不過氣無法反擊就死定了。

豪沃停下腳步，一直協助支撐他右腿重心的艾德華呼一口大氣後問：「嗯？快跑啊？」

他搖頭，接上氣以後說：「不行……牠們在玩我們。故意陪我們轉來轉去。」

三隻爬蟲人各自停在幾十碼外等著看兩人如何反應，黃色眼珠隔著藤蔓形成的簾幕窺伺。

豪沃朝空地撇了下頭，距離右手五十碼，擋在路上的爬蟲人躲著不見了。「我們得往那兒走。」

艾德華很緊張，吞了口口水說：「可是……有一隻……」

「我知道。」他吸一口氣，「不知道躲在哪裡，但你一定要衝出去，回到圍牆那邊。」

「你呢？」

豪沃搖頭。「我跑不到的……我根本沒辦法跑。不過可以替你爭取時間。」

「這樣……你會死的！」

他點頭，甚至擠出笑容。「嗯，我知道。」

艾德華抓緊他手臂。「我們可以一起跑啊！」

「別爭了，時間不多，你聽好。」豪沃搭著男孩肩膀，「全力跑，保住性命，平安回家。只要答應我一件事。」他目光飄到男孩身後，一個爬蟲人急著見血偷偷接近。「答應我，把你的才華用在別的地方……不要發明時空傳送。什麼都好，只要不是時空傳送就行！」

艾德華則是注意到另外兩個爬蟲人也蠢蠢欲動。

「答應我！」

男孩點頭。「好……好！」

「別讓時空傳送成真，艾德華。會害死所有人、毀滅整個世界……說不定是全宇宙。你明白嗎？」他晃著男孩肩頭說。

爬蟲人謹慎靠近，修長結實的腿走在起伏不定的叢林土地毫不費力，肢體蜷縮蓄勢待發。

「告訴我……」他聲嘶力竭，「你明白我的意思吧？」

艾德華望著他淚水潰堤。「嗯……我答應你，我答應你！」

豪沃搔搔男孩頭髮。「太好了。」說完擺開架勢，一手長矛一手短斧。「聽我信號，」他輕聲道，「然後立刻跑，毫無保留地跑，知道嗎？」

男孩點頭。

豪沃已經看清楚爬蟲人位置。牠擋在通往空地的路上，雖然站在蕨葉後面卻探出頭，沒有躲藏的意思，只是依舊警戒。

這樣最好。他可以利用對方的心態。

「準備好了嗎？」豪沃悄聲問。

艾德華沒講話，只是點點頭，臉頰滿是淚，緊緊抿著嘴唇不停顫抖。

結果全無預兆，豪沃猝然大吼：「啊——！」就朝著蕨葉後頭的怪物進攻。爬蟲人措手不及，像隻受驚的兔子往後跳，模樣頗為滑稽。他直接撞進草叢，斧頭朝畏縮的爬蟲人揮舞，感覺得到斧刃與物體接觸，也聽到怪物的哀號。

「跑！」豪沃瞬間轉身揪住男孩衣領拉過去，**「快跑，快！」**他往男孩後腰使勁一推。

艾德華竄過爬蟲人身旁一下子在樹林裡衝出十幾碼，小心避開多刺藤蔓免得像鐵絲網一樣箍住脖子。

他個兒小但動作敏捷，在叢林飛奔反而阻礙少。豪沃回頭與爬蟲人對峙，牠不停咬牙發出劈哩啪啦的聲響，站起來在年輕人身邊繞圈不敢大意，腿部傷口流下黑血。

我準備好了，他對自己說：我準備好了、準備好了，死就死。

就像當初要拿槍射殺艾德華的時候一樣。他願意犧牲性命，即使只有少數人能理解。現在也一樣。

只要那孩子遵守承諾。

雖然無法肯定，但直覺、或者說期盼……豪沃相信艾德華已經看夠了時空旅行造就的夢魘，會將那份天賦轉向其他領域。

這才是最重要的，對吧？

豪沃瞪著面前的怪物。「任務完成，」他自言自語，稚嫩臉上漾起得意笑容。「來吧，醜八怪。」說完邁步上前，背後樹葉沙沙響，另外兩個爬蟲人過來一起收拾他。

67

二〇〇一年，紐約

回到倉庫內，佛拜將鐵門放下。

「話說，」他扛著步槍轉動把手時順道開口，「我還是不懂，既然同樣是公元二〇〇一年，外頭那些恐龍人不應該更先進點兒嗎？」

麥蒂和莎莎互望。「我也不知道，」麥蒂回答，「對古生物不熟悉。」

「這問題問得很好呢，佛拜。」卡萊轉身蹲下，想多看一眼雨林版的東河三角洲以及遠方曼哈頓島岸邊的圓頂小屋。「問得很好……我冒險猜猜看好了：牠們或許是進化路線的末端。」

佛拜看著他。「長官意思是？」

「外頭那些東西——」他指著隨門縫消失的平行世界，「假設牠們真的因為妳們那朋友改變了歷史，」卡萊瞥了女孩們一眼。「所以從白堊紀晚期存活的物種演化至今，那麼應該已經存在地球好幾千萬年。」

「沒錯，但這就是最矛盾的地方啊，長官。不是應該領先人類文明好幾千萬年，像《飛出個未來》[35]的蜥蜴版才對？」佛拜將鐵捲門關好以後室內又陷入昏暗，只有天花板嘶嘶作響的燈管投下單薄光線。

「牠們在演化上進入高原期，」卡萊解釋，「已經是最好的形態，於是不再改變。」

莎莎板著臉。「我以為演化永遠不停止？生物會持續適應環境？」

「唔，實際上有可能停下來。」老人回答，「我們世界的不少物種與史前時代的祖先看起來幾乎一模一樣，鯊魚就是個例子。牠們已經完美適應所處環境，是最棒的殺戮機器……所以何須改變？」他聳肩。「可能在這個世界裡，外頭的人形爬蟲已經是地球的主宰，沒有其他物種能競爭……而且這個狀態持續了幾百萬年？」

「演化是大自然解決問題的手段，」卡萊繼續道，「只有環境危及到一個物種存續時才會誘發出適應過程。物種生存沒有受到威脅的話，怎麼有理由改變？」老人再聳了下肩膀，「也就是所謂的演化終點。」

「也是世界的重點。」佛拜附和。

四人朝內走。「換個角度想，另一種可能是牠們先天構造限制了智能發展？比方說長條狀的頭顱對頸部而言可能已經太重，因此無法再增加腦容量？」

「也就是腦部沒辦法成長？」

「對。如此一來只能製作長矛、土屋和木筏也不足為奇。」

「嗯……」麥蒂走到工作站前面，「其實也不重要，那些怪傢伙根本不該存在。」她坐下來，「鮑勃你的分析怎麼樣？」

㉟ *Futurama*，多次獲得艾美獎的美國喜劇動畫，描述主角因遭到冷凍而在未來世界生活的故事。

＞分析完畢。掃描終止前的一千五百零七筆可能反應顯示目標地點持續受到物體阻擋，可能為自然因素如樹木倒塌或地形變化。

「那之前呢？」麥蒂急著問，其餘三人圍過來。

＞共計兩百二十七筆瞬間密度反應。

卡萊蹲在旁邊注視對話視窗。「什麼意思？找到妳那朋友的可能選項還是有兩百二十七個這麼多？」

麥蒂點頭後問：「有沒有辦法進一步篩選？」

＞肯定。其中兩百一十九筆為獨立反應，八筆密度訊號有重複現象，其中僅一筆節奏規律。

莎莎興奮地咬到嘴唇。「找到了！是吧？一定就是這個呀！」

＞肯定，莎莎。時間坐標正確機率極高。

「很好！」麥蒂椅子一轉高舉手掌，莎莎立刻開心地拍過去。

卡萊微笑。「看起來應該是找到人了？」

「對……我不是說過嗎？」麥蒂得意笑道，「一定能找到的！」

「接下來呢？」

她又轉回去盯著螢幕。「鮑勃，可以開啟傳送門了嗎？」

＞資訊：**可能區間長達二十四小時。**

「唔……」麥蒂下意識噘起上唇，「二十四小時。究竟該開在幾點鐘？」

卡萊一臉不耐煩。

「得確定他在才行啊？」莎莎出面說，「你懂吧？能量不夠，要是開錯時間就全浪費了。」

麥蒂點點頭。「我們的電力只夠開一次或兩次傳送門。不過要怎麼確認他們到底什麼時間會守在那邊等著進來呢？」

「等等！」卡萊打斷，「妳剛才說『他們』。意思是其實不止一個朋友在那邊？」

莎莎低頭。「嗯，除了廉姆……還有一些……年輕人被意外捲入。」

「天吶，」老人低呼，「意外？還可以意外？你們之前在搞什麼啊？」

「是偵察行動啦。」莎莎趕緊說，「就過程有狀況，這很常見吧。」

＞資訊：可以連續開啟極小傳送點獲取目的地低解析度圖像。

「原來如此。」麥蒂點頭說，「嗯……這樣我們就能看到那天的什麼時候有人在。很好……好主意，鮑勃。就這麼辦。」

＞瞭解。

卡萊嘆息。「現在又怎麼了？」他似乎等不及想看時光機如何運作。

麥蒂回頭。「先拍攝目的地畫面，判斷什麼時間開門他們才能進來。」

「為什麼不直接開門過去看呢？」

「莎莎剛才說了呀，那麼做就要電力全開，我們不能冒這麼大的險。」麥蒂聳肩，「而且你不會想先偵察一下？對面是白堊紀，有恐龍？換作是我就很擔心一開門有霸王龍，你不怕嗎？」

老人瞥了佛拜一眼，他迅速搖頭。「長官，我認為先拍照是合理策略。」

卡萊笑得有點緊繃。「唉，也對。那就照妳說的辦吧。不過動作快，免得河岸上那些傢伙注意到叢林裡有個橋孔倉庫。」

68

公元前六千五百萬年，叢林

三個女孩子重新生火，周圍岩石上覆蓋的青苔經過太陽烘烤又乾又脆，非常適合做燃料，煙柱一下子就衝上夜空。

廉姆心裡舒坦了些。照前幾個晚上的經驗看來那些怪物會忌憚火焰，應該是認為火很可怕、十分恐懼，所以完全沒有靠近。

掃視暮色下的空地，馬上就要天黑了，不知道去搜索凱莎的小隊怎麼還沒回來？應該找到人了才對？更何況，如果爬蟲人真的造橋上島，還有人能存活才真的奇怪。

百思不得其解中聽見兩個聲音。首先是遠處傳來哀號，相當淒厲，彷彿槍響驚動整座森林。同時間又有什麼物體重重踏過地面，應該是運動鞋。廉姆與學生們交換眼神，貝兒注意力也離開風車，像狐獴察覺危險般瞬間站好。

「救命！」緊接著就聽見艾德華的聲音自樹下傳來，淺色T恤輪廓從陰影中浮現。「牠們來了！**牠們來了！**」

廉姆朝男孩背後瞭望，只能看到空地邊緣的樹影。「其他人呢？」

艾德華沒回答，眼神充滿驚恐。「牠……牠們在島上，就在這裡！」

廉姆用力抓住他手臂。「**艾德華**！其他人呢？」

男孩抬頭看著他。「死了，都死了。」

「天吶，你們看！」蘿拉叫道。

她指著空地對面，幾秒鐘前還只是一棵棵樹，此刻許多東西在裡頭竄動、左右包夾，像是負責驅趕獵物的狩獵隊。廉姆迅速算了算，少說三、四十隻，體型大小不一。

全來了……Jayzus（耶穌保佑）！

他留意到敵方隊伍中央的爬蟲人很眼熟。是自己在山上見過的那隻，會對同伴吼叫下令，想必就是首領。

「廉姆，」貝兒從風車退到他們身邊。篝火越來越旺，啪嚓作響，星火跳躍。「有看到中間那個嗎？」

貝兒也發現了。爬蟲人隊伍中心是牠們的頭目，爪子扣著一根長矛。他點點頭。

「類似我的人工智能，」貝兒解釋，「此物種觀察人類行為並學習模仿。」

他吞了口口水。「我們……趁現在退到圍牆那邊吧！」

「我必須違抗此命令。」

「啊？」廉姆望向她。

「此地點過去二十四小時曾接受密度探測。」貝兒朝著壞掉的風車撇撇下巴，「裝置周圍尚有粒子殘存，據點隨時可能再次進行掃描。」

這麼說沒錯。儘管時機差得不能再差，但必須考慮清楚。

「好吧，好吧。」廉姆看著爬蟲人逐漸逼近，吩咐四個學生：「你們躲進牆裡別出來！」

「那你們怎麼辦？」艾德華問。

事實上廉姆也沒主意……只知道得與貝兒並肩作戰，守住篝火，直到……直到什麼時候？直到貝兒沒體力了，爬蟲人一擁而上。解決了她，下一個就是我。

不過總還有一絲生機？即便微乎其微，麥蒂和莎莎隨時可能開啟傳送，因此必須守住訊號地點，否則她們無法確認自己在這裡。至於圍牆其實沒多牢固，爬蟲人花不了多少時間就能扯斷藤繩、拆除一個缺口衝進去……他光想像就發抖。

「回程傳送門就快開了，」廉姆說，「就快了！貝兒和我得守住，你們四個進去比較安全。門開了以後我就叫你們，快去吧！」

「我要留下來。」艾德華撿起火堆旁邊一把斧頭。

「要就一……一起吧。」蘿拉低聲說著，牙齒打顫。

賈絲敏望向圍牆，距離篝火二十碼的昏暗處。「反正牠們遲早會進去的。」

廉姆盯著怪物，幾乎團團包圍自己，不過尚未躁進。「好吧，這麼說也沒錯。貝兒，怎麼做比較好？」

「建議：我必須停留於裝置周邊，持續偵測前導粒子。」

他點頭。「嗯……嗯，好。那我們就堅守陣地。」他彎腰從火堆撿起一根樹枝，末端沾了火苗。「大家都拿個火炬，牠們怕火！」

六人持著武器火炬以後保持緊密隊形走向風車，距離篝火的淡琥珀色光線十幾碼距離。

怪物們緊跟在後，腳步輕盈，一邊留意他們動作一邊悄悄縮短雙方間隔。

「退後！」蘿拉揮舞火炬大叫。

爬蟲人紛紛發出尖細聲音，個頭比較小的其中一隻居然學起女孩說話。

「推……吼……」

貝兒告知廉姆：「剛剛又有一次掃描訊號，多出數百顆粒子。」

廉姆一聽心生希望。「太好了！不過她們怎麼不直接開個門啊？」

貝兒揚起下巴，無法回答。

提著長矛的爬蟲人首腦驟然嘎嘎叫。牠們蜂擁而上。

「啊，天吶！天吶！」蘿拉花容失色。

「建議：用長矛——」

69

二〇〇一年，紐約

將近一小時，麥蒂、莎莎、卡萊坐在螢幕前面看著進度條慢慢前進，原本空白的資料夾被低解析度JPG圖檔填滿。

佛拜稍稍捲起鐵門幾吋監控外頭叢林，輕聲回報：「牠們還在河岸邊獵不知道是豬還是什麼東西。」

「嗯。」卡萊漫不經心，「還要多久？」

麥蒂聳肩。「不是有進度條嗎，你自己看啊？快了。」

老人板著臉。「假如和我家裡電腦的Windows一樣，看起來快了可以是五分鐘也可以是五個鐘頭。」

「這是二〇五〇年代的作業系統，」麥蒂回答，「不大可能是Windows吧。」

進度條滿了，彈出鮑勃的對話視窗。

>作業完成。

「鮑勃，用幻燈片模式播放吧？」

>瞭解。攝影間隔為五分鐘。

左邊一個螢幕亮了，被綠色與藍色像素組成的圖案填滿。麥蒂瞇著眼睛。「是什麼呀？」

「叢林。」莎莎說，「叢林和天空而已。」

佛拜過來幫忙看。「嗯……我也覺得是叢林。」

下一張照片看來幾乎一樣，有些像素位置改變。「最清楚就只有這個程度？」卡萊問。

>**肯定。時空孔隙與影像大小設為最低以保持能源存量。**

「我們只要從像素變化就能判斷有沒有物體移動吧？」莎莎說。

>**無誤。**

「那，鮑勃，投影片模式可以加快嗎？」

>**瞭解，速度設定為十倍。**

下一張及後面很多張看起來都沒什麼區別，一團綠色藍色。四人靜靜看了好一陣子，終於等到一張圖片上多出暗沉區塊。

「哇！停停停！」麥蒂叫道，然後凝視照片。「那是什麼呀？」

「看起來像人。」佛拜說，「對吧？有肩膀、有手臂。」

莎莎仰頭蹙眉。「但形狀怪怪的。」

「鮑勃，這是當天幾點鐘？」

>**下午兩點三十五。**

「都過兩點半了。」莎莎說。

「鮑勃，下一張。」

還是有個深色影子，幾乎看不見原本的藍天綠樹。

「有人剛好站在傳送點上……而且將近五分鐘時間。」麥蒂自言自語完望向莎莎，「應該是支援單位？她能偵測迅子，所以才站在附近？」

莎莎搖頭。「雖然妳說得沒錯……但是畫面上的形狀我怎麼看怎麼不對勁。」

「唉，才一百乘一百像素，看不清楚很正常。」

她還是搖頭。「我不覺得問題在那裡。有可能是別的東西……什麼動物之類。」

「飽勃，下一張。」

影子不見了，又回到藍綠色交錯的圖案。

麥蒂拿起紙筆寫下下午兩點三十五。「好，至少現在知道這個事件有誰在傳送點周邊，算是第一個可能性。繼續往後看看還能找到什麼。」

螢幕又閃過一張張圖像，藍色天空漸漸轉為粉色。

「黃昏了。」卡萊說。

接著天色越來越紅，樹葉的綠暗沉了。但流轉的影像中忽然冒出一道燦爛的橘。

「停！」

四個人伸長脖子仔細瞧。

「是火對不對？」佛拜說。

莎莎點頭。「嗯。」

「所以有人露營？」

「營火……有道理。」卡萊低聲說，「能在那個時代生火的，當然是人類。」

麥蒂抵著下巴思考。「對……所以這個時間點更可靠些。鮑勃，幾點幾分？」

>**下午六點十五。**

「換下一張圖看看。」

橘色區塊擴大，而且半個螢幕被直立的黑色像素佔據，只有左上角留有一點點粉紫色晚霞。

「又有人了！」

「這次看起來正常很多。」莎莎提醒。

麥蒂望向她。「妳怎麼判斷的呀？」

「妳用鬥雞眼試試看吧，麥蒂……讓視覺散焦模糊反而比較容易辨別形狀。」

「總之有營火，也有人站在旁邊。」卡萊說，「目前為止是最可靠的了吧？」

「嗯，」麥蒂隨口回答，「你覺得呢，鮑勃？」

>**此影像可能性最高。**

「後面的再加速吧。」

投影片模式以每秒一張的速度跳過之後六十八張照片，乍看像是有點卡住的動畫。篝火慢慢縮小、熄滅，天空暗了，最後幾張是一片漆黑。

>**投影片結束。**

「看樣子有冠軍候選了，」卡萊說，「可以進下一步了吧？」他抬頭望向佛拜那邊，「免得待會兒有客人敲門。」

「嗯……進入傳送程序吧，鮑勃。」

＞**瞭解**。

卡萊挺直腰桿、揉揉僵硬的後背。「再來呢？」他望向塑膠玻璃缸，「他們會出現在這裡面嗎？」

麥蒂搖頭，指著地板上以粉筆勾勒的圓圈。「注意那個，你和佛拜千萬別跨進去。」

佛拜從工作站退開，面對圓圈解下突擊步槍做好開火準備。

她盯著兩人。「佛拜先生的手指別放在扳機上我會安心些。」

卡萊聽了一笑。「可以理解，」他朝部下點頭，「佛拜，先放下槍。不過……保持警戒，知道嗎？」

他點點頭，手指鬆開、槍口向下。

70

公元前六千五百萬年，叢林

廉姆一手揮舞斧頭、一手握緊長槍突刺。爬蟲人動作敏捷，眼睛停在武器上，無法輕易命中。

樹枝頂端的火焰燒得更旺了，火舌指著月夜、星火在半空跳躍。加上搖曳篝火釋放的光熱，爬蟲人暫時不敢躁進。

「滾開！」蘿拉又嚷嚷，持火炬朝附近的怪物掃過去。貝兒已經擊斃一隻、重挫一隻，她的反應和速度與對方同樣快，能夠殺個對方措手不及。受傷的爬蟲人在地上打滾，被斧頭砍下一條胳臂。剛才她還鉗制一隻，並以膝蓋壓斷敵人脊椎。

儘管如此，貝兒也付出慘痛代價。左腿已經染滿血，絲襪到皮靴一大塊黑。傷口已經癒合，可是廉姆看得見出血量多大，擔心即使外表好了體內造血速度也不足以應付。

怪物們繞圈子試探，磨牙磨爪、嘴裡像是狐狸嗚嗚叫，偶爾撲上前張開血盆大口看看他們作何反應。六人此時此刻還站著已經比廉姆想像中好太多，但隨即察覺對方在打什麼主意。

磨死我們。牠們只要等就好。

廉姆打量牠們的橄欖綠皮膚、甲殼質牙齒，找到帶頭那一隻。或許因為手中有長矛，所以更顯得像是智人。

如果能解決牠……

對。貝兒的身手或許能夠突破重圍直接擰斷牠脖子，牠的徒子徒孫受到驚嚇就會一哄而散。而自己手裡有長矛，不是完全沒機會。爬蟲人頭目距離大約十四、五呎，不像部下那樣走路搖搖晃晃。牠一動不動，銳利的眼睛反覆研究獵物。

廉姆將斧頭丟在腳邊。

「你幹嘛？」賈絲敏問。

「得先對付那一個。」他朝殘爪撇了頭。

後腿踏穩，瞄準仰頭觀察自己的怪物，廉姆將竹矛當作標槍射出去。路徑筆直，毫無弧度，他自己都訝異怎能如此精準，原本應該貫穿對方細窄的胸腔，可惜有個小隻爬蟲人不知情之下正好擋在中間。矛尖插進長顱骨，牠當場倒地，發出的短促哀號與智人小孩實在沒多大分別。

廉姆臉一皺，暗罵自己運氣背到極點了。這下子沒能擒賊先擒王，還只剩下一根竹矛。

混亂中一隻爬蟲人趁機衝出，趴在地上揮動爪子，亞琦菈被牠打得失去平衡，慘叫以後腿一彎重重摔在地上。驚慌中女孩連氣都沒緩過來就急著起身，但是又被幽暗中伸出的好幾雙細長爪子緊緊扣住腳踝與手腕。

「不要！」她扯著嗓子尖叫，臉色蒼白、眼睛和嘴巴幾乎嚇得成了圓形。不過一秒鐘、心跳不到兩下，爬蟲人已經將亞琦菈拖出黯淡的火光，哀號瞬間遭到扼殺，戛然而止。

貝兒也利用敵人注意力渙散的機會進攻，可惜斧刃雖然甩出去了卻讓爬蟲人們退跳避開。

「這樣下去……我們活不成的。」蘿拉說，「沒辦法和牠們僵持一整晚啊。」

「我知道。」廉姆回答。

忽然什麼東西從臉頰旁邊飛過。「啊？」

低頭一看，竹矛扎在地面還在晃動。抬起頭，看見爬蟲人頭目手裡空著，他會意過來。

「不會吧！」廉姆低呼，「妳們看到沒？牠……居然射回來。」很好，廉姆，你教會牠們用標槍了。「唉，Jayzus（耶穌保佑），要是牠們每個都朝我們丟東西，麻煩可大了。」

「現在麻煩還不夠大嗎？」蘿拉朝意圖接近的小隻爬蟲人揮動火炬恫嚇。

廉姆再觀察敵人首領。牠退到部下後面，黃色眼珠從自己這邊挪開，在地上搜索。想再找根矛來扔？

「資訊，」貝兒聲音劃破爬蟲人磨牙與嗚嗚叫的嘈雜，「偵測到前導粒子。」

「是……好消息嗎？」賈絲敏問。

廉姆點頭。「是啊！喔，天吶，總算！」他問貝兒：「有傳送門對不對？不是探測，要開門了吧？」

「肯定。參數設定顯示即將開啟傳送門。」

「**太好了**！喔，太好了。」廉姆笑得上氣不接下氣。

「得立刻離開，」貝兒提醒，「若不清空，她們不會開門。」

「嗯，大家，」廉姆吩咐，「背靠背一起走……朝營火過去！」

五人相靠幾乎黏成一團。貝兒小步率領他們移動，手中飛舞的雙斧直取怪物要害。爬蟲人知道她厲害，不再輕易靠近，變相開出一條路。

「夠遠了！」貝兒喊道。他們在空地上走了才五、六碼，不過篝火的光和熱明顯許多。她轉頭說：「傳送門已經不受阻——」

削尖的竹矛貫穿她腹部，黑色外衣和底下身軀開了洞。貝兒低頭淡淡看著染紅的矛尖。

「貝兒！」廉姆大叫。

她驟然旋身扣住自背後偷襲的爬蟲人，一個過肩摔將怪物砸在面前。爬蟲人揮動爪子，貝兒前臂被抓得彷彿纏上彩帶。她使勁扭斷怪物腦袋，頸部承受不了突如其來的猛烈力道以致黃色眼珠、黑色厚舌都突出來了，隨著清脆的啪嚓聲不再掙扎。

「貝兒！妳還好嗎？」廉姆又叫道。

「否定。傷勢嚴重。」她回答時又低頭盯著卡在腰間的長矛，一腿支持不住跪下來。

「**貝兒！要撐住啊！**」廉姆吼道。

他們都感覺到了：一陣突如其來、不自然的氣流。廉姆望向背後，半空中浮現微光，光芒中隱隱約約能看到熟悉的據點陳設。「**看！來了！傳送門開了！**」

而且目前沒有爬蟲人擋在中間。「**衝過去！**」廉姆高吼。

兩個女孩和愛德華一下子愣住了呆呆盯著他瞧，不確定那句話什麼意思。「**趁現在！**」廉姆又叫道，聲音都破了。「**衝過去！快……快跑啊！**」

蘿拉巴不得快點離開，聽懂以後拚命點頭，腳跟一扭就往傳送門狂奔，賈絲敏見狀跟上。艾德華遲疑了。「但你——」

「快！」廉姆咆哮。

男孩轉身拔腿追上兩個女孩。

他回頭對貝兒說：「起來！」

貝兒試著起身，但十分吃力。「資訊：我失血過多——」

「別多嘴！」廉姆打斷她，雙手環在生化人腋下扶她。貝兒搖搖擺擺起來。「廉姆你快走！」她果斷道，「你要保護艾德華．陳！」

回頭一看，蘿拉停在光球前面猶豫著能不能跨進去，艾德華與賈絲敏還在跑。

「妳們給我滾進去！」他狂叫，**「滾進——啊啊啊。」**

下肢猝然劇痛，廉姆一看是個小隻爬蟲人抓住自己後腿。牠們爪子太銳利了，輕易割裂褲管、皮膚，脛骨暴露出來。

貝兒左手還有斧頭，見狀立時橫劈，斬斷怪物細腕，可是爪甲、爪掌嵌在廉姆小腿，乍看彷佛行軍蟻頭固定傷口[36]。腿實在太疼了，但他不肯放棄，拖著貝兒繼續走。貝兒腳步蹣跚像是喝醉酒，斧頭劃出的弧線也不再準確，但至少足夠兇狠，將見獵心喜急忙伸手的爬蟲人一個個打了回去。

牠們或氣急敗壞、或驚慌失措，在周圍咆哮哭鬧……忽然一個高亢尖銳的叫聲，絕對是人類。廉姆忙著攙扶貝兒，生化人苗條外表藏著想不到的體重，他暗自禱告慘叫的不要是艾德華。

「任務優先——」貝兒想要說服他。

「妳先打牠們！」廉姆暴喝，貝兒閉上嘴巴照做，朝著爬蟲人長條形下顎掃腿，那傢伙居然瞄準她下肢已經結痂的傷口。靴底砰地蹬在怪物頭部，烏龜似的脖子上那顆腦袋如球向後彈，噴出五、六顆牙籤長度的利齒。

十秒——明明才十秒，對廉姆卻遠遠超過一分鐘、一小時。十秒鐘的拖、拉、砍、踢，以及吼叫。隨著那團溫暖能量流經皮膚，他頭髮豎起來了，而且能察覺周邊粒子劇烈變動。掉頭看到了莎莎，隔著一層油液那樣起伏振動的影像，艾德華和蘿拉站在她左右。據點燈管依舊是無精打采的藍白色，也依舊忽明忽暗，每次他看書都因此心煩。

「回家了！」他忍不住高呼，腳下一空，熟悉的嘔吐墜落感從體內湧出。

36 非洲地區有些民族以行軍蟻作為縫合傷口的工具，讓螞蟻張顎咬住傷口兩側達到縫合固定作用後才將蟻頭摘下。

71

二〇〇一年，紐約

整張臉往混凝土一撞，加上貝兒的體重壓在背上，肺裡空氣全被擠出來。

「老天！」他聽見有人驚呼，是個不認得的男性嗓音。

還在眼冒金星，但感覺到貝兒試著朝旁邊翻開，接著又聽到沉重喘息，廉姆暗忖、也祈禱是艾德華和兩個女孩。後面房間的發電機嗡嗡響，自己與貝兒上方幾呎處尚未關閉的傳送門傳來叢林夜生活的種種鳴叫……以及怪物們逐漸逼近而清晰的咔嚓聲和嗚嗚聲。

「呃啊啊……快關門！」他臉都還沒抬起來就大叫，嘴唇出血、貝兒還在背上蠕動，講起話糊成一團。

「廉姆？是你被壓著嗎？」麥蒂問。

「唔嗯嗯，嗯嗯嗯嗯——是我。」他咕噥，「快點把門關起來！」

驟然背上又被什麼東西重重一壓，三片利刃深深埋進廉姆左側肩胛。

「什麼鬼東西啊？」又一個不認得的男子大叫。

背上的重量很快消失，廉姆聽到爪子刮擦混凝土，接著怪物驚訝的嗥叫迴盪在倉庫磚牆間，不知道是一隻還是兩隻。

「天吶……佛拜，開槍！**快開槍！**」

一個女孩哀號，他無法確定是誰。隨著嘶啞喘息，貝兒總算翻身了，砰地掉在旁邊，蒼白臉頰上一點一點都是乾硬血痂，灰色眸子望向廉姆時虛無縹緲，彷彿意識飄到極其遙遠的地方。廉姆勉強以手肘撐起上半身，咬牙忍受肩膀劇痛與頭部著地的暈眩，試著判斷周圍究竟是什麼情況。

兩隻爬蟲人跟過傳送門以後受到驚嚇到處亂竄。在場確實有兩個陌生男性：年紀比較大的那個西裝外套有點皺、領帶鬆開掛在脖子前面像上吊用的繩結；年紀輕一些的留著淡褐色平頭、身材健壯而且穿著略微寬鬆的淺綠色連身服，看來是軍人，而且手裡舉起槍。

「跑哪兒去了？」麥蒂連忙問。

馬上聽見陰暗角落有什麼東西掉下架子、在地上嘎啦嘎啦滾動。

「那邊！」

受過專業訓練的佛拜立刻對應：槍口下壓、開啟夜視，微微綠光打在臉上以後槍口朝前四處搜索，偵察完平面再確認橋孔倉庫的拱頂。

「啊……看到一隻。」

廉姆順著佛拜視線望去，只能看到屋頂老舊生鏽的水電管線上有個朦朧身影攀爬。積了不知多少年的灰塵、磚渣和灰泥緩緩灑落在燈光下，暴露出怪物的位置。

軍官瞄準以後連續開火兩輪。怪物哭號後墜落地面，還順便抓了一小團塵埃渣滓下來。爬蟲人扭動慘叫，手腳拍打地面，直到年輕軍人在牠長條狀腦袋補了第三槍。

槍聲還停在耳邊，廉姆掃視四周看到艾德華與蘿拉挨著彼此縮在時光機的塑膠玻璃缸旁邊，麥蒂與莎莎躲在電腦工作站桌旁。所有人眼睛在倉庫每個角落來來回回，注意任何風吹草動。

「另一隻呢？」莎莎悄聲問。

持著步槍的男子手指抵住嘴唇示意別出聲。「躲起來了。」

「那趕快找出來啊，佛拜！」老人低吼。

佛拜槍口左右來回慢慢穿過倉庫，檢查每個可以藏身的凹洞和縫隙，到了床鋪所在的拱龕前面停下腳步。

「嗯哼……在這裡面吧。」

他蹲下來扣扳機，子彈在廉姆那張小床下面彈了幾回、擦出火光。

就在此刻一個影子轟然落下，飛過燈管前方扒在佛拜背上、瘋狂抓咬血花四濺。

「救嗚——」佛拜連話都來不及說完脖子就被爪甲撕裂，步槍脫手以後盡最後一絲力氣扭打搏鬥，想將怪物甩離背部。

廉姆趕緊起身，衝上去撿起步槍的同時佛拜已經體力不支跪在地板，面頰、頭頂太多破爛傷口不斷失血。爬蟲人蹬著他肩膀一跳，朝著鐵門飛竄。佛拜直接倒下斷氣了。

拿了槍之後廉姆直接扣扳機，後座力猛烈衝擊肩膀，他只是拚命掃射，根本無法瞄準。火花漫天、紅磚粉末飄散。

直到彈匣空了只能咔噠作響他才放開扳機，隔著煙霧看見怪物屍體，實際上是一團模糊血肉。

「老天……」旁邊老頭子沙啞的聲音依舊在顫抖。

72

二〇〇一年，紐約

大家看著塑膠玻璃槽，粉紅色濃稠液體裡漂浮著一具裸體。

「支援生化人活得下來嗎？」莎莎問。

「貝兒。」廉姆靜靜道，聲音帶了點哽咽。「她的名字叫貝兒。」

培養槽底打了微弱紅光，也是倉庫後側房間唯一照明，但足夠麥蒂瞧見廉姆經歷諸多災難後充滿壓力和創傷、極為失落的神情。「可以的，」麥蒂擠出的笑透露出她沒有那麼大把握，「鮑勃說戰鬥生化人設計能夠承受高達百分之七十五的失血量，只要修養夠了就能復原。」她朝生化人斷掉的左臂瞥一眼，外部軟組織幾乎都被撤掉了，留下骨頭、肌腱與少量破爛的皮膚，在溶液中漂來漂去好像幾條絲線。

「佛拜可沒有這麼幸運。」卡萊沉聲道。

「節哀順變。」麥蒂說，「他很……很勇敢。」

老人茫然點點頭。「是個好軍人，我最厲害的部下。」他嘆口氣，「而且家裡還有妻小。」

大家安靜了，房間裡迴盪培養槽循環系統的低頻嗡鳴。麥蒂關了發電機，傳送系統那排LED燈全都是綠色，代表電力已經充飽、可以再次啟動，沒必要消耗最後半桶燃料。連電腦、電燈、沒用到的培養槽與胚胎冷凍櫃全都先切斷電源……胚胎放在冰櫃，幾小時還不至於壞死。

「要多久呢？」蘿拉手背抹過鼻子，「算得出來嗎？她什麼時候會康復？」

麥蒂看看她，能夠想像原本是個開朗活潑、很受歡迎的高中女生，可能是風光的啦啦隊員、人緣好得不得了，派對一定會邀她，身邊總圍繞朋友與粉絲。蘿拉講話是德州腔，語調顯示從前活得很自信，無須質疑自身存在意義……現在不同了，沒有女皇回歸的架勢。儘管光線昏暗，麥蒂能看出長距離時空傳送對身體造成的嚴重耗損：面色死灰、眼周暗沉浮腫，鼻孔一點一點滲出血，而且可能是無法癒合的血管破裂。

艾德華．陳氣色也只是稍微好一些。

聽男孩說應該還有個女學生，但衝進傳送門前一刻被爬蟲人逮到。看到佛拜的死狀，麥蒂認為立刻昏迷對那女孩而言會仁慈些。其實不大對，依據半小時前所見，無論如何都沒有仁慈可言。她察覺艾德華那雙眼睛瞪得又圓又大，死盯著培養槽內的有機溶液和生化人。蘿拉也一樣，兩個人還深陷驚恐情緒，連哀悼夥伴的心力也提不起。廉姆說過最早總共十六人活過反應爐爆炸、回到太古時代，結局卻只有他、貝兒，以及這兩個學生抵達據點。

不知道途中經歷多少兇險。

「要多久呢？」艾德華又問了一遍。

「大約四個半小時。」麥蒂回答，「四個半小時以後身體機能會穩定，開始造血了就能再度運作。」

「手臂會好嗎？」

她聳肩。「我不確定這種治療方式是否連肢體都可以再生。鮑勃，就是我們的電腦系統，只提到血液部分沒問題。其他的只能等等看。」

廉姆的眼神從虛無回到現實，望向麥蒂。「妳剛才說……再度運作？」

麥蒂點頭。「廉姆，我們得送她回去那個時代。你應該明白的，有太多時空變因要修正。」目光集中過來，大家意識到當下只有她做到了放下感性構思規劃。

因為，麥蒂，這是妳的任務。還記得嗎……妳要負責制訂策略。

「所以得送她回去進行矯正……否則無法回復地球原貌。」

「是那些恐龍人？」卡萊問，「跟進傳送門的東西……是牠們導致歷史改變吧？」

麥蒂轉頭。「廉姆——」

我的天。

方才沒察覺。或者說察覺了但誤以為只是灰塵或古代雨林的植物花粉之類。她定睛一看，即便培養槽的紅光並不強，也知道廉姆左邊鬢角居然生了白髮，左眼眼白布滿蛛網似的血絲。

「嗯……」他沉默片刻才回答，而且沒發現麥蒂神情不對勁。「嗯，就是牠們，牠們從我們這邊學會一些技術。」

「所以不止兩隻？」莎莎問。

他點頭。「唔……有三、四十隻吧，一整群。」廉姆視線守在貝兒四周，生化人蜷曲身體像個胎兒，熟睡的模樣與一般少女無異。「她努力殺掉了一些，但還剩下很多。」

麥蒂瞟了眼莎莎和卡萊。「在河岸打獵的那些爬蟲類應該是牠們的子孫，看起來有血緣關係吧？尤其那個頭型？」

卡萊點頭。「的確十分特異，」他抓抓下巴，「嗯……應該沒有別的可能了。」

先前除了處理貝兒傷勢，麥蒂也曾稍微拉開鐵捲門給廉姆和兩個學生看看變成雨林的紐約。所幸恐龍人狩獵結束以後離開河岸回到對面的村落。

「廉姆，外頭那些生物是牠們的後代。」她解釋，「很遙遠、很遙遠的後裔。」

「牠們的祖先，」卡萊補充，「恐怕就是因為從你們身上得到知識……靠那些知識存活和繁衍，熬過滅絕其他恐龍的**K-T**界線。」

廉姆緩緩點頭。麥蒂看得出到這邊他能聽懂。「所以……得有人回去把牠們全部殺死。」

「對。」麥蒂輕輕搭著他手臂，「不能讓牠們活下來繼續發展智能，牠們應該要和所有恐龍一起滅亡。」

「嗯。」廉姆深呼吸，「沒關係……我回去——」

「不行。」她回答得有點太急了，得努力克制才不會總盯著那隻充血的眼睛。「要去的不是你，廉姆。你先休息。」

「我不去，誰去？沒人——」

「支援單位去。」

「貝兒？」他搖頭，「不行啊，她得養傷好幾天吧。而且現在的貝兒一個人哪有辦法對付那麼多？會害死她的。」

她？

麥蒂抓著他的手。「廉姆，聽我說，」她朝培養槽撇撇頭，「我知道你和她共患難，但要記住……裡面這是支援生化人，是機器、完成任務的工具。是……消耗品。」

「我和她一起。」廉姆還是這麼回答。

「不可以，」麥蒂用力搖頭，「你不能再回去了。」

「為什麼？」

他完全沒意識到吧？回來以後還沒機會照鏡子，不知道超長距離的時空穿梭對自己造成多大損傷。但麥蒂暗忖為何廉姆甚至沒注意到蘿拉與艾德華的狀態，兩人都有明顯的輻射病症狀……話說回來，廉姆原本的時代還沒有所謂輻射病，他很可能以為流鼻血或膚色變化都是精神層面的影響，而且他自己也還沒有平復情緒。

「因為失去你的話，代價太大了，廉姆。這兒還需要你。」

「我們需要你啊，廉姆。」莎莎附和，「而且……」女孩一溜煙跑離黯淡的桃紅色光線，黑暗中傳來窸窸窣窣的聲音，金屬物叮叮咚咚像是敲打水桶。回來的時候莎莎手裡有個東西反光。

「而且貝兒可以拿這把槍回去用，不需要再靠竹子做的長矛了。」

麥蒂點點頭。「你看到這步槍的威力了。」

「大口徑MP15突擊步槍。」卡萊說，「可以輕鬆擊斃那些怪物。」

「而且她可以先好好休息幾個鐘頭、再生細胞。」

「我……嗯，去翻一下佛拜身上還有幾個彈匣。」卡萊道。

麥蒂尷尬笑著點頭。「麻煩你了。」

她回頭一看，廉姆還是盯著槽內的貝兒，顯然對生化人有某種情感，畢竟兩人在太古時代彼此扶持……更重要的是，如果這回生化人出了意外，沒人能從顱骨挖出晶片將人工智能資料救回來。

麥蒂，妳是隊長，這件事情不能妥協不能讓步。

「抱歉，廉姆，還是得讓她去。」麥蒂語氣強硬起來，「這是任務所需，必須由她執行。我們回復紐約原貌才有足夠電力，發電機撐不下去的。而且……」她偷瞥拿著手搖電筒小心翼翼走出去的卡萊身影，壓低聲音說：「而且這邊還有一件事情需要你去辦妥，不然沒辦法脫困。」

73

二〇〇一年，紐約

廉姆望著太陽降到河面上，對岸聚落升起裊裊炊煙，一座座圓形茅屋之間有些閃光。火。智能初期的展現。他好奇怪物的後裔們在哪個年代克服動物和祖先對火焰的本能恐懼，學會控制火、利用火。

鐵捲門嘎啦嘎啦響，麥蒂鑽出來到了身旁。「嗨，」她開口，「感覺如何？」

「很累。」他靠著據點外牆蹲坐，眼前叢林越來越暗，天色從豔紅轉為深紫。廉姆精疲力竭，整整兩星期的緊繃與恐懼，時時要提防被飢腸轆轆的猛獸拖走……總算回到安全的地方，能夠閉上眼睛好好歇息一時半刻。

「她準備得差不多了。」麥蒂通知，「我們開始設定傳送門，目標是上次關門的一分鐘後。那些爬蟲人應該都還在附近搖頭晃腦不明白你們為什麼忽然消失。」

「她狀態如何？」

「手臂看起來能自行修復。我注意到有新生的肌肉組織，皮膚還沒長好，應該之後會再生。目前莎莎先幫她包紮起來遮蔽傷口。」

「狀態呢？」他又問了一遍，「能應付嗎？」

「她自己計算出來效率是原本的百分之四十七。」麥蒂嘴角一揚，「另外她很喜歡那把槍。」

廉姆輕聲笑。「和鮑勃一樣。」

「就像兄妹呢。」

「嗯……算是吧。」

「對呀。」

廉姆朝對岸村莊點了下頭。「感覺不太好。」

「怎麼說？」

「我們打算……把牠們全殺光？但是妳看看牠們現在的樣子。」他搖頭，又笑了出來。

「好笑的點是？」

「其實我看了有點驕傲呢，真的。從某個角度來說……牠們好像是我創造出來的生物。我們示範了怎麼造橋、怎麼用長矛，經過不知道幾千年時間……」

「是幾千萬年。」

「……幾千萬年以後，牠們變成這樣，一個有智能的新種族。結果又要殺光光。有個詞是講這種行為？」

「種族屠殺？」

「嗯，對……那個希特勒不是也這麼對付猶太人嗎？然後我們居然要幹同樣的事情。牠們不是沒腦袋的野生動物啊，麥蒂，我在那邊都已經看得出牠們很聰明，妳應該也看得出來。過了這麼久，牠們和我們並沒有太大分別。」

「不對，廉姆，還是不同。卡萊提到一個關鍵……」

「什麼？」

「你試著想像一下：牠們停在目前這個階段已經多久了？嗯？只有木筏、木矛、草屋，都已經幾千萬年過去了……換句話說，牠們到此為止。」麥蒂凝視遠方村莊，「否則牠們怎麼沒有穿著西裝拿手機？」

廉姆聳聳肩。「說不定曾經有過？也許幾百萬年前有那麼聰明，紐約也是大城市。」

「然後？是牠們自己選擇回歸原始生活？」

「天知道？搞不好是戰爭？高級文明化為廢墟了，也或許引爆了什麼武器毀滅世界，只有少數倖存。」

麥蒂點頭。「聽起來也不是不可能，六千五百萬年時間可以發生太多太多事情。」

「是啊，人類不是也要面對同樣的關卡嗎？沒多久了吧。」

她望著廉姆。「是說奎瑪那個年代？」

「佛斯特可能也包含在內。妳記不記得他說過一些未來的慘澹現象？全球暖化、洪水、污染、海洋充滿毒素……而且好幾十億人吃不飽？」

當然記得。其實麥蒂原本生活的時代就看得到跡象。哥本哈根會議被視作各國團結對抗暖化的最後機會，沒料到結果一塌糊塗。她懷疑二十一世紀中期的史學家會將那天視為人類末日的開端。

「唔……無論我們喜不喜歡，未來就是未來啊，廉姆。我們的工作是確保時空路徑不會扭曲。」

他點頭。「嗯……但是，麥蒂，妳有沒有好奇過？」

「好奇什麼？」

轉頭過來的廉姆因為眼睛充血和那幾根白髮一瞬間像是年輕人和老人重疊了。「就是：佛斯特和我們描述的那個未來，就一定是值得我們努力保護的未來嗎？」

「這我不知道。我想只能選擇相信他。」

夕陽碰到地平線上的樹梢，落到篝火冒出的煙柱後面。據點內傳出一些聲音，莎莎正在幫忙支援生化人……幫忙貝兒著裝。

「給她的指示是消滅恐龍人，抹除你們營地的痕跡，所有東西都燒掉避免形成化石。至於她任務成功與否——」麥蒂對著叢林說，「看紐約是否回復原狀就能判斷。不過……」她又壓低聲音，「除了叢林紐約之外還有一個棘手的問題得處理。」

「卡萊嗎？」

她點頭。

「嗯……」他挑眉道，「他和拿槍的那個可憐人找到我的留言？」

「不完全。很早前就被發現了，大概一九四〇年代吧。卡萊背後是一個政府祕密機構，」她嗤之以鼻，「也可以說和我們類似吧。那個機構花了六十年時間保護你的留言，等到二〇〇一終於找到我們。」

「敲門進來的？」

「敲是敲了，不過時空波動之前有人拿槍守在外面，附近路口全封鎖了，到處是軍警，還有直升機巡邏呢，場面很大。要是你看到了可能很興奮。」

「我的錯，」廉姆一臉歉疚，「對不起。」

麥蒂搖頭。「怎麼會呢，你本來就得留言給我們，不然怎麼接你回來。」

莎莎在裡面喊她，時候到了。

「現在重點是，」她語氣急促起來，「我們得做好準備，機會很短暫。等到貝兒完成任務馬上就要面對，我必須派你回去確保沒人看見留言。」

「回恐龍時代？」

「唔，不用那麼遠。」她差點脫口說出再一趟你可能就沒命。「只要回到一九四一年五月二日就好，去阻止兩個小孩挖石頭。」

廉姆聽了一笑。「然後卡萊的組織就不會存在？」

她低頭鑽過鐵捲門時愣了一下。「唔……會不會存在不一定，但就算存在也是守護其他的機密不讓美國人民知道。」

「也是。」

「發生時空波動的時候得讓卡萊到據點外面去。如此一來他的人生才會隨著現實得到改寫，不會記得這裡發生過什麼。」

廉姆跟著鑽進倉庫，先瞧見的是佛拜遺體裹好後露出一雙靴子。

「他怎麼辦？」

「佛拜嗎？不確定。搬到時空氣泡外面的話應該能復活，回到卡萊和那個組織蹦出來之前的人生。而且重點還是在於怎麼讓他和那老頭走開，我們不能讓外頭全是拿槍的人，要回歸平靜。」麥蒂朝他笑了笑，「平靜的日子比較好吧？」

「當然……但還得送艾德華回去？」

「一步一步來。」她嘆氣，「先讓貝兒出發吧。」

進門以後廉姆將鐵門放下，然後大家集合在工作站前面。貝兒已經站在那兒，兩手捧著步槍──其中一條手臂肘部以下都纏著繃帶。

大家七嘴八舌，卡萊與兩個學生不停問麥蒂關於時光機的事情。嘈雜中他悄聲問：「感覺怎麼樣？」

「我沒事，廉姆。」

「被長矛戳中的地方呢？傷口看起來很慘，真的。妳確定這樣子回去沒問題？」

「有機診斷系統顯示腎臟破損無法正常運作，之後需要修補。」她回答，「但不會影響機能表現。」

「手臂呢？」

「手臂可以正常活動。」

「好了，」麥蒂叫道，「我設定在上次傳送門的一分鐘之後。時間太接近，會有背景迅子干擾，所以我調整位置到三十呎外，對妳應該就不至於有影響。這樣可以嗎？」

「肯定。」

「任務條件妳都明白吧？」

「消滅所有爬蟲人與營地痕跡，兩小時後原路返回。」

麥蒂點頭。「沒錯。當然，槍要記得帶回來。」

貝兒緩緩揚起一邊眉毛。「嗯……廢話。」語調很平。

莎莎咯咯笑。「好酷！」

麥蒂也望著廉姆嘴角上揚。「看樣子她學了很多有的沒的啊。」

廉姆點頭。

「好。我們沒時間注水，她得直接傳送，大家別靠近地上那個圓圈。」麥蒂指著粉筆畫出的範圍，裡面混凝土地板凹陷一塊。她嘆氣道：「之後我們得想辦法把洞補起來。」

其餘人退後，貝兒自己跨進圓圈內、彎下膝蓋等待通知。步槍已經解鎖上膛，緊緊挨著肩膀隨時可以開火。

「貝兒，要小心，」廉姆說，「平安回來。」

她遲疑地點點頭。「瞭解，廉姆．歐康納。我會小心。」

「都好了嗎？」麥蒂問。

「肯定。」

「那，鮑勃，」麥蒂回頭對著麥克風吩咐，「聽我倒數。十、九、八……」

倉庫裡迴盪電流進入時光機的嗡嗡聲，LED燈一個個由綠轉紅，能量逐漸降低。空氣中驀然冒出直徑三碼的球形微光裹住貝兒，天花板燈管忽明忽滅。

「七……六……五……」

那雙灰色眸子望向廉姆，露出一個猶豫的笑。

「四……三……二……」

「加油。」他以嘴型示意，但不確定在光芒中的貝兒能不能看見。

「一。」

貝兒消失了。瞬間真空導致急促的氣流。

「哇！」艾德華低呼。

「等吧。」麥蒂朝廉姆一瞟，「還有準備後續。」

74

公元前六千五百萬年，叢林

貝兒從空氣振動中現身，下墜了幾呎，靴子踏在硬泥巴輕響。

她一開始就壓低重心隨時準備出手，視線掃過篝火照亮的空地。乍看之下是幅地獄景象：爬蟲人在營地亂竄，拆了臨時小屋和圍牆，注視火焰吞噬最後疊上去的幾根樹枝。

有一群圍在一分鐘前回程傳送門開啟處。牠們東摸西找，只看到旁邊有一叢低矮蕨葉，仰起腦袋一頭霧水，彷彿烏鴉盯著路上的屍體。

完全沒有注意到貝兒回來了。

彈匣有三十發。她第一眼就鎖定好優先目標：體型較大的雄性。

首波攻勢發動，六發子彈掠過空地，聽起來像是很多乾枝折斷。六個敵人倒下五個，成了裝著骨肉的皮囊。之所以有一個沒命中是牠運氣好晃了一下，所以子彈從頭頂上面擦過。

其餘爬蟲人愣在原地不敢動。牠們不懂迅雷般的槍響代表什麼。

貝兒利用牠們錯愕慌張的機會展開下一輪攻擊，同樣拿大型雄性當靶子。這回槍口火光引起敵人注意，牠們轉身飛撲，不過瞬間四隻死亡、一隻重傷，圍攻策略談不上開始就已經崩潰。爬蟲人紛紛躲到十幾碼外左右散開、又叫又鬧。

她能看到雌性和幼兒躲在後排，以前面雄性當肉盾。首領也在，從左手缺了一根爪甲可以確認身分。牠手中還握著一根長矛，當作指揮棒似的招呼夥伴進入黑暗中。

〔評估：最優先目標〕

除了身為族群頭目、地位最高者，依據邏輯與經驗也得知牠從人類學到了特別多。必須阻止牠將基因與知識傳遞給後代。對生化人晶片而言做判斷的時間單位是十億分之一秒，換言之，貝兒立刻確定本次任務最重要項目就是殺死斷了一根爪子的爬蟲人領袖。她機器人般無畏前進，一群部下衝出來想攔截，半數死在槍下、其餘轉身奔竄。步槍發出的聲音和閃光嚇破牠們膽子，爬蟲人無法理解，只知道死神降臨。全部動起來了，像是驚弓之鳥各自逃命。貝兒視線鎖定頭目背影，槍口擺正，瞄準發射。

頭目中彈時腳都離地了。

75

二〇〇一年，紐約

麥蒂偷瞥卡萊，他與莎莎、兩個學生站在升起一半的鐵捲門邊望向外頭叢林，期待來自遙遠過去的時空波動掀起驚天動地的劇變。莎莎做得很好，帶他們到那邊以後努力解釋何謂時空波動、以及自己觀察時要留意的工作事項。

「你明白該怎麼做吧？」她悄聲問廉姆。

他點頭。「但妳確定日期沒錯？」

「唔，只能說我希望。他說是那一天找到的，只能賭他沒撒謊了。印象中卡萊提到帕拉克西河，所以我就輸入了格倫羅斯國家公園的地理坐標……你設法找出那兩個挖到化石的男孩子。」

「男孩子？幾歲？」

「不知道……你懂的，就，『男孩子』。」麥蒂聳肩，「大概就是那種歲數嘍。」

廉姆隔著她偷偷看了門口那些人。「知道長相嗎？」

麥蒂毛躁起來，搔了搔一頭捲髮。「老天……我哪知道呀！」沒好氣地說完了卻又為自己脾氣不好意思，尤其看見廉姆充血的眼睛與鬢角的白髮更覺得慚愧。「抱歉，」她嘆氣，「能肯定的大概就是他們一定很興奮、很得意吧？」

接著她轉頭對工作站說：「鮑勃，傳送門準備就緒了嗎？」

>肯定，能源填充完畢。

「好。」麥蒂點點頭，「很好。」她再觀察一下廉姆，面容還是蒼白，但沒有那麼憔悴，例如沒有嘔吐感、鼻子或其他部位都沒有出血。「廉姆，你狀態可以吧？」

他點頭。「可以，真的。累是很累，感覺睡個一年都行，但還是能辦事。」

*怎麼不代替他去呢，麥蒂？看看他……看看時空傳送造成多大的身體負擔。妳居然還要派他出任務！*但麥蒂壓抑內心罪惡感。她得留下來調配貝兒與廉姆的返回行程，這次安排起來更複雜一些。

很想說出自己知道的、佛斯特透露的一切。告訴廉姆的話，他至少可以決定還要不要繼續如同慢性自殺的時空傳送。

「要走了嗎？」他問。

麥蒂塞了一只數位腕錶在他手裡。「六小時。」她輕聲提醒以後輕瞟粉筆圈內混凝土地板凹陷處。廉姆懂意思：回到一九四一年以後有六小時行動時間，然後麥蒂會開啟回程傳送。他裝作漫不經心恰好踏到圓圈內，麥蒂二話不說啟動倒數程序。時光機嗡嗡響、燈管又閃爍了，這兩個現象無法掩飾。

本來滿心期盼卡萊會專心聽莎莎講話、等待時空波動，無暇顧及據點內發生的事情。但老頭子太精明了，猛然轉身朝裡面叫道：「怎麼回事？」

廉姆跨過粉筆線，球形微光在身旁扭曲晃動。

「到底——等等，妳們……？」卡萊瞪大眼睛，**「他上哪兒去？」**

麥蒂不予理會，老人立刻伸手探進外套口袋。

「別開槍！」她見狀意識到苗頭不對趕緊大叫，「別開槍！」

但是卡萊還是舉槍瞄準。**「立刻關掉機器！」**

「不能關！你別亂來……現在不能關。別開——」

他朝廉姆射出子彈的同時，光球搖曳塌縮，咻一聲消失。

一九四一年，德州索莫威爾郡

廉姆降落在河岸，滿地小石頭。有什麼東西自耳際掠過衝向天空。

「Jayzus（耶穌保佑）！」他嚇得亂竄、東張西望想看清楚是什麼，但找不到異樣，只有小河、淺灘與沙子色岩石，四周紫杉樹林氣氛陰沉。岸邊野草被太陽烤得變色，水流沖過時一陣陣唏哩嘩啦。

鳥？蜜蜂？蒼蠅？

或許吧。只是飛得也太快了點。

心思回到正事——該怎麼走？他壓根兒不知道怎麼找到那兩個男孩。看看麥蒂交給自己的手錶，她特地設定倒數計時，現在還剩下五小時五十九分鐘。

「嗯，」他自言自語，「該從哪裡開始找？」

站在大太陽底下不知何去何從，廉姆最後決定離開前先在原地做個小石堆當記號，於是找了十幾塊拳頭大小的圓石砌了個小金字塔。如此一來才找得到回程傳送門。

才剛堆好，隨著慵懶午風吹過紫杉林，他聽見遠處有人大叫，還有戲水的聲音。

那方向……應該是下游。廉姆沿著河岸走，踩得卵石與砂礫咔噠咔噠滾來滾去，腦海中隱約浮現一個畫面：遼闊的海灣，寧靜的綠海往右手邊延伸到天邊。

就是這裡。那片不可思議的熱帶海洋。

同樣令人屏息的是歲月的力量。滄海桑田，大地、大海以及任何生物都無法抗拒時空的流轉變遷。

又聽到人聲飄過河水。是小孩子正在嬉鬧。

76

公元前六千五百萬年，叢林

貝兒追蹤血跡進入叢林。血液在月光下雖然黑但濕漉漉反光以後很明顯。所幸無須深入，才這個距離光線已經逐漸遭到低垂枝葉遮蔽，再裡面一點她懷疑就真的會追丟。

看見目標之前已經先聽到了：一個聲音像是狂奔後的美洲野牛大口大口喘氣，再來則彷彿一群嬰幼兒嗚嗚啊啊地哭泣。貝兒視線鎖定對方，先前擊中的爬蟲人蜷曲倒地，身旁一群體型較小的雌性與幼體。牠們輕輕拍打或搔抓受傷的同胞，似乎以為這麼做能引發什麼奇蹟治癒首領的傷勢。

她繼續上前，直到清楚看見爪子殘缺的爬蟲人。大約二十隻圍著牠，全部安靜下來，瞇起的黃色眼珠在叢林中散發微弱螢光和濃烈恐懼。

「救……命……」一個雌性發出人類詞彙。貝兒明白這是模仿凱莎的慘叫。思考裡電腦那部分提醒她任務優先，至少要確認地上那隻重傷的爬蟲人死了才勉強能稱之為成功。

不過意識中還有極小一塊並非程式，模模糊糊的念頭浮現。

和我一樣。

貝兒想起自己的出生、成長，如何脫離溫熱的營養劑溶液。起初就像這爬蟲人，胎兒似的縮在堅硬地板，心裡困惑、驚恐、迷惘。具有動物的感官與本能……但少了語言。

她蹲下來將對方看個仔細。傷口在牠細窄的胸腔中間，根據從橄欖色皮膚噴出的血量判斷絕對足夠致命。

「你必須死。」貝兒冷冷道，卻又察覺與爬蟲人交談不合邏輯、毫無意義——牠們目前的智能並不比猴子高。但這麼做似乎可以協助自己處理和篩選思緒……賦予不是高密度矽晶片的那部分心靈一個表達的形式。

「我回來是為了殺光你們，」她說，「這是任務。」

黃色眼睛靜靜打量她，彷彿想要溝通，想要求饒。

貝兒站直以後換了彈匣。電腦不斷警告自己為了達成任務不能浪費時間在非理性情感上，輕聲呼喚要她繼續行動。

執行任務

處置該種族首領

處置其他爬蟲人（可能範圍內）

清楚所有人類居住痕跡

「對……不起。」她仰起頭，覺得奇怪，聲音為什麼不大對勁，微乎其微地顫抖了。但是聽起來卻更像人類，和自己、廉姆共處了十四天的那些學生幾乎無法分辨。那三個字帶有太多人性，貝兒幾乎想要再說一次試試看，然而終究架起步槍，裹著繃帶的手指扣著扳機，經過培養槽治療的新生肌肉組織收縮。槍響，子彈射出。她重複同樣動作，一次又一次，一次又一次……所有爬蟲人斷氣倒在殘爪周圍。彈匣空了，槍管發燙。

叢林死寂，夜行生物被嚇得不敢再有任何一丁點動靜。她聽了一會兒夜風與附近流水。

「對……不起。」貝兒又說一遍，卻察覺這次語調平板不帶情緒，就像以前的自己。

她轉身朝一開始的營地移動。

二〇〇一年，紐約

「妳把他送到哪裡去？」卡萊咆哮，槍口指著麥蒂。

「我讓他回去……回去幫貝兒——」

「少唬我！」他吼道。

「是真的——」

老人朝麥蒂頭頂上方開了一槍。她背後一台螢幕炸裂，迸出火花與玻璃碴。

「夠了，」他暴喝，「小姐妳別再耍什麼心機，我隨時可以往妳肚子送顆子彈……相信我，那是最痛苦也最漫長的死法。」卡萊向她逼近，「我再問妳一次：妳把他送到哪裡去了？」

麥蒂緊張地吞了口口水，眼睛盯著槍口無法動彈。「我……我……」

「麥蒂！」莎莎驚呼，「來了！」

卡萊聽了一愣，站在原地沒動稍微轉頭問，但視線並未離開麥蒂。

「妳們感覺得到吧？有股震動？」

「我沒有。」老人的眼睛與槍口依舊瞄準麥蒂，「我什麼都沒感覺到。」

「但我有。」艾德華說。

「天吶……叢林正在解體，」蘿拉也開口，「變成別的東西，看不出來是什麼——」

莎莎點頭。「對岸村莊也消失了。這是時空波動造成的漣漪……更大的變化在後頭。」

卡萊暗罵一聲，最想看的就是那畫面。「妳！」他揮舞槍口朝麥蒂嚷嚷，「過去門口，**立刻！**」

麥蒂只能怯生生服從命令，趕快走到鐵捲門邊與其他人一起向外看。卡萊保持幾碼距離拿著手槍望向漸漸昏暗的森林。「接下來會怎麼樣？」

「一波大的時空變動。」莎莎提醒，「可能會造成暈眩……」她瞪大眼睛，「來了，感覺到了嗎？」

老人眼神跟著一亮。「我的天，有！像地震一樣！」

地平線上橘紅色晚霞被像是雨雲翻騰的景象覆蓋，彷彿風暴自大西洋以不可能的速度席捲世界。

「這怎麼回事？」他驚呼。

「時空波動？」艾德華低聲問。

麥蒂點頭。「換上另一個現實了。」

風暴掃過大河對面島嶼。空氣中濃稠光輝沸騰攪動，許多時空只存在於驚鴻一瞥：扭曲搖晃的摩天大樓輪廓內，一瞬間麥蒂覺得看見了天上滿布狀似惡鬼和龍的生物——換言之，牠們存在於另一個可能性，卻不容於矯正後的現實，所以一次心跳的時間內就遭到抹煞。

波動淹過河面和據點。

橋孔倉庫隨著空間扭曲變形，腳下地面剎那陷落化為虛空。但眨眼之間又看見十呎寬的磚造房屋，外頭是平凡無奇的街道。先前以防水布裹起來搬出去的佛拜遺體消失無蹤，他活生生站在入口旁邊壓低嗓子正在與另外兩名武裝男子講話。探照燈光與咻咻咻聲音從天而降，直升機在空中盤旋巡邏。

卡萊合不攏嘴，終於放下手槍。「太……不可思議了。」

「是吧？」麥蒂附和。

佛拜和同儕聊到一半抬起頭。「嗯？咦？長官？」他們三個一頭霧水。「呃……我完全沒聽見開門聲音。長官沒事吧？」

卡萊還震驚得面無表情、難以置信。

「長官？有狀況嗎？」

他望著下屬。「唔？……嗯，沒事，沒事。」看到佛拜死而復生，老人那雙薄唇忍不住微微上揚，「只是又……又見到你很開心。」

佛拜蹙眉點頭。「長官……？」他看到艾德華與蘿拉，「這兩位是？」

卡萊搖頭，慢慢清醒過來。「我……之後再和你解釋。」他轉身對麥蒂等人說：「大家進去。門先關上。」

佛拜想跟，但卡萊揮手要他留著。「你先別進來吧，」說完手槍朝蘿拉比了比，「妳去關門。」

女學生要轉把手，莎莎見狀過去按下綠色按鈕。「別費力，現在有電了啊。」鐵捲門隨著馬達運轉嗡嗡降下。

老人花了點時間整理思緒，試著釐清目睹的一切究竟代表什麼、天亮之前還要期待什麼。門關緊了，馬達停下來。

「好，」他開口，「好。也就是說妳朋友和那個複製人……他們成功了，那些怪物已經從歷史消失，不會再有恐龍人稱霸地球。」老人點點頭，「嗯……到這邊我懂。」

「卡萊——」麥蒂想打斷。

「再來，佛拜復活了。因為……因為……」卡萊瞇起眼睛深思，「因為導致他死亡的事件沒有發生，恐龍人不存在就不能攻擊他。但這太莫名其妙了，沒道理啊……我明明親眼看見他被——」

老人沒了條理。

「卡萊，」麥蒂再叫他一遍，「聽我說，有事情要告訴你。」

「他應該死了才對。」老人回頭望向倉庫對面地上一灘乾了的血塊。是佛拜的血。「妳們自己看，還在那邊！是他的血！怎麼——」

「卡萊！」

他迷惘的眼睛終於回到麥蒂臉上。

「這個新的現實仍舊不對。」麥蒂解釋，「你、佛拜、外頭那些士兵和直升機，你們整個組織，這些都不對，原本不該發生。」

「什麼意思？」他皺著臉，越聽越茫然。

「你的人生，」莎莎說，「本來應該截然不同。」

「在我們的時間線……或者說正確的時間線，你過的根本不是這種生活。」麥蒂試著擠出親切的笑容，「雖然無法肯定，但我猜比現在好得多吧？可能有兒女、甚至抱孫子了？」

「我根本沒結婚！」他暴跳如雷，「哪來的小孩！」

「我的意思就是——」

「工作就是我的家！保護祕密就是我的人生！這裡的祕密！時空傳送的祕密！屬於我的祕密，連美國總統都不知道的祕密。現在我確定時光機真的存在了，對我來說這比什麼婚姻家庭都重要。知識才是我的生命！」他又舉起槍瞄準麥蒂緊蹙的眉心，「不准妳隨便改寫，聽到沒有？**誰都不准奪走我的人生！**」

77

一九四一年，德州索莫威爾郡

廉姆從上游遠遠地就看見他們。兩個男孩，一個在水裡玩耍，另一個躲在突起的岩石下面陰影乘涼。

男孩們還沒看到他。廉姆第一反應是直接開口大叫，問問兩人今天做了些什麼、是否找到什麼有趣的東西。然而仔細一想，如果他們還沒任何發現，自己這樣介入會不會改變原本的發展？要是因此導致男孩不同的行為，或許該找到的東西就找不到了。

廉姆決定先躲起來觀望，於是也找了紫杉樹樹蔭坐下。

過了一小時、兩小時、三小時。午後影子逐漸伸長，他再看看錶，倒數計時剩下不到兩個鐘頭，不禁暗忖會不會盯錯對象，說不定幾百碼外會有另外兩個男孩子已經拿著奇怪的化石文字歡呼驚嘆。這麼想的時候便聽見坐在石頭底下的男孩大叫。

「喂！薩盧！」

「幹嘛？」

廉姆聽不清楚岩石底下那個男孩說了什麼，但看得到他不停把玩手中物體。至於水裡叫做薩盧的男孩樣子不是頂有興趣，所以繼續拍水轉圈。開口叫喚那人見玩伴沒興致好像有點光火，忽然跳進河裡游過去，亮了手裡的東西給薩盧看仔細。他們又嘰哩咕嚕說了一串話，廉姆明確聽見內容包括「看」以及「字」。

就是他們！

起身才發現腿都麻了，但廉姆還是飛奔過去。「喂，小夥子們！」他叫道。

兩個男孩轉頭。「哈囉！」他盡力裝出友善語調免得嚇跑他們，不過接近時依舊察覺對方很有戒心。

「嘿……別怕，我又不會吃掉你們，只是打個招呼。」

「媽媽說不要和不認識的人講話。」拿著石塊的男孩開口。

廉姆再靠近幾碼，蹲下來露出笑容。「你們好，我叫做廉姆，廉姆・歐康納。這樣我不算不認識的人了吧？」

兩個男孩無法反駁，點了點頭。

「我叫薩盧，我哥哥叫葛瑞迪。」薩盧看著廉姆，「你講話怪怪的，衣服也怪怪的，是哪裡人啊？」

「愛爾蘭。」他回答。

男孩好奇盯著他。「先生，你身體還好嗎？」

廉姆聳肩，不懂為什麼對方這麼問。「我沒事啊。」

「你生病了？」

他心想不能浪費時間在這種問答上面。「我很好，」回話以後他指著葛瑞迪手裡的石頭，那孩子一直試著藏起來不給廉姆看。「你手裡是不是有東西啊？」

葛瑞迪將石塊擺到背後十分提防。「沒啊。」

「一看就有。」廉姆再逼近，「不會是錢吧？在樹林裡撿到錢了？」

「不是，」葛瑞迪緊張地搖頭，「沒撿到錢。」

「就一塊爛石頭上面有寫字而已。」薩盧說，「不知道是誰在石頭上面刻了字。」

廉姆裝作起了一點興趣。「真的啊？聽起來滿特別的？介不介意我看看？」

葛瑞迪搖頭。「是我的。」

要是腦袋轉快點、精明點，廉姆出發前就該找個新奇玩具或棒球卡、還是一袋糖果來交換，再不然……

有了。他想起來自己身上有更吸引目光的東西，兩個男孩難以抗拒。「等一下喔，」廉姆伸手探進破破爛爛的短褲口袋，東西一直塞在裡頭……指尖摸到鋒利邊緣了，他小心掐出四吋長、狀似魚鉤的物體給男孩看，兩人張大眼睛。「爪子，」廉姆說，「真正的恐龍爪子喔。」

薩盧和葛瑞迪張口結舌，四顆眼珠子離不開駭人的爪甲弧線。

「今天早上在這河邊找到，真的。聽說附近很多古代寶物。想不想拿在手上看看？」

男孩們用力點頭。

「那交換如何？」廉姆說，「你們看看這根爪子……我看看那塊石頭上刻的字？」

「好。」葛瑞迪二話不說答應，顯然閃閃發光的四吋恐龍爪比他自己找到的石頭稀奇太多，看也不看就遞過去。「反正我也看不懂上頭寫什麼。」他伸手就要搶爪子。

「小心點，很利的。」廉姆提醒。

葛瑞迪接過之後轉身背對弟弟蹲下。

「喂，葛瑞迪！我也要看啦！」

葛瑞迪搖搖腦袋。「我的石頭換的當然我先看啊！」

「噢，別這樣啦！給我看、給我看！」

廉姆沒理會兄弟檔的吵鬧，在旁邊找了塊大石頭坐下，翻轉掌上那塊深色石板以後心跳少了一拍。

Jayzus（耶穌保佑）……真的是你，經過這麼久又見面啦，我的小信差。

眼前是自己的字跡逆轉以後或深或淺壓印在岩石上得到保存、熬過漫長歲月。「說的是啊，」他抬起頭，「誰看得懂上頭寫什麼？」

葛瑞迪根本沒在聽，心思全放在可怕的恐龍爪上，還要阻攔薩盧不斷伸手想要搶。

「就鬼畫符吧。」廉姆露出會心微笑。

「先生，要交換嗎？」葛瑞迪問，「石頭換爪子？」

他裝模作樣聳聳肩。「不好吧……那爪子應該挺稀奇——」

「拜託！」男孩從褲子口袋掏出一個木頭溜溜球，「這個也給你！」

廉姆倒是真的起了點興趣。以前在科克也有過這種玩具，但是因為比較大比較重，所以他一直玩不好。

「唔……勉強。加上溜溜球的話就跟你們換。」

雙方故作正式點點頭沒再講話完成交易。廉姆起身時特別疲憊，總覺得自己彷彿與這片山林同樣蒼老。他客氣地和兩個男孩道別，但孩子們又爭執著到底爪子屬於誰、由誰一路拿著回家。

沿著布滿碎石的河岸，廉姆一路咔嗟咔嗟走了回去，指尖撫摸石板上模糊的刻痕，眼睛搜索標記傳送門的小金字塔。

78

二〇〇一年，紐約

莎莎又感應到了。時空波動的初期漣漪、十分微弱的暈眩感。其他人似乎都沒察覺，卡萊仍舊舉槍直指麥蒂。

「這……這就是我的人生。這個世界、這個現實！」

「你……你得走出去，和部下會合。」麥蒂不肯妥協。

莎莎很佩服她盯著對方顫抖的槍口還能如此鎮定。

老人搖頭冷笑。「說什麼傻話，妳以為我有可能就這樣走出去？丟下人類史上最大的奇蹟……乖乖到外頭忘個一乾二淨？」

莎莎瞥了兩個學生一眼。三人對上視線，目標一致。

得想點辦法。

「聽我說！」麥蒂打斷老人，「時空波動過來的時候，如果你還在這裡……就沒辦法回去了。現實會在你不存在的情況下改寫——」

他繼續笑著。「喔……那又如何呢，麥蒂？說實話，我等好久了，一直盼著這一天——」

麥蒂眼睛微閉。「根本無關乎國家安全，對吧？」

卡萊聳肩。「對，說得沒錯！有什麼問題嗎？這玩意兒……所謂的時光機……哪個男人——不對，應該說是全人類的夢想！前往任何時間、任何地點，窮究古今中外無人知曉的一切！」

「時光機不是玩具。你應該明白……自己的想法不正確。」

「哼，當然！因為你們幾個乳臭未乾的小孩子……你們才值得委以重任、守護時間，是嗎？」

莎莎又偷瞟另外兩人，接著悄悄朝老人接近一步，並看看兩個學生是否要跟進，發現蘿拉面色蒼白站著不動、還搖了搖頭。她太害怕了沒辦法。不過艾德華隨莎莎移動。

其實莎莎還不知道能怎麼做，難道要把手槍搶過來嗎？光想像就覺得腿軟。

「我是被帶來的！」麥蒂回答，「你以為是我自己想要留在這裡嗎，卡萊？我的天！事實是我別無選擇好嗎！」

老人聳肩。「說真的，關我什麼事？」他繞過鋪在地上的管線湊近，「我已經找到我想要的東西了。花了一輩子時間準備和期待的東西。」

莎莎看見螢幕上有訊息閃爍。

「都這把年紀了。」卡萊說話時小心繞過可能絆倒自己的電線，但槍口始終沒離開麥蒂身上。「我成年以後全部生命都是為了這一刻而活。多年前我就得知時光機會在二〇〇一年九月十日出現在大橋底下，」他嘆息，「妳能明白那是什麼感受嗎？壽命將盡的時刻……才能盼到真正的奇蹟。」老人搖頭，「然後？」他苦笑，「妳希望我裝作不知道，走出去忘掉一切？」

麥蒂背後螢幕有鮑勃的對話視窗。他想告訴大家什麼。是提醒即將到來的時空波動嗎？

「麥蒂，我想要看的太多了……過去十五年裡我不分晝夜想像。龐貝如何毀滅、亞特蘭提斯沉沒、耶穌基督受難……還有邦克山戰役、華盛頓橫渡德拉瓦河、林肯在蓋茲堡演講！哥倫布發現新大陸……」他老眼閃耀蓬勃生機，「天吶！還可以回去親眼看看恐龍滅絕的K-T界線到底是怎麼回事！妳難道不想目睹隕石墜落的一瞬間嗎？」老人搖頭，「可以回去的時間距離究竟是多遠妳曉不曉得？」

麥蒂攤手。「這……我不確定。我——」

「有沒有可能觀察到生命誕生的一刻、地球最初的細胞分裂？」卡萊好像陷入狂想中，沉溺在自己有可能前往的時空，以為能夠為所欲為。

莎莎忽然覺得前臂寒毛豎起，明白來不及了：時空波動來臨。緊接著燈光明滅，大家都察覺異樣、重心搖晃，地板驟然陷落。麥蒂身後螢幕一下子全暗了，蘿拉嚇得失聲尖叫，艾德華也大抽一口氣。燈管沒電，倉庫裡一片漆黑。

螢幕和燈管啪嚓一聲亮起來，據點內瀰漫冷冷藍白色光線。

卡萊得意地笑了。「我的天！是波動，對吧？」

麥蒂緩緩點頭。「嗯……應該是吧，」她朝老人投以怨懟眼神，「你應該在力場外面和他們一起回歸。這下子又亂了套——」

「反正我就是沒出去。」他淡淡道，「妳就面對新的現實吧。」

「你不懂……歷史又被重寫了。我不知道這對你或——」

「我不在乎。」他笑道。

莎莎再度注意到螢幕上閃爍的游標，而且想通了鮑勃為什麼急著想和麥蒂溝通。

「麥蒂！」她指著螢幕大叫，「快看！」

麥蒂一聽回過頭。「啊，不會吧！」她朝著卡萊大吼，**「快走開！」**

老人細眉一皺。「嗯？幹嘛？」

「快走！」麥蒂尖叫。

時光機的嗡嗡聲變大了，儲存的能量即將釋放。**「看！」**麥蒂指著卡萊腳下嚷嚷。

他低頭觀察，好奇不過就是個粉筆畫的圈有什麼好大驚小怪，雖說裡面混凝土地板凹下去了——

「老天！卡萊，你快走開！」

機器運作的時間單位是十億分之一秒。球形光芒籠罩老人，只有左手掌沒進去。

剎那間莎莎似乎看見卡萊周圍有惡靈、幽魂似的黯淡形體盤旋圍繞。傳送門彼端是中世紀未開化和迷信的人稱為地獄的空間。

他消失無蹤。就這麼離開了。

光球閃爍後連接到像是德州的地方，影像搖搖晃晃但看得見藍天與褐色大地……有人走過來，是廉姆，臉上表情帶著點嘔吐感。高度增壓的迅子球狀結構解體消失，氣流隨著輕輕的一聲「啵」拂面而過。

「嗯，怎麼怪怪的。」他彎腰乾嘔，看起來很不舒服。

「廉姆！」麥蒂差點哭了，「我的天吶……還以為你要和卡萊嵌在一起了！我……」

他舉起手示意麥蒂先別說話。「等等，等等……我要——」

廉姆朝地板嘔吐，正好吐在卡萊被截斷還微微抽搐的手掌上。莎莎跑過去。「廉姆！你還好嗎？」

他擦擦嘴角抬起頭，眼睛血絲還沒散開。「我……我……應該……還好。」重新站好，廉姆發現地上多了隻手，也嗅到腳邊傳來腥味。「和之前傳送的感覺不大一樣，這次很怪，真的。」

麥蒂搖頭。「我也不確定是什麼情況。剛才卡萊站在那裡不走，我也沒察覺已經進入倒數。」她眼淚滑過臉頰，「我以為你會和他重疊然後變成畸形……」

「唔。」廉姆再抹抹嘴角笑了起來，「看樣子我沒事呀？」他張開手掌檢查，「沒有多條手臂吧？後腦也沒長什麼才對？」

她點頭拭淚，一起笑了。「沒有……你很好。」

「所以有沒有成功？」廉姆又問，「妳們看過外頭了？」

「剛才應該起了時空波動。」蘿拉望向莎莎確認。

「沒錯，」莎莎點頭，「我去看看吧。」她到門口按了按鈕，鐵捲門慢慢升起，大家圍上前，等門停了以後走進夜色。

大河對岸曼哈頓輝煌燦爛，簡直是個燈光做成的超大結婚蛋糕。通勤火車穿越威廉斯堡大橋，夜色下有遠方車輛行駛與警笛交織出令人安心的嘈雜。

「正常的紐約。」廉姆呼了口氣，「就為了這個又搞得雞飛狗跳，真的。」

莎莎緊緊抱住他忍不住哭起來，自己都覺得尷尬，用力摟了一下才鬆手。

「至少我們回來了。」她低聲說。

幾個人靜靜凝視紐約，各自陷入思緒。麥蒂回神後說：「我該回去了，還要開傳送門給支援——」她改口，「給貝兒。」然後掉頭入內。

其他人繼續欣賞夜景。車燈像一顆顆珠子沿著羅斯福東河公園大道流動，河面上曼哈頓的倒影被渡輪切成兩半。最後艾德華還是開口問了，大家都知道還有事情沒處理。

「我和蘿拉也得回去對吧？回到原本的歷史？」

「嗯。」廉姆點頭，「不過不是非得今晚才對。」

「那就好，」蘿拉低聲說，「我感覺不太舒服。」

「裡面有床。」莎莎看著她和華裔男孩，兩人膚色慘白、臉上沾了兩星期的髒污還沒清洗。

至於廉姆……鬢角的一小撮白髮讓他看起來年輕中多出一份令人不安的老態。

「我去給大家沖咖啡吧。」她說。

79

公元前六千五百萬年，叢林

貝兒堆好原木和樹枝以後點火，火舌中她隱約能看到自己放上去的那幾具遺體。木橋沒了，和衡重、風車以及圍牆、小屋一樣拆掉作為柴薪。人類留在過去的帆布包、棒球帽、夾克、手機也全部收集起來丟進火裡燒掉。

到早上它們就會變成焦炭或者一團變形塑膠，經過幾萬年分解為無法辨別的污染物。電腦花了點時間針對之前兩週殘留的其他物件進行分析，無法回收的議題包括法蘭克林、蘭吉特和克里，其中只有法蘭克林身亡位置可能成為化石，但可能性微乎其微，除非死後立刻受到砂石掩蓋才有機會。無論三人下落何在，都會因為天氣與食腐動物而不留痕跡。

空地周邊散落的子彈也一樣，經過漫長歲月會變成濕熱叢林裡不起眼的鏽塊，一百年以後說不定只是土壤上紅色的氧化污垢。

確定時間與自然的巨大力量足以抹煞她們留下的痕跡，貝兒安心了。雖然仍有極低可能性某個腳印、斧頭劈柴的凹口等等恰好留在石頭上，經過千錘百鍊變成化石，但考量各種變因以後她判斷風險在可接受範圍以下。

堆放木柴與人類物品的工作過程拉扯了腹部，不過傷口很快凝固阻斷出血。稍早前手臂纏的繃帶也鬆脫，露出鮮紅色肌肉組織與骨頭，如果有皮膚還能得到些保護，然而在叢林勞動能累積的只有沙土、木屑、樹葉和各種小蟲。

背景程序閃過感染因子與相關資訊，貝兒知道作為戰鬥載具的軀體承受傷害過重，需要立即接受醫療。她看著橘紅色火焰指著白堊紀夜空，月亮比二十一世紀大了一圈。偵測到前導粒子了，傳送門依據時程開啟，於是她回到指定地點。

回頭朝火堆看了最後一眼，貝兒注意到混雜在裡面的爬蟲人扭曲肢體燒得焦黑，心中有了無法識別的想法：是悲傷嗎？還是罪惡感？她只能肯定這種情緒並非來自於判斷任務條件和策略的那部分腦袋。

空氣攪動，光輝凝聚為球形。她淡漠地垮了過去，穿越六千五百萬年歲月回到黯淡的橋孔倉庫。

光芒退去以後首先見到的就是廉姆・歐康納。他臉上掛著疲憊笑容，貝兒不禁懷疑廉姆的人類腦袋是否也會提醒自己身體機能失調。

「歡迎回家，貝兒。」他輕聲說完，毫無預警摟了過去。「任務成功了！」廉姆在她耳邊說。

貝兒開始分析這個出乎預料的舉動，晶片很快得出結論，這時候以同樣動作回應對方情感最為合適，於是她也摟住廉姆不挺寬的肩膀。

「肯定，廉姆……任務成功。」

80

二〇〇一年，紐約

週一（五十號時間迴圈）

艾德華和蘿拉留在據點休息幾天。麥蒂說他們可能因為實驗室爆炸而罹患某種輻射病，調養一下再離開無妨。而且偶爾有新面孔是好事。不過麥蒂說最後還是得請兩人回去，這也理所當然，他們還有原本的人生要過。

但人生苦短……尤其是艾德華。

我在資料庫調閱檔案，發現好可惜。二〇二九年他寫了撼動世界的論文，當時二十二歲。二十七歲生日就因為癌症去世。

才二十七歲就得癌症？

好不公平，二十七年幾乎談不上是完整人生，好像淺嘗即止而已？但我知道不能告訴他，何況告訴他也未必是好事吧？誰想知道自己死期呢？我的話就不願意。

總之，得送他們回去二〇一五，至少原本計畫如此。可是後來麥蒂發覺這麼做可能行不通，兩人看得太多、知道太多。蘿拉的情況還好，對歷史的改動程度不高，問題在於艾德華・陳與未來如何發展息息相關，畢竟一切的開端就是他之後的論文。

該怎麼辦？只好請他們在時空氣泡重置時離開力場。打開鐵門，親眼看著時空變動帶走兩人、就像電腦刪除檔案般從現實消失。麥蒂說她相信歷史會被導正，他們會重新出生，所有因為變動而死的人都一樣……大家再次呱呱墜地，從嬰兒變成小孩、小孩變成青少年。差別在於二〇一五年參觀某個能源實驗室之後能夠平安回到父母身邊，抱怨一整天行程多無趣。

我們希望如此。

不過當初想要暗殺艾德華的人呢？連對方是誰都不曉得。我猜只能看看歷史變動以後這人會不會做出不同選擇，要是又收到發自未來的訊息……嗯，或許整件事情得重來一遍？拜託不要。結論就是只能靜觀其變，無法肯定、無法確認。「宇宙具有流動性」，麥蒂這麼說過。這句話到底什麼意思？

我們的女性支援單位，就是貝兒（還不是很習慣這名字），她還在接受治療。看樣子手臂被那些怪物傷得很重，鮑勃說就算再生完畢皮膚恐怕也有疤痕，肌肉肌腱無法回復百分之百機能。

這導致麥蒂與廉姆之間起了爭執。

麥蒂建議換掉這具複製人軀體，直接培養新的。這回要記得挑魁梧的男性。

廉姆聽了很生氣，說「應該善待她」。

我自己是拿不定主意。說穿了，她們是有機體機器人吧？知識與人格也可以保存呀。

但廉姆卻認為支援單位其實不只是電腦……她們體內、頭顱裡有別的東西，屬於人類的東西。這麼說或許也沒錯，好像對她不公平，尤其這次她表現得很精采。

而且廉姆給她取了名字……把有名字的有機體當作垃圾沖掉，的確也怪怪的。

還是別這麼做比較好。

反正他們好像取得共識：留下貝兒，但也再培養鮑勃的身體。麥蒂說她查資料以後似乎沒看到只能有一個支援單位這種規定。

那何樂而不為？

81

二〇〇一年，紐約

老人坐在公園長凳上，撕下熱狗堡的麵包丟給附近一群走來走去積極討食的鴿了。

「就知道能在這兒找到你。」麥蒂說。

他抬頭看見麥蒂露出微笑。麥蒂閉上眼睛，面朝九月的澄澈天空，蒼白臉蛋享受片刻溫暖陽光。

「可以好好曬太陽、吃熱狗……你的確是這麼說的，」她繼續道，「曼哈頓這種高樓大廈都市叢林，你還能去哪兒曬太陽呢？」

佛斯特淡淡一笑。「真聰明。」

她往長凳走去坐在老人隔壁。「我們很想念你。我很想念你。」

「才分開幾小時。」他又朝鴿子撒了些麵包屑。

「什麼？明明好幾個月了——」

「對我來說，」佛斯特解釋。「才幾小時而已喔。」他望著麥蒂，「妳要記住我已經不在時空迴圈、時空氣泡了。星期一早上，我已經和妳道別。」他又低頭看錶，「現在才一點，而且還是同一個星期一。」

她搖搖頭。「嗯，對，是我疏忽，該發現的。」

兩人靜靜坐著一會兒。有個幼齡女孩跺著小腳丫想嚇鴿子，但鳥兒只是迴避，馬上繞到她背後繼續啄食地上麵包屑。

「其實早上道別的時候，你是故意暗示可以來這裡找你？」

佛斯特點頭。「可能說走就走還是多少有點過意不去，」他鼓了下凹陷雙頰，「但是麥蒂，我壽命不多，撐不了太久。」

「因為迅子侵蝕身體？」

「嗯。影響深及基因層面，就像電腦病毒將原本程式替換為亂碼。」他嘆息，「到氣泡外面至少能多活幾天、甚至一兩星期。運氣好的話說不定有一個月，那樣我可開心了。」

麥蒂思考了一下。「不過……你會永遠……？」

「沒錯，麥德琳，對妳來說我永遠在這裡。九月十號星期一，十二點五十二分以後，和這些人一樣，我就在這裡。」佛斯特指著公園裡熙來攘往的人群，草地對面熱狗攤排了很長的隊伍。「我就像他們，與這個時空融為一體……就像舞台道具或背景。這也是我離開的另一個考量。」

她蹙眉不解。

「留在據點的話……現在應該已經死了。出來的話，我還能起一點作用，需要的時候可以找我談談。」

「嗯。」麥蒂點頭。

「但記住，麥德琳，妳每次過來……對我而言都是第一次。明白我意思？」

當然。她懂了。就佛斯特的立場，週一早上吃了貝果告別到現在僅僅三小時，據點時間重置以後他和自己的對話……從未發生過，無法留下記憶。

老人笑道：「感覺很像拜訪失智老人，每回都要重複同樣內容。」

她聽了也呵呵笑。「以前交過這種男朋友，都不專心聽我講話。」

佛斯特吸口氣。「妳會過來，應該是有事情想問我？」

「唔，之前遇上大麻煩，現在看起來是解決了。」

他拍拍麥蒂手臂。「看吧，我說過你們行的。」

「很慘，這次過關很驚險，差點兒搞砸。」

麥蒂簡單解釋事情經過，佛斯特搖搖頭。「恐龍的時代？」他低聲說，「我……我都不知道時光機有辦法傳送這麼遠。」

「你沒經驗？」

「沒有，沒這麼遠。廉姆的狀態呢？」

「問題癥結之一。我不知道損傷多大，但看得出因此改變、老化了，他……」麥蒂不經意瞟了佛斯特一眼，初次意識到老人的眼白也有血管破裂留下的痕跡。「和你一樣，有出血症狀，還長了白頭髮，不知道體內又是什麼情形。光我看到的就很糟了。佛斯特，這樣下去他熬得住嗎？你估計廉姆壽命有多久？」

老人抽了一口氣。「唔，我能說的只有他體質不錯，但追根究柢……還是得看他傳送的時間地點啊，麥德琳。剩下多少壽命這沒法子預估。」

連佛斯特也無能為力。

「那我該不該告訴他呢？他不是瞎子，看到眼睛頭髮變成什麼樣以後還自嘲，但他又不笨，一定察覺自己身體出了毛病。」

老人搖頭。「他行的。至於妳說不說得自己決定，因為現在據點由妳負責。我能給的是建議，最終決策還是妳作主，這點妳得記住。」他把剩下的麵包屑都撒出去。「總不能要我在公園凳子上指揮吧，團隊交到妳手上了。」

「時空局呢？沒有我能諮詢的對象，或者頂頭上司之類？」

「這……抱歉，麥德琳，關於這點我不能透露，你們要當作沒有任何外援，明白嗎？一切自己來。」

她罵了聲：「這麼沒用也敢自稱是個『局』？」

佛斯特同情地噘起嘴唇。「可惜他們就是這麼辦事。」

麥蒂很挫折，咬著牙想了想，已經理解到針對廉姆的問題找佛斯特行不通。另外她訂了新的眼鏡要去拿，店家說幾小時就好，再瞇著眼睛看螢幕然後偏頭痛可不成。

於是她起身。「好吧，我該走了，還有點事情得辦。」

佛斯特也吃力地站起來，動作卻依舊很客氣、很紳士。

「所以之後都在這裡？」麥蒂問，「每個週一這時間都能找到你？」

「當然，」他咧嘴一笑，「不過我按鐘點收費喔。」

她笑了起來，儘管有點彆扭但抱了老人一下。「玩得開心點，佛斯特。」

「沒問題，整個下午我都有安排。」

麥蒂掐掐他手臂。「保重，很快就會再見面了。」回頭沿步道準備朝西南方公園門口走的時候，一個疑惑閃過腦海。她停下腳步，轉身看見老人與鴿子站在一塊兒目送自己離去，那模樣幾乎像是早料到對話尚未結束。

「佛斯特，你為什麼那麼肯定廉姆『行』呢？如果他知道自己快死了不知道是什麼反應？說不定會一走了之？」

「他會做出正確選擇。」老人回答，「這點妳永遠別擔心……他是個好孩子，不會走偏。」

語畢，佛斯特轉身，灰羽毛、圓眼珠像大海為他分開顯露一條路。

「佛斯特！你為什麼那麼說？」

他停下來，微微轉頭問：「我為什麼那麼說？」

麥蒂點頭。「對啊，這沒道理！明知道是自殺，你說他一定不會放棄？你那麼有把握的理由是什麼？」

「唔。我有把握……」他揚起一側眉毛，「因為他就是我。」

譯註

本書開頭作者留下的暗號採用字母重排加密，解碼密鑰為故事中提到的「潘朵拉」（Pandora）。以Pandora將英語字母順序重新排列後得到對應如下：

ABCDEFGHIJKLMNOPQRSTUVWXYZ

PANDORBCEFGHIJKLMQSTUVWXYZ

字母A重複，為維持字母數故不重複。據此對應翻譯原密碼可得：

IF YOU HAVE MANAGED TO DECODE THIS THEN YOU UNDERSTAND THE IMPORTANCE OF ONE WORD – PANDORA

（若成功解碼，代表你瞭解「潘朵拉」一詞的重要性。）

國家圖書館出版品預行編目(CIP)資料

時空行者2 / 艾利克斯.史卡羅作 ; 陳岳辰譯. --
初版. -- 臺北市 : 春天出版國際, 2021.05
面 ; 公分. -- (D小說 ; 34)
譯自 : DAY OF THE PREDATOR
ISBN 978-957-741-341-3(平裝)

873.596 110006112

D小說 34

時空行者 2

TimeRiders: Day of the Predator

作者 艾利克斯・史卡羅
譯者 陳岳辰
總編輯 莊宜勳
主編 鍾靈
出版者 春天出版國際文化有限公司
地址 台北市大安區忠孝東路四段303號4樓之1
電話 02-7733-4070
傳真 02-7733-4069
E-mail frank.spring@msa.hinet.net
網址 http://www.bookspring.com.tw
部落格 http://blog.pixnet.net/bookspring
郵政帳號 19705538
戶名 春天出版國際文化有限公司
法律顧問 蕭顯忠律師事務所
出版日期 二〇二一年五月初版
定價 470元

總經銷 楨德圖書事業有限公司
地址 新北市新店區中興路二段196號8樓
電話 02-8919-3186
傳真 02-8914-5524
香港總代理 一代匯集
地址 九龍旺角塘尾道64號 龍駒企業大廈10 B&D室
電話 852-2783-8102
傳真 852-2396-0050

ISBN 978-957-741-341-3 Printed in Taiwan

DAY OF THE PREDATOR
Original English language edition first published by Puffin Books,a part of the Penguin Random House UK group